〈김광순 소장 필사본 고소설 100선〉
고담낭젼 · 윤지경젼 · 자치개라

역주 권영호權寧浩

경북 경산에서 태어나 경북고등학교를 졸업한 후 경북대학교 문리과대학 국어국문학과에 입학하였다. 경북대학교 대학원에서 1984년에 「홍부전 이본 연구」로 석사학위를, 1995년에 「장끼전 작품군 연구」로 문학박사 학위를 취득하였다. 대표 저서로 『고전서사문학의 전승에 나타난 변이와 담당층 의식(2013 문체부 지정 우수학술도서)』이 있고, 『경북의 누정 이야기(2015)』, 『경북 내방가사 1~3(2017)』, 『포은 정몽주가 꿈꾸는 세상(2019)』 등이 있다. 논문으로는, 「고소설 역주본의 인문학적 활용과 문화콘텐츠화 방향」, 「설화에 나타난 포은의 사람됨과 인성교육적 의미」, 「심산 김창숙 시에 나타난 자탄과 의미」 등이 있다. 현재 경북대학교 퇴계연구소 전임연구원으로서 교양교육센터에서 강의를 하고 있고, 사단법인 한국인문학진흥원에서 부원장을 맡고 있다.

택민국학연구원 연구총서 55
〈김광순 소장 필사본 고소설 100선〉

고담낭젼 · 윤지경젼 · 자치개라

초판 인쇄 2019년 12월 20일
초판 발행 2019년 12월 31일

발행인 비영리법인 택민국학연구원장
역주자 권영호
주 소 대구시 동구 아양로 174 금광빌딩 4층
홈페이지 http://www.taekmin.co.kr

발행처 (주)박이정
    대표 박찬익 ▮ 편집장 한병순 ▮ 책임편집 정봉선
주 소 서울시 동대문구 천호대로 16가길 4
전 화 02) 922-1192~3 ▮ **팩스** 02) 928-4683
홈페이지 www.pjbook.com ▮ **이메일** pijbook@naver.com
등 록 2014년 8월 22일 제305-2014-000028호

ISBN 979-11-5848-549-8 (94810)
ISBN 979-11-5848-544-3 (세트)

* 책값은 뒤표지에 있습니다.

택민국학연구원 연구총서 55

김광순 소장 필사본 고소설 100선

고담낭전·윤지경전·자치개라

권영호 역주

(주)박이정

간행사

21세기를 '문화 시대'라 한다. 문화와 관련된 정보와 지식이 고부가가치를 지니기 때문에, '문화 시대'라는 말을 과장이라 할 수 없다. 이러한 '문화 시대'에서 빈번히 들을 수 있는 용어가 '문화산업'이다. 문화산업이란 문화 생산물이나 서비스를 상품으로 만드는 산업 형태를 가리키는데, 문화가 산업 형태를 지니는 이상 문화는 상품으로서 생산·판매·유통 과정을 밟게 된다. 경제가 발전하고 삶의 질에 관심을 가질수록 문화 산업화는 가속도가 붙을 것이다.

문화가 상품의 생산 과정을 밟기 위해서는 참신한 재료가 공급되어야 한다. 지금까지 없었던 것을 만들어낼 수도 있으나, 온고지신溫故知新의 정신으로 오랜 세월에 걸쳐 그 훌륭함이 증명된 고전 작품을 돌아봄으로써 내실부터 다져야 한다. 고전적 가치를 현대적 감각으로 재현하여 대중에게 내놓을 때, 과거의 문화는 살아 있는 문화로 발돋움한다. 조상들이 쌓아온 문화유산을 소중히 여기고, 그 속에서 가치를 발굴해야만 문화 산업화는 외국 것의 모방이 아닌 진정한 우리의 것이 될 수 있다.

이제 고소설에서 그러한 가치를 발굴함으로써 문화 산업화 대열에 합류하고자 한다. 소설은 당대에 창작되고 유통되던 시대의 가치관과 사고 체계를 반드시 담는 법이니, 고소설이라고 해서 예외일 수는 없다. 고소설을 스토리텔링, 영화, 드라마, 애니메이션, CD 등 새로운 문화 상품으로 재생산하기 위해서는 문화생산자들이 쉽게 접하고 이해할 수 있게끔 고소설을 현대어로 옮기는 작업이 선행되어야 한다.

고소설의 대부분은 필사본 형태로 전한다. 한지韓紙에 필사자가 개성 있는 독특한 흘림체 붓글씨로 썼기 때문에 필사본이라 한다. 필사본 고소설을 현대어로 옮기는 작업은 쉽지않다. 필사본 고소설 대부분이 붓으로 흘려 쓴 글자인 데다 띄어쓰기가 없고, 오자誤字와 탈자脫字가 많으며, 보존과 관리 부실로 인해 온전하게 전승되지 못하는 경우가 많다. 그뿐만 아니라, 이미 사라진 옛말은 물론이고, 필사자 거주지역의 방언이 뒤섞여 있고, 고사성어나 유학의 경전 용어와 고도의 소양이 담긴 한자어가 고어체古語体로 적혀 있어서, 전공자조차도 난감할 때가 있다. 이러한 이유로, 고전적 가치가 있는 고소설을 엄선하고 유능한 집필진을 꾸려 고소설 번역 사업에 적극적으로 헌신하고자 한다.

　필자는 대학 강단에서 40년 동안 강의하면서 고소설을 수집해 왔다. 고소설이 있는 곳이라면 주저하지 않고 어디든지 찾아가서 발품을 팔았고, 마침내 487종(복사본 포함)의 고소설을 수집할 수 있게 되었다. 필사본 고소설이 소중하다고 하여 내어놓기를 주저할 때는 그 자리에서 필사筆寫하거나 복사를 하고 소장자에게 돌려주기도 했다. 그렇게라도 하지 않았다면 지금쯤 벽지나 휴지의 재료가 되어 소실되었을 가능성이 크다. 본인이 소장하고 있는 작품 중에는 고소설로서 문학적 수준이 높은 작품이 다수 포함되어 있고 이들 중에는 학계에도 알려지지 않은 유일본과 희귀본도 있다. 필자 소장 487종을 연구원들이 검토하여 100종을 선택하였으니, 이를 〈김광순 소장 필사본 고소설 100선〉이라 이름 한 것이다.

　〈김광순 소장 필사본 고소설 100선〉 제1차 역주본 8권에 대한 학자들의 〈서평〉만 보더라도 그 의의가 얼마나 큰 지를 알 수 있다. 한국고소설학회 전회장 건국대 명예교수 김현룡박사는 『고소설연구』(한국고소설학회) 제39집에서 "아직까지 연구된 적이 없는 작품들이 다수 포함되어 있어서 앞으로 국문학연구에 크게 기여할 것"이라 했고, 국민대 명예교수 조희웅박사는 『고전문학연구』(한국고전문학회) 제47집에서 "문학적인 수준이 높거나 학계에 알려지지 않은 유일본과 희귀본 100종만을 골라 번역했다"고 극찬했다. 고려대 명예교수 설중환박사는 『국학연구론총』(택민국학연구원) 제15집에서 "한국문화의 세계화라는 토대를 쌓음으로써 한국문학에 크게 기여할 것이라"고 했다. 제2차 역주본 8권에 대한 학자들의 서평을 보면, 한국고소설학회 전회장 건국대 명예교수 김현룡박사는 『국학연구론총』(택민국학연구원) 제18집에서 "총서에 실린 새로운 작품들은 우리 고소설 학계의 현실에 커다란 활력소가 될 것"이라고 했고, 고려대 명예교수 설중환박사는 『고소설연구』(한국고소설학회) 제41집에서 〈승호상송기〉, 〈양추밀전〉 등은 학계에 처음 소개하는 유일본으로 고전문학에서의 가치는 매우 크다"라고 했다. 영남대 교육대학원 교수 신태수박사는 『동아인문학』(동아인문학회) 31집에서 전통시대의 대중이 향수하던 고소설을 현대의 대중에게 되돌려준다는 점과 학문분야의 지평을 넓히고 활력을 불어 넣는다고 하면서 "조상이 물려준 귀중한 문화재를 더 이상 훼손되지 않도록 갈무리 할 수 있는 문학관 건립이 화급하다"고 했다.

언론계의 반응 또한 뜨거웠다. 매스컴과 신문에서 역주사업에 대한 찬사가 쏟아졌다. 언론계의 찬사를 소개해 보면 다음과 같다. 조선일보(2017.2.8)의 경우는 "古小說, 일반인도 쉽게 읽을 수 있도록"이라는 제목에서 "우리 문학의 뿌리를 살리는 길"이라고 극찬했고, 매일신문(2017.1.25)의 경우는 "고소설 현대어 번역 新문화상품"이라는 제목에서 "희귀·유일본 100선 번역사업, 영화·만화 재생산 토대 마련"이라고 극찬했다. 영남일보(2017.1.27)의 경우는 "김광순 소장 필사본 고소설 100선 3차 역주본 8권 출간"이라는 제목에서 "문화상품 토대 마련의 길잡이"라고 극찬했고, 대구일보(2017.1.23)의 경우는 "대구에 고소설 박물관 세우는 것이 꿈"이라는 제목에서 "지역 방언·고어로 기록된 필사본 현대어 번역"이라고 극찬했다.

이런 극찬은 학계에서도 그대로 입증되었다. 2018년 10월 12일 전국학술대회 및 고소설 전시에서 "〈김광순소장 필사본 고소설100선〉 역주본의 인문학적 활용과 문학사적 위상"이란 주제로 조희웅(국민대), 신해진(전남대), 백운용(경북대), 권영호(경북대), 신태수(영남대)교수가 발표하고, 송진한(전남대), 안영훈(경희대), 소인호(청주대), 서인석(영남대), 김재웅(경북대)교수가 토론하였으며 김동협(동국대), 최은숙(경북대)교수가 사회를, 설중환(고려대)교수가 좌장을 맡아 진행했다. 이들 교수들은 역주본의 인문학적 활용과 가치를 높이 평가했고, 소설문학연구에 새로운 영역을 개척, 문학사적 가치와 위상이 매우 높고 크다고 평가했다. 이날 〈김광순 소장 필사본 고소설 전시회〉를 강영숙(경북대), 백운용(경북대), 박진아(안동대)간사가 개최하여 크게 관심을 끌었다.

　역주사업을 중심으로 하여 이와 같은 평가가 이어졌지만, 역주사업이 전부일 수는 없다. 역주사업도 중요하지만, 고소설 보존은 더욱 중요하다. 고소설이 보존되어야 역주사업도 가능해지기 때문이다.

　고소설의 보존이 어째서 얼마나 중요한지는 『금오신화』 하나만으로도 설명할 수 있다. 『금오신화』는 임진왜란 이전까지는 조선 사람들에게 읽히고 유통되었다. 최근 중국 대련도서관 소장 『금오신화』가 그 좋은 근거이다. 문제는 임란 이후로 자취를 감추었다는 데 있다. 우암 송시열도 『금오신화』를 얻어서 읽을 수 없었다고 할 정도이니, 임란 이후에는 유통이 끊어졌다고 해야 할 것이다. 그럼에도 『금오신화』가 잘 알려진 데는 이유가 있다. 작자 김시습이 경주 남산 용장사에서 창작하여 석실에 두었던 『금오신화』가 어느 경로를 통해 일본으로 반출되어 몇 차례 출판되었기 때문이다. 육당 최남선이 일본에서 출판된 대총본 『금오신화』를 우리나라로 역수입하여 1927년 『계명』 19호에 수록함으로써 비로소 한국에 알려졌다. 『금오신화』 권미卷尾에 "서갑집후書甲集後"라는 기록으로 보면 현존 『금오신화』가 을乙집과 병丙집도 있었으리라 추정되니, 현존 『금오신화』

5편이 전부가 아닐 가능성이 높다. 귀중한 문화유산이 방치되다 일부 소실되는 지경에까지 이르렀으니, 한국인으로서 부끄럽기 그지없다.

이런 문제를 해결하기 위해서는 필사본 고소설을 보존하고 문화산업에 활용할 수 있는 '고소설 문학관'이 건립되어야 한다. 고소설 문학관은 한국 작품이 외국으로 유출되지 못하도록 할 뿐 아니라 개인이 소장하면서 훼손되고 있는 필사본 고소설을 체계적으로 관리하는 데 크게 기여할 수 있다.

현재 가사를 보존하는 '한국가사 문학관'은 있지만, 고소설의 경우에는 그와 같은 시설이 전국 어느 곳에도 없으므로, '고소설 문학관' 건립은 화급을 다투는 일이다.

고소설 문학관은 영남에, 그 중에서도 대구에 건립되어야 한다. 본격적인 한국 최초의 소설은 김시습의 『금오신화』로서 경주 남산 용장사에서 창작되었음을 상기할 필요가 있다. 경주는 영남권역이고 영남권역 문화의 중심지는 대구이기 때문에, 고소설 문학관은 대구에 건립되어야 한다. 고소설 문학관 건립을 통해 대구가 한국 문화 산업의 웅도이며 문화산업을 선도하는 요람이 될 것을 확신하는 바이다.

2019년 11월 1일

경북대학교명예교수 · 중국옌벤대학교겸직교수
택민국학연구원장 문학박사 김 광 순

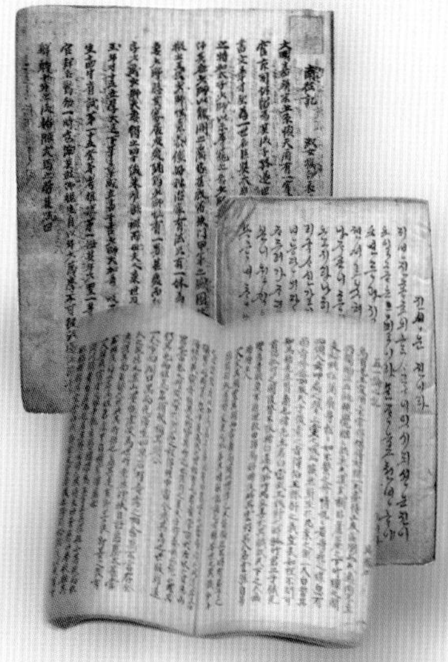

일러두기

1. 해제를 앞에 두어 독자의 이해를 돕도록 하고, 이어서 현대어역과 원문
   을 차례로 수록하였다.

2. 해제와 현대어역의 제목은 현대어로 옮긴 것으로 하고, 원문의 제목은
   원문 그대로 표기하였다.

3. 현대어 번역은 김광순 소장 필사본 한국고소설 487종에서 정선한 〈김
   광순 소장 필사본 고소설 100선〉을 대본으로 하였다.

4. 현대어역은 독자들이 쉽게 이해할 수 있도록 한글 맞춤법에 맞게 의역
   하는 것을 원칙으로 하고, 어려운 한자어에는 한자를 병기하였다. 낙장
   낙자일 경우 타본을 참조하여 의역하였다.

5. 화제를 돌리어 딴말을 꺼낼 때 쓰는 각설却說·화설話說·차설且說 등은
   가능한 적당한 접속어로 변경 또는 한 행을 띄움으로 이를 대신할 수
   있도록 하였다.

6. 낙장과 낙자가 있을 경우 다른 이본을 참조하여 원문을 보완하였고,
   이본을 참조해도 판독이 어려울 경우 그 사실을 각주로 밝히고, 그래도
   원문의 판독이 불가능한 경우에만 □로 표시하였다.

7. 고사성어와 난해한 어휘는 본문에서 풀어쓰고 , 그렇지 않은 경우에는
   각주를 달아서 참고하도록 하였다.

8. 원문은 고어 형태대로 옮기되, 연구를 돕기 위해 띄어쓰기만 하고 원문
   쪽수를 숫자로 표기하였다.

9. '해제'와 '현대어'의 표제어는 현대어로 번역한 작품명을 따라 쓰고, 원
문의 제목은 원문제목 그대로 표기한다. 한자가 필요할 경우에는 한글
아래 괄호없이 한자를 병기 하였다.
예문 1) 이백李白 : 중국 당나라 시인. 자는 태백太白, 호는 청련거사靑蓮
居士 중국 촉蜀땅 쓰촨[四川] 출생. 두보杜甫와 함께 시종詩宗이라 함.

10. 문장 부호의 사용은 다음과 같다.
   1) 큰 따옴표(" ") : 직접 인용, 대화, 장명章名.
   2) 작은 따옴표(' ') : 간접 인용, 인물의 생각, 독백.
   3) 『 』: 책명册名.
   4) 「 」: 편명篇名.
   5) 〈 〉 : 작품명.
   6) [ ] : 표제어와 그 한자어 음이 다른 경우.

목차

제1부 고담낭젼

제2부 윤지경젼

제3부 자치기라

고담낭전

Ⅰ. 〈고담낭젼〉 해제

〈고담낭젼〉은 등장인물의 문
답이 대부분을 차지하는 유형의
고소설이다. 역주 대본으로 삼
은 〈고담낭젼〉은 '김광순 소장
필사본 한국고소설 487종'에서
100종을 정선한 〈김광순 소장
필사본 고소설 100선〉에 속하
는 46장본 〈고담낭젼〉이다. 앞
으로 택민본으로 약칭하고자 한
다. 한지韓紙에 붓글씨 흘림체로

〈고담낭젼〉

씌어졌으며, 가로 23cm, 세로 28cm의 총 46면에 각 면 13행,
각 행 평균 29자로 되어 있다.

고소설 가운데 〈고담당젼〉과 같이 대부분 인물의 문답으로
이루어진 작품은 드물다. 〈남염부주지〉, 〈공부자동자문답公夫
子童子問答〉, 쟁장류爭長類 우화소설 등 대화가 큰 비중으로 나타
나는 작품이 있기는 하지만, 〈고담낭젼〉에 비할 바 아니다.
묻고 답하는 대화가 중심이 되다 보니 역동적인 사건이 전개되
는 대부분의 작품에 비해 소설적 흥미가 강하지 않다. 대신
〈고담낭젼〉은 교육적 요소기 강히디고 말힐 수 있디. 수많은

중국 고사故事나 고대 천문학이론 등 은 독자의 지적 호기심을 자극하기에 충분하기 때문이다.

〈고담낭전〉은 등장인물이 극히 제한적이다. 택민본 〈고담낭전〉은 특히 인물의 수가 적어 태수와 고담낭이 등장할 뿐이다. 다른 이본에는 담낭의 부모가 등장하기도 한다. 작품세계가 대화로 이루어져 있고 특별한 사건이 없다 보니 배경도 인물 간의 대화가 전개되는 상황밖에는 없다. 태수가 성인이면서 태수라는 사회적 지위를 가진 인물이라는 점에서 조선시대 사회라는 정도의 배경만이 제시된다. 〈고담낭전〉은 매우 정적인 고소설인 셈이다.

이러한 제한성에도 불구하고 〈고담낭전〉에는 소설적 긴장이 존재한다. 역사적으로 볼 때 누가 성인聖人이며, 뛰어난 제왕이며, 효자·충신이며, 문장가인지 하는 등의 물음에 어떻게 대답하는지가 독자의 주의를 집중시킨다. 또한 그 근거로 어떤 고사를 드는지 궁금증을 유발한다. 한편 물음의 대상 인물에 협객, 역사, 미녀, 소인 등이 포함되어 있어 그 자체가 흥미를 불러일으킨다. 나아가 물음은 우주와 생사의 이치에까지 넓혀지고 있어 경이로움도 느낄 수 있다.

사태가 이러하므로 물음의 내용을 순서대로 정리해 본다.

성인聖人, 명군名君, 효자, 충신, 영웅호걸, 장사壯士, 협객, 소인, 역사力士, 도술이 높은 사람, 지혜로운 사람, 의량이 넓은 사람, 술법이 뛰어난 사람, 병법에 밝은 사람, 검술이 뛰어난 사람, 궁술弓術이 뛰어난 사람, 음악가, 잡술이 용한 사람, 명주明主, 무도한 왕, 정사에 도움이 되는 여성, 정사를 망친 여성, 미녀, 태평시대를 이룬 왕, 훌륭한 관리와 쫓겨난 관리, 집안을 망하게 한 가장과 가모家母, 사계절의 순행과 우주의 이치, 천체의 운행, 사람의 생성, 죽음, 자식을 낳음과 낳지 못함, 천지의 조화를 아는 이유

이러한 물음의 양상은 두 가지를 보여준다. 하나는 물음의 내용이 뒤로 갈수록 난이도難易度가 높아진다는 것이다. 앞에 분포된 성인, 명군, 효자, 등은 도덕교육을 통해 익히 알고 있는 인물임에 비해, 뒤에 나오는 자연과 우주의 이치, 인간 생명의 탄생 등은 특별한 지식을 요구하는 사항들이다. 다른 하나는 꼬리를 무는 물

〈고담낭전〉

음이 많다는 것이다. 영웅호걸 - 장사 - 협객 등이나 검술가 - 궁술가 등이 그러한 예이다. 물음의 이러한 질서는 독자들에게 답변을 기다리게 하면서 자연스럽게 주의를 집중시키고 궁금증을 증대시킨다.

〈고담낭전〉의 이러한 점은 구성이 단순한 작품임에도 이본을 파생시키는 요인이 된다. 〈고담낭전〉의 이본은 10여 종이 현전한다고 밝혀져 있다. 사건구성이 단순하므로 이본간의 차이는 다양하게 나타나지 않는다. 크게 보아 두 유형의 이본이 존재하는 듯하니 태수와 담낭의 문답으로 이루어진 유형과 문답 이후 후일담이 있는 유형이다. 후일담에는 담낭이 태수의 사위가 되고 두 사람이 내기문답을 하는 등의 내용이 들어 있다. 그 외에 물음의 순서나 답변의 내용에서 세부적이거나 부분적인 차이가 존재한다.

택민본 〈고담낭전〉은 후일담이 나타나지 않는 이본에 속한다. 태수와 담낭의 문답이 끝난 후 태수가 담낭을 칭찬하며 왕에게 천거하겠다고 하자 담낭은 사양하고, 백성들 사이에서 담낭의 이름이 오래도록 기억되었다는 결말로 되어 있다. 이러한 점에 근거할 때 택민본 〈고담낭전〉은 이본 중 이른 시기에 형성된 것으로 추정된다. 문답의 후일담은 담낭의 뛰어난 재주를 더욱 부각하기 위한 설정으로서, 이본이 파생되면서 추가되었다고 보는 편이 합리적이기 때문이다. 택민본 〈고담낭전〉은 담낭의 박학다식에 초점이 맞춰져 있고 주인공의 출중한 재주에 대한 여운이 남는 이본이라고 하겠다.

Ⅱ. 〈고담낭젼〉 현대어역

고담낭젼

　□□에 한 사람이 있는데 성은 고요 이름은 선이었다. 아들 하나를 낳으니 이름이 담낭이었다. 10살 전에 총명함이 영효靈效[1]하여 특별히 배우지 않은 글과 고사를 널리 알았다. 하루는 그 고을의 태수가 담낭을 불러 말하기를,

　"네가 열 살도 안 된 아이로서 고사를 널리 안다고 하니 내가 묻는 말에 능히 대답할쏘냐?"

하니, 담낭이 대답하였다.

　"십 세 전은 황구유아黃口幼兒[2]라 하오니 아는 일이 적사옵고 배운 말씀이 없사오나, 성주城主는 백성의 부모인데 물으시는 말씀에 어찌 대답지 아니 하오리까."

　태수가 물어 말하기를,

　"천하에 [3]성인은 누구이시뇨?"

라고 하므로 담낭이 대답하였다.

　"숙량흘叔梁紇씨가 니구산尼丘山에 기도하여 공부자가 탄생하

---

1) 영효靈效 : 신통한 효험.
2) 황구유아黃口幼兒 : 새 새끼의 주둥이가 노랗다는 뜻에서 어린아이를 일컬음.
3) 김광순 소장 〈고담낭젼〉에서 판독이 어려운 부분 중 긴 것은 이화여대 도서관 소장본 〈담낭뎐 단권〉이화여대 한국문화연구원, 한국고대소설총서 제2, 1959의 해당 부분으로 대체하여 현대문으로 옮겼다. 짧은 것은 그대로 두었다.

신4) 후 유전流轉5)하면서 예도禮度6)를 가르치시고 제자 삼천7)

인 중에 육예六藝8)에 신통한 제자 칠십이 인에 그 도를 전하여

계시니, 모든 나라와 마을에서 봄가을로 제향祭享함이 만대萬代

에 끊이지 아니하였사오매 진실로 천하의 대성인은 공부자孔夫

子9)가 되시나이다.”

태수가 웃고 물었다.

“현재 훌륭한 왕은 누구시며, 효자는 누구시며, 충신을 누구

신고?”

담낭이 대답하였다.

“죽은 죄인을 잡아 땅을 구획하고는 가두어 두면서 ‘네 죄가

가히 죽을죄라, 아무 날 아무 시에 형장에 나가 죽으리라.’라고

하였는데, 그 죄인이 땅을 그린 밖에 나가지 아니하고 그 날

그 시에 죽었으니 현재 훌륭한 왕은 제요帝堯 도당씨陶唐氏10)이

지요. 눈 속에서 죽순이 솟아나고 얼음 구멍에서 잉어가 뛰어오

---

4) 숙량흘叔梁紇 : 춘추시대 노魯나라 사람으로서 성은 공孔이고 이름이 흘이
   며 자가 숙량이다. 공자의 아버지다. 처음에 딸 아홉을 두었다가 70세에
   안씨顔氏의 딸을 아내로 맞아 니구산에서 백일기도 끝에 공자를 낳았다.
5) 유전流轉 : 여기저기 떠돌아다님.
6) 예도禮度 : 예의와 법도.
7) 원문에는 사천 인으로 나오나 삼천 인으로 고쳤다.
8) 육예六藝 : 고대 중국 교육의 여섯 가지 과목. 곧, 예·악·사射·어御·
   서·수.
9) 공부자孔夫子 : 공자의 높임말.
10) 제요帝堯 도당씨陶唐氏 : 중국 전설상의 제왕으로 처음에 도陶에서 살다
    가 나중에 당唐으로 옮겨 살아 도당씨陶唐氏로 불리며, 역사에서는 당요
    唐堯라 부름.

르며, 노모를 봉양하는 음식을 자식이 나누매 그 자식을 묻어

죽이려 하고 땅을 파다가 금을 얻어 더욱 봉양을 잘하였으니,

아마도 왕상王祥과 맹종孟宗과 곽거郭巨[11] 같은 효자는 후세에

다시없을 것이오. 용방비간龍逢比干[12]의 단심단충丹心丹忠[13]도

거룩하다고 하려니와 봉패기민逢敗機敏[14]하고 의석조조義釋曹

操[15]하여 태사성주 허기ㅁ 소열황제昭烈皇帝[16]와 도원결의桃園

結義하던 한수정후漢壽亭侯[17] 관운장關雲長 같은 충신은 만고역

대萬古歷代에 없는 이옵니다.”

태수가 다 듣고는 기특하게 여겨 또 물었다.

“만고 역대의 영웅은 누구라 하며 호걸은 누구라 하며 장사는

누구라 하느뇨?”

담낭이 대답하였다.

“만군萬軍 가운데를 무인지경無人之境[18] 같이 왕래하면서 십

---

11) 왕상王祥과 맹종孟宗과 곽거郭巨 : 중국 고대의 대표적인 효자. 지극한
   효성에 하늘이 감응해 각기 눈속에서 죽순이, 얼음 구멍에서 잉어가, 땅속
   에서 금이 나와 부모를 봉양케 했다는 고사가 있다.
12) 용방비간龍逢比干 : 하나라 걸왕의 신하 관용방關龍龐과 은나라 주왕의
   신하 비간比干. 모두 임금을 간諫하다가 죽임을 당함. 충간忠諫하는 선비
   를 비유하는 말.
13) 단심단충丹心丹忠 : 속에서 우러나오는 정성스러운 마음과 충성스러운
   마음.
14) 봉패기민逢敗機敏 : 낭패를 당하여 동작이 날쌔고 눈치가 빠름.
15) 의석조조義釋曹操 : 관우가 의리로 조조를 풀어준 일을 가리킴.
16) 소열황제昭烈皇帝 : 촉나라의 유비.
17) 한수정후漢壽亭侯 : 나관중이 『삼국지연의』에 조조가 조정에 표문을
   올려 관우에게 수정후인壽亭侯印을 주어 관우가 받지 않자 한수정후지인
   漢壽亭侯之印으로 바꾸어주니 관우가 받았다고 함.

만 명의 장사壯士를 개미 같이 보기는 주나라 고명顧命[19])을 받은 고각과 한나라 한신韓信 · 팽월彭越[20])과, 당나라 이적李勣, 설인 귀薛仁貴와 송나라 전당錢塘의 악비岳飛[21])와 삼국 때 장당군 조 자룡趙子龍과 명나라 장백將伯 장운단과 같은 사람은 고금에 없 을 것이옵니다. 또 그 중에 연백만지중連百萬之衆하여 전필승공 필취戰必勝攻必取[22]) 하기는 한신이니 영웅의 으뜸이오, 두목지杜 牧之[23])과 이적선李謫仙[24])과 같은 호걸도 거룩하다고 하려니와 그는 조그마한 풍월지객風月之客[25])이옵니다. 만리장성 담을 쌓 고 삼천궁녀로 시위侍衛[26])하고 십만 장사로 옹위擁衛[27])하고 금 고金鼓[28])를 울리면서 옥쇄玉碎를 들어 육국六國[29])의 제후를 무

---

18) 무인지경無人之境 : 아무것도 거칠 것이 없는 판.
19) 고명顧命 : 임금이 유언으로 나라의 뒷일을 부탁함. 여기서는 주나라 성왕 成王이 임종 시에 신하들을 불러 강왕康王의 보호와 선정의 시행을 당부 한 사실을 가리킴.
20) 팽월彭越 : 중국 진나라 말기와 전한 시대의 인물임. 한 고조를 도와 개국 공신이 됨.
21) 악비岳飛 : 중국 남송 초기의 무장武將이자 학자이며 서예가로서, 북송이 멸망할 무렵 의용군에 참전하여 전공을 쌓은 충신임.
22) 연백만지중連百萬之衆하여 전필승공필취戰必勝攻必取 : 한나라 유방이 천하를 통일한 후 신하들과의 연회에서 "백만 대군을 이끌고 싸우면 반드 시 이기고 공격하면 반드시 취하는 것에서는 내가 한신만 못하다.[連百萬 之衆 戰必勝攻必取 吾不如韓信]"라고 한 말에서 따옴.
23) 두목지杜牧之 : 당나라 말기의 시인 · 관리. 두목杜牧을 가리 킴. 목지牧之 는 자. 성격이 호탕하고 관리로서도 명성을 얻음.
24) 이적선李謫仙 : 당나라 시인인 이백을 가리킴.
25) 풍월지객風月之客 : 자연을 즐기고 시를 읊조리며 사는 사람.
26) 시위侍衛 : 임금을 모셔 호위함.
27) 옹위擁衛 : 좌우에서 부축하여 보호함.
28) 금고金鼓 : 예전에 군중軍中에서 호령號令으로 쓰던 징과 북.

룡 아래에 꿇리고, 동남동녀童男童女30) 오백 명으로 하여금 삼신
산三神山31)의 불사약을 구하며, 안기생安期生32)으로 하여금 만
세萬歲토록 불사不死할 도道를 의논하며, 여산촌 안에 별건곤別
乾坤33)을 만들고는 무궁한 풍악으로 만세를 기약하기는 아마도
양적대고陽翟大賈 여불위呂不韋의 아들34)로서 한단邯鄲35) 미녀
의 방에 들어 낳은 진시황과 같은 호걸은 천하에 없을 것이옵니
다. 오자서伍子胥, 신포서申包胥며 염파廉頗, 마원의馬元義 장량張
良도 오히려 상쾌하다고 하려니와 그는 조그마한 역사力士요,
'역발산기개세力拔山氣蓋世36)' 하고 구정九鼎37)을 술잔 들 듯하며

---

29) 육국六國 : 중국 전국 시대의 제후국諸侯國 중에서 진秦나라를 제외한
    여섯 나라.
30) 동남동녀童男童女 : 남자 아이와 여자 아이.
31) 삼신산三神山 : 중국 전설에서 신선이 산다는 봉래산蓬萊山·방장산方丈
    山·영주산瀛州山의 세 산.
32) 안기생安期生 : 진秦나라 때 사람으로 진시황과 만나 사흘 밤 동안 이야기
    를 나누었는데, 선물을 하사해도 받지 않고는 몇 십 년 뒤 봉래산蓬萊山에
    서 신선이 된 자기를 찾으라 하고 떠났다고 함.
33) 별건곤別乾坤 : 별세계.
34) 양적대고陽翟大賈 여불위呂不韋의 아들 : 진 장양왕秦莊襄王이 조趙나라
    에 볼모로 가 있을 때 한韓나라의 수도인 양적陽翟의 대상인인 여불위呂
    不韋가 자기 아이를 임신한 애첩을 장양왕에게 바쳤는데 아이가 뒤에 진
    시황이 됨.
35) 한단邯鄲 : 중국 허베이성 남서부에 있는 도시로서 전국시대에 조趙나라의
    수도였음.
36) 역발산기개세力拔山氣蓋世 : 힘은 산을 뽑을 만하고 기운은 세상을 덮을
    만함. 세상을 뒤엎을 정도로 강한 힘과 기운을 일컫는 말로서 항우가 죽기
    전 지어 부른 시의 한 구절.
37) 구정九鼎 : 중국 하夏나라의 우禹 임금이 구주九州에서 금을 거두어 주조
    鑄造한 큰 솥을 말함. 2개의 손잡이와 3개의 발이 있는데 천자에게 전해
    오는 귀한 보물임.

구의산九疑山의 십만 복병을 썩은 바자³⁸⁾ 헤치듯 하고 삼 일 주린 기운으로 한나라 장수 육십 여 명을 어린아이를 호령하듯 하며 오강烏江 정장亭長의 말³⁹⁾을 냉소하고 자기의 창으로 자기의 머리를 베어 여마동呂馬童⁴⁰⁾에게 주었으니 진실로 천하장사는 서초패왕西楚霸王 항우이옵니다. 왕희지王羲之와 조맹보趙孟頫와 소동파蘇東坡, 왕발王勃과 같은 문장도 거룩하다고 하려니와 이를진대 조그마한 선비에 불과하고, 일수一手 정배停杯하고⁴¹⁾ 현종 황제에게 청평조사淸平調詞⁴²⁾를 올렸으니 아마도 이태백과 같은 문장은 고금에 없나이다."

태수가 듣고 신기하게 여겨 또 물었다.

"그러하면 예로부터 협객俠客⁴³⁾은 누구며 소인은 누구며 역사力士⁴⁴⁾는 누구라 하느뇨?"

담낭이 대답하였다.

"서리 같은 창검 속에 제비 같이 왕래하면서 좌충우돌하던 여포呂布⁴⁵⁾, 곽자의郭子儀⁴⁶⁾의 장병將兵 같은 호용豪勇⁴⁷⁾과 협기

---

38) 바자 : 대·갈대·수수깡 등으로 발처럼 엮거나 결은 물건.
39) 오강烏江 정장亭長의 말 : 항우에게 오강을 지키는 정장이 강을 건너 고향으로 돌아가 권토중래捲土重來하자고 권고함.
40) 여마동呂馬童 : 항우의 옛 친구로서 한나라 장수임. 항우가 자기 목을 찌르면서 여마동에게 목을 가져가 공을 세우게 했다고 함.
41) 일수一手 정배停杯하고 : 한 손으로 술잔을 들고.
42) 청평조사淸平調詞 : 이백이 장안에서 벼슬할 때 당 현종의 명을 받들어 지은 노래.
43) 협객俠客 : 호방하고 의협심이 있는 사람.
44) 역사力士 : 뛰어나게 힘이 센 사람.
45) 여포呂布 : 중국 후한後漢 말기의 장수로 〈삼국지〉나 〈삼국지연의〉 등에

俠氣도 무던하다고 하려니와, 그는 아이를 뛰우는 것이요 누가 날아서 이십 장丈을 솟으며, 백 근斤들이 옷을 입고 팔십 근斤 긴 창을 들고 백 걸음에 닫는 말에 뛰어올라 탔으니 아마도 상商나라 주왕紂王 때의 뇌진자雷震子48) 같은 객은 만고에 없을 것이옵니다. 장의張儀49)와 같은 구변口辯과 육자六字에 있는 말씀도 오히려 거룩하다고 하려니와 그는 쓸데없는 말에 불과하옵니다. 육국六國의 제후와 의심 없이 화친하고 육국六國 제후의 정승이 되어 말 같은 인刃50)을 왼 편에 비스듬히 차고 흐르는 말씀마다 사람이 순종하기로는 진실로 소진蘇秦51)과 같은 이는 만고에 없을 것이옵니다. 초한楚漢 때의 여포와 삼국三國 때의 손권孫權과 같은 소인은 불과 제 목숨이나 보전하였으니 그는 조그마한 쥐 무리요, 천창만검千槍萬劍 가운데 서리 같은 호령에도 의심도 없이 들어가 범 같은 초패왕을 아이를 유인하듯 하여서 구의산九疑山의 십면十面 복병伏兵 속에 능히 들어갔으니 아마도 이좌거李左車 같은 소인은 고금에 없을 것이오. 진나라를

서 당시의 무장들 중에서 무용武勇이 가장 뛰어났던 인물로 묘사됨.
46) 곽자의郭子儀 : 변방 민족으로부터 당나라를 지킨 최고 명장으로서, 당나라 왕조를 다시 일으킨 공신으로 일컬어짐.
47) 호용豪勇 : 호기롭고 용감함.
48) 뇌진자雷震子 : 〈봉신연의封神演義〉에서 나오는 가공인물로서 희창姬昌이 연산燕山에서 주운 100번째 아들임.
49) 장의張儀 : 중국 전국시대 위나라의 책사로서 소진의 주선으로 진나라에 등용된 후 혜문왕 때 재상이 되었음. 연횡책을 주창함.
50) 인刃 : 칼.
51) 소진蘇秦 : 고대 중국 전국시대 중엽의 정치가로서, 강국 진나라에 대적하기 위해 나머지 6국이 연합하는 합종설을 주장하였음.

망하게 한 조고趙高52) 같은 역적과 한나라 평제를 살해한 왕망王莽53) 같은 대역부도大逆不道도 무상하다고 하려니와 그는 조그마한 탐심貪心이오, 임금을 허창許昌54)에 가두고 봉封한 황후를 죽이고 동궁 비구의 배를 썰고 왕족과 충신을 파리 잡듯 죽이고 그 위에 저의 아들 조비와 조식을 세웠으니 만고萬古 고대에 조조와 같은 역적은 고금에 없나이다."

태수가 듣기를 다하니 역대 제왕의 치란흥망治亂興亡55)이 눈 아래 벌려 있는 듯 마음이 상쾌하여 담낭을 어루만지면서 칭찬하였다. 또 묻기를,

"누구는 도술이 높으며, 누구는 지혜를 가지고 있으며, 누구는 의량意量56)이 넓으며, 누구는 술법이 용하며, 누구는 병법兵法이 높고 누구는 검술을 잘하느뇨?"

라고 하니 담낭이 대답하였다.

"인간만물을 제도하기와 성도聖道를 본받기는 제갈량의 도덕과 도술은 다시없을 것이로되, 속풍俗風57)을 듣지는 못하고서도

---

52) 조고趙高 : 진나라 때 환관으로서 진시황의 죽음을 알리지 않은 채 몽염 장군과 부소왕자를 죽게 한 후 호해를 2세 황제로 만들고 전횡을 일삼음.
53) 왕망王莽 : BC 1세기중국의 전한前漢을 타도하고 임금이 된 인물. 평제平帝를 죽이고 영嬰을 추대한 후 섭황제攝皇帝가 되었다가 8년에는 스스로 신황제新皇帝라고 일컬음. 후한 광무제에 패해 죽음.
54) 허창許昌 : 조조가 후한의 수도롤 삼은 허도. 뒤에 아들 조비가 허창으로 고침.
55) 치란흥망治亂興亡 : 나라가 잘 다스려짐과 어지러움과 흥함과 망함.
56) 의량意量 : 생각과 도량.
57) 속풍俗風 : 지역풍.

이르지 않고 적벽대전에서 열흘을 동남풍東南風을 불게 하여 조조의 팔십만 대군을 만경창파 속에 재를 만들었으며, 팔진도八陣圖 어복포魚腹浦에 신병神兵을 지켜 나오는 육손陸遜의 간담을 떨어지게 하기와[58] 맹획을 칠종칠금七縱七擒[59]하여 과산에 여섯 번 나가기와 마침내 죽은 송장으로 수레를 몰게 하여 사마중달司馬仲達[60]이 벽력霹靂[61]에 놀란 아이가 달아나듯 하게 하였으니, 아마도 무향후武鄕侯 제갈량諸葛亮 같은 도술은 천만고에 다시없을 것이옵니다. 천 리 밖 일을 손금을 보듯 의논하면서 백 번을 쳐 한 번 실수 없기는 진실로 장승張承[62]과 위징魏徵[63]의 지혜가 고금에 없을 것이옵니다. 홍문연鴻門宴에서 임금을 구하여 잔도棧道[64]에 불을 지르고,[65] 용언을 지어내어 한생韓生을 삶아 죽이게 하고,[66] 패왕霸王의 도읍을 팽성彭城에 옮기게

---

58) 손권 의 장수인 육손이 유비를 추격하다가 어복포에 이르러 제갈량이 펴놓은 팔진도에 빠져 죽을 뻔한 삼국지연의의 한 장면을 가리킴.

59) 칠종칠금七縱七擒 : 일곱 번 놓아주고 일곱 번 사로잡는다는 뜻으로, 마음대로 잡았다 놓아주었다 함을 이르는 말.

60) 사마중달司馬仲達 : 중국 삼국시대 위나라의 정치가이자 군략가. 이름은 사마의司馬懿.

61) 벽력霹靂 : 벼락.

62) 장승張承 : 삼국시대 오나라 인물로 손권을 도와 공을 많이 세움.

63) 위징魏徵 : 당나라 개국 공신 중의 한 사람.

64) 잔도棧道 : 험한 벼랑에 선반처럼 달아 낸 길.

65) 잔도棧道에 불을 지르고 : 항우가 유방을 파촉巴蜀으로 쫓아내자 유방의 책사인 장량은 중원으로 돌아오는 길인 잔도를 불태우도록 함으로써 항우를 안심시키고 항우가 공격할 수 없도록 했다는 고사임.

66) 한생韓生은 삶아 죽이고 · 고향인 팽성에 도읍을 정해서는 안 된다는 기신의 간언을 받아들이지 않는 항우에 대해 간의대부인 한생이 불평하자 항우는 한생을 삶아 죽였다는 고사임.

하고는 한왕을 유인하여 한나라로 돌아가 장대를 봉封하게 하고, 오국五國의 제후를 달래어 초나라에 배반하게 하고 천하통일에 성공하였으나, 봉후封侯[67]를 받지 아니하고서 사병벽곡謝病辟穀하여 적송자赤松子를 따라가[68]시니, 아마도 장자방張子房[69] 같은 의량은 만고역대에 없을 것이옵니다. 일천오백 마을 수천 리에 두고 오창敖倉[70]의 속粟으로 전중하여 군량軍糧에 손해를 끼치지 아니하기는 진실로 한나라 승상 소하蕭何 같은 이의 주법籌法[71]은 고금에 없을 것이옵니다. 천하의 병마兵馬를 한 곳에 모아서 마음대로 분합分合하면서 천문구궁진天文九宮陣과 팔문금쇄진八門金鎖陣과 삼지 오행진五行陣을 의논 없이 혼자 치니, 아마도 상나라 주왕紂王 때 강태공의 병법이야 황석공黃石公인들 어찌 측량하오며, 위징선생이 용왕을 벤 검술과 하룻밤에 조군漕軍[72] 치듯 하던 왕릉王凌[73]의 검술과 후주後主[74]를

---

67) 봉후封侯 : 제후.
68) 사병벽곡謝病辟穀하여 적송자赤松子를 따라가다 : 병을 핑계대어 전원으로 물러나 금식하며 신선이 되고자 하다.
69) 장자방張子房 : 장량張良. 한나라 고조 유방의 공신으로서, 진승陳勝·오광吳廣의 난이 일어났을 때 유방의 진영에 가담하여 유방을 도와 천하를 통일하게 함. 유방이 여러 차례의 위기에서 빠져 나오도록 함.
70) 오창敖倉 : 지금의 중국 하남성 형양시로서 진나라의 식량창고가 있던 곳. 사방에서 양식을 운송해 와 군량미가 풍부했음.
71) 주법籌法 : 계산법.
72) 조군漕軍 : 고려·조선 때, 배로 물건을 실어 나르는 일을 하는 사람을 이르던 말.
73) 왕릉王凌 : 삼국 시대 위魏나라 태원기太原祁 사람으로서 오나라와의 싸움에서 무공을 세움.
74) 후주後主 : 뒤를 이은 군주를 뜻하는 말. 유비의 아들인 유선劉禪을 가리킴.

품에 품고 조조의 팔십만 대군병大軍兵을 장판교에서 수풀에 일어난 불 끄듯 북풍에 한설寒雪을 쓸어버린 상산商山 조자룡趙子龍75)의 검술도 거룩하다고 하려니와, 팔십 근 청룡도를 비스듬히 들고 봉鳳의 눈을 부릅뜨고 삼각수三角鬚76)를 거느리시고 한 번에 황금투구를 칼등으로 깨치고 안량顔良77) 문추文醜78)를 순식간에 베고 오관五關79)에 지내실 때 여섯 장수를 풀 베듯 하면서 고성에서 장당군과 다툴 때 □□□□□□ 그치지 아니하고 십 리 밖에 오는 위나라 장수의 머리를 손에 쥐었던 것 같이 베었으니 충성도 거룩하다고 하거니와 관우의 검술이야 누가 능히 측량하오리까."

태수가 듣기를 다하고는 또 물었다.

"누구는 활 쏘는 재주가 용하며 누구는 음률音律80)을 잘하며 누구는 잡술雜術81)이 용하뇨?"

담낭이 대답하였다.

---

75) 조자룡趙子龍 : 조운趙雲. 무용과 충절을 고루 갖춘 중국 삼국 때 촉나라의 무장. 상산군 진정현 사람으로서, 본래는 원소 관할에 있다가 그의 인품에 싫증을 느껴 공손찬을 위기에서 건져주고 그의 막하에 들어감. 공손찬이 망한 뒤 유비의 휘하에 들어감.
76) 삼각수三角鬚 : 두 뺨과 턱에 세 갈래로 난 수염.
77) 안량顔良 : 후한 말의 인물. 원소 휘하의 장수. 서주徐州 낭야국琅邪國 임기현臨沂縣 사람.
78) 문추文醜 : 후한 말의 인물. 원소 휘하의 장수. 안량과 함께 원소군의 쌍두마차격이었던 무장.
79) 오관五關 : 다섯 관문.
80) 음률音律 : 소리와 음악의 가락.
81) 잡술雜術 : 사람을 속이는 요사스러운 술법.

"백 걸음에 삼지창을 세우고 쏘아 맞추던 장료張遼[82]의 사법射法과 대해 가운데에 배 타고 백룡白龍을 쏘아 맞추던 조자룡의 활 쏘는 법도 거룩하다고 하려니와, 일백오십 걸음에 금돈 한 푼을 달고 세 낱 살을 다 쏘아 마치고 □□□ 한 사람씩 뽑는 급제를 하였으니 아마도 분양왕汾陽王 곽자의郭子儀와 같은 활 쏘는 법은 천고에 없을 것이오. 곽박郭璞, 이순풍李淳風[83] 같은 재술才術도 용하다고 하거니와 재술을 보아 천백 길흉을 논단하여 기록하였으니 진실로 주회암朱晦庵[84]과 같은 재술은 천고千古에 없을 것이오. 원천강袁天罡, 소강절邵康節, 엄군평嚴君平, 정명도程明道, 진희이陳希夷, 강태공姜太公, 곽박郭璞, 즉역 같은 복술卜術[85]은 만고에 유명하오시고 구중궁궐九重宮闕에 쥐 같기를 계구戒懼[86]하고 구세손九世孫의 사주를 미리 내어 유전遺傳하왔사오니 아마도 홍계관洪啓寬[87] 같은 복술은 삼황三皇 후에 없[88]을 것이오. 관장의 독전毒箭을 맞은 팔을 고치던 태백산 화타華佗[89]는 용한 의술이라고 하려니와, 진맥하여 사생死生을 판단하

---

82) 장료張遼 : 삼국시대 위나라의 장군으로 초반에 여러 세력을 전전하다가 조조에게 귀순한 후 맹활약함.
83) 곽박郭璞과 이순풍李淳風 : 사제지간으로서 점술가이자 풍수지리가임.
84) 주회암朱晦庵 : 주희朱熹 즉 주자를 가리킴. 회암은 호.
85) 복술卜術 : 점을 치는 방법이나 기술.
86) 계구戒懼 : 경계하여 두려워함.
87) 홍계관洪啓寬 : 조선 명종 때 양주楊州 사람. 유복독자遺腹獨子로 태어난 맹인인데 뒤에 유명한 점술가가 됨.
88) 삼황三皇 후에 없다 : 더 뛰어난 점술가는 없다.
89) 화타華佗 : 중국 한나라 말기의 의사로 편작과 더불어 명의를 상징하는 인물.

고 백 번 명약을 먹어 한 번도 효험效驗 있지 않은 병이 없고 침구鍼灸에 당하여 백골 사이를 능히 분변分辨90)하였으니 아마도 편작扁鵲91) 같은 의술은 천만세千萬世에 상대할 만한 이가 없을 것이오. 자고로 곳곳에 신통한 음률이 작히92) 많사옵겠습니까마는 제순帝舜 유우씨有虞氏93)가 타시던 오현금五絃琴과 종자기鍾子期94)의 기기묘묘奇奇妙妙한 곡조는 이를 필요도 없고, 칠현금 한 소리에 모든 학이 내려와 춤추고 신선이 종종 찾아와 곡조를 배웠으니 아마도 백아伯牙95) 같은 명금鳴琴96)과 술법은 인간세계에 없을 것이옵니다. 왕소군王昭君97)의 일운무 같은 신기한 춤도 기기奇奇하다고 하려니와, 앞서서 병진兵陣을 깨트리고 신병神兵과 바람과 구름을 불러 적장을 토끼 잡듯 하기는 단기單騎양적兩敵 하온 손변의 춤법이 으뜸이오. 동승신주東勝神州로 여남성 부주로 건너가 수보리須菩提 조사를 찾아 도술을

---

90) 분변分辨 : 분별.
91) 편작扁鵲 : 중국 전국시대의 뛰어난 의사. 이름은 진월인秦越人으로서 특히 진맥의 창시자로 알려짐.
92) 작히 : '어찌 조금만큼만·얼마나·여북이나'의 뜻으로, 반어反語로 쓰는 말.
93) 제순帝舜 유우씨有虞氏 : 순舜임금. 조상이 우虞에서 일어났기에 유우씨라고 함. 요堯임금의 뒤를 이어 정치를 잘해 이른바 '요순시대'를 이룸. 오현금五絃琴을 타며 남풍곡南風曲을 불렀음.
94) 종자기鍾子期 : 춘추시대 거문고의 명수인 백아伯牙의 거문고 소리를 가장 잘 알아듣던 사람.
95) 백아伯牙 : 춘추시대 때의 사람으로 거문고의 명수로 이름남.
96) 명금鳴琴 : 거문고를 탐.
97) 왕소군王昭君 : 한나라 원제의 궁녀로 중국 고대 4대 미녀 중 한 사람으로 꼽힘. 화공의 잘못으로 황제의 눈에 들지 못하다가 흉노에게 바쳐짐. 흉노 선우의 아내가 되어 결국 고향으로 돌아가지 못한 채 죽음.

배워 갖고 천상天上에 올라가 신선의 도술에 속아 오행산 아래 떨어져 오백 년을 묻혀서 엎드려 있었더니 당태종 시절에 삼장법사三藏法師를 서천서역국西天西域國 대당자은사로 경문經文[98]을 가지러 갈 때 만나 빼어내어 데리고 갔던 화과산華果山 수렴동水濂洞에서 일어난 적호의 자손인 손오공 같은 잡술은 천고에 없나이다."

태수가 크게 기뻐하며 또 물었다.

"역대제왕歷代帝王 중에서 누가 명주明主[99]이시며 누가 무도하다고 하느뇨?"

담낭이 대답하였다.

"요순堯舜 인주人主[100] 훌륭한 임금이라고 하옵고 하夏나라 걸왕桀王은 무도하다고 하나이다."

태수가 말하였다.

"예로부터 여자에게 정사를 맡겨 나라에 도움이 있거나 혹은 망하는 나라도 있으니 그것은 어찌 말하는 것인고?"

담낭이 말하였다.

"옛날부터 천하에 가득한 여자 중에 성덕聖德 같은 사람도 있삽고 혹은 간사한 사람도 있사오니, 한 입으로 측량하지 못하려니와 다만 주나라 태임太妊[101]과 한나라 상이와 위나라 정강

---

98) 경문經文 : 불경에 있는 글.
99) 명주明主 : 총명한 임금.
100) 인주人主 : 임금.
101) 태임太妊 : 중국 주나라 문왕의 어머니. 태임의 성품은 바르고 곧으며

定姜102)과 같은 여자는 나라를 잘 섬겨 정사를 돕고 포사褒姒와 달기妲己와 서시西施, 매희妹嬉103)며 낭옥진, 조비연趙飛燕104), 무시작과 같은 여자는 나라를 패망하게 하였나이다."

태수가 또 물었다.

"천하의 절색絶色은 누구라고 하느뇨?"

담낭이 대답하였다.

"초패왕의 우미인과 이정의 자란과 맹획의 축융부인祝融夫人105)은 향중鄕中에서 이름난 절색이옵거니와, 역대제왕의 총첩 미인들과 왕소군의 장여화張麗華106)며 옥지 옥인과 난옥년, 적경홍狄驚鴻과 계섬월桂蟾月, 진채봉秦彩鳳107)과 취취은영 같은 여자보다 나은 사람은 헤아리지 못하려니와, 한 번 웃으면 온갖

참되고 엄격하여 오로지 덕을 행하였음. 문왕을 임신했을 때는 태교에 철저했다고 전함.

102) 정강定姜 : 중국 위衛나라 정공定公의 부인 정강定姜은 아들이 장가들어 자식도 없이 죽자 며느리로 하여금 3년상을 치르게 한 후 개가를 시켰다고 함.

103) 포사褒姒와 달기妲己와 서시西施, 매희妹嬉 : 각기 주나라 유왕幽王, 상나라의 주왕紂王, 오나라 부차夫差, 하나라 걸왕桀王의 애첩으로서 왕을 혼군昏君으로 이끌어 나라를 망하게 했다고 함.

104) 조비연趙飛燕 : 중국 서한 때의 미녀. 가냘픈 몸매에 가무를 잘해 '나는 제비'라는 뜻의 비연飛燕이라고 불렸음. 궁녀 출신의 후궁이었으나 서한 성제成帝 유오의 총애를 받았음.

105) 축융부인祝融婦人 : 나관중의 〈삼국지연의〉에서 나오는 가공인물로, 맹획孟獲의 아내로 등장. 제갈량諸葛亮이 남쪽을 정벌할 때, 군사를 거느리고 출전하여 제갈량과 맞상대했음.

106) 장여화張麗華 : 춘추 시대 진秦나라 사람. 목공穆公의 딸.

107) 적경홍狄驚鴻과 계섬월桂蟾月, 진채봉秦彩鳳 : 소설 〈구운봉〉에 나오는 팔선녀 중의 삼 인.

교태嬌態가 나고 한 번 걸으면 열 가지 재용才容을 지으며 역모逆謀에 허리를 베어 죽으매 당명황唐明皇이 실성통곡하고 그 베인 아랫도리를 군사가 가지고 달아났으니 아마 양귀비 같은 청루靑樓108)의 절색은 만고역대萬古歷代에 없으리다."

태수가 말하였다.

"네가 십 세 전의 아이로서 역대제왕의 치란흥망治亂興亡과 열신列臣109)의 능부선악能不善惡110)을 역력歷歷히111) 논단하니 어찌 범상한 아이이리오. 그러나 예로부터 어떤 임금은 태평을 누렸고, 어떤 관원은 이름을 남기고, 어떤 관원은 망명삭직亡名削職112)하며, 또 여염의 어떤 가모家母와 가장家長은 가도家道113)가 패망하였느뇨?"

담낭이 대답하였다.

"예로부터 지금에 이르기까지 순덕자順德者는 창성昌盛하고 역덕자逆德者는 망한다114)고 하였습니다. 주나라 무왕武王은 천하를 나누어 제후에게 주고 사방 백 리만 가져갔어도 팔백 년 동안 도읍하였으니 이는 순덕한 왕자王者115)의 태평성대요, 진

---

108) 청루靑樓 : 창기의 집.
109) 열신列臣 : 모든 신하.
110) 능부선악能不善惡 : 재주의 유무와 착하고 악함.
111) 역력歷歷히 : 자취·낌새·기억 따위가 환히 알 수 있게 또렷하게.
112) 망명삭직亡名削職 : 이름을 망하게 하고 관직을 없앰.
113) 가도家道 : 집안의 도덕이나 규율.
114) 사기史記의 한 구절로 이치에 순응하는 사람은 번성하고 이치에 거스르는 자는 망한다는 뜻.
115) 왕자王者 : 임금.

시황은 천하를 다 가졌으되 이세二世에 망하였으니 이는 역덕逆
德한 왕자王者의 망한 군주의 격이옵니다. 관모는 나라를 충성
으로 받들어 상격겸 관지겸 하시고 하우만물개우 하여 백성을
사랑하는 선정을 베풀기를 적자赤子[116] 같이 하며 송덕頌德이
일어나 명정선치明政善治[117] 한 관원이라고 할 것이오, 제국치
도齊國治道와 백성의 공사公私를 대강 살피고 인민을 학정虐政으
로 하여 형벌이 분명하지 못하고 탐욕이 나서 공사를 부정不正
하게 하며 만민萬民의 원망이 일어나면 무정실덕無正失德[118]한
관원이라고 망명亡名삭직削職할 것이오, 또 여염閭閻[119]의 가장
은 농사를 잘하고 가사家事[120]를 살피며 친척과 화목하고 여염
의 사람을 공경하며 부부간에 금실이 안정하고, 가모家母는 길
쌈과 제사에 부지런하고 씨족을 반기며 이웃사람을 잘 보살피
고 노비를 날마다 한결같이 한 즉 가도가 흥성할 것이옵니다.
또 가장이 농사와 가사를 살피지 아니하고 몸에 빛나는 의복과
입에 맞는 음식을 좋아하며 귀에 오묘한 소리와 눈에 고은 계집
을 따르며 술 마시기와 잠자기나 일삼고, 가모가 제사에 게으르
고 말하기를 좋아하여 여염 사람과 싸움질하며 부부간 금실이
불순不順하여 가장의 눈을 속여 양식을 허비하고 자손과 노비를

---

116) 적자赤子 : 임금이 '갓난아이'처럼 여겨 사랑한다는 뜻에서, 백성을 이름.
117) 명정선치明政善治 : 밝게 정치하고 잘 다스린다는 뜻.
110) 무정실덕無正失德 : 바름을 없고 덕을 잃음.
119) 여염閭閻 : 백성의 집이 많이 모여 있는 곳.
120) 가사家事 : 집안 살림에 관한 일.

꾸짖어 그 허물이 문 밖으로 나가게 하며 시부모님과 시가를 잘 섬기지 못하면 가도가 패망하나이다."

태수가 말하였다.

"옛사람의 일을 자세히 알거니와 천지가 사시四時[121]에 순행順行하는 것과 일월성신日月星辰[122]이 조화調和하는 일을 능히 알쏘냐?"

담낭이 대답하였다.

"성주께서 이제 어른 사람이 알지 못할 말씀을 이르시니, 소자가 아는 일이 없삽고 배운 말씀은 없사오나 성주는 마저 들어보소서. 천원지방天圓地方[123]이라고 하였으니 하늘은 둥글고 땅은 모난 줄만 알 따름이오 음양이 조화하는 법을 누가 능히 알리까? 대저 당초의 태극太極이라고 하는 별이 하늘에 두레 꼭지 같이 달렸으되, 모양이 열두 모에 여덟 면이 있고 그 가로 갑자을축甲子乙丑부터 갑술을해甲戌乙亥까지 열두 음양을 배합配合[124]하여 두루 벌였고, 그 가는 하늘에 응應하여 일월성신과 우로상설于老霜雪[125]과 홍무풍운虹霧風雲[126]을 열두 방위에 벌였으되, 팔괘八卦[127]와 음양陰陽의 조화하는 법이 없기

---

121) 사시四時 : 사 계절.
122) 일월성신日月星辰 : 해와 달, 별을 가리킴.
123) 천원지방天圓地方 : 하늘은 둥글고 땅은 모남.
124) 배합配合 : 이것저것을 일정한 비율로 한데 섞어 합함.
125) 우로상설于老霜雪 : 비와 이슬, 서리와 눈과 같은 자연현상을 가리킴.
126) 홍무풍운虹霧風雲 : 무지개와 안개, 바람, 구름과 같은 자연현상을 가리킴.
127) 팔괘八卦 : ☰건乾 · ☱태兌 · ☲이離 · ☳진震 · ☴손巽 · ☵감坎 · ☶간

로 처음에 하늘이 돌지 못하였는데 천상天上에 건곤배합乾坤配合

이 있어 상생相生[128]이 세 번 잉삼孕三[129]하더니 갑진간손甲辰艮

巽이 괘卦 육남매六男妹를 낳아 팔방八方에 나누는데, 장자長

子[130] 진震은 정동正東의 묘방卯方[131]에 보내고 장녀長女 손巽은

동남간진東南艮震의 사방巳方[132]으로 보내고 차자次子[133] 감坎은

정북正北의 자방子方[134]에 보내고 차녀次女 리離는 정남正南의

오방午方[135]에 보내고 삼자三子 간艮은 동북간축東北艮丑의 인방

寅方[136]으로 보내고 삼녀三女 태兌는 정서正西의 유방酉方[137]으

로 보내고 건乾은 서북간술西北艮戌의 해방亥方[138]으로 가고 곤

은 서남간미西南艮未의 신방申方[139]으로 보내니, 이것이 이른바

艮 · ☷곤坤.

128) 상생相生 : 음양오행설에서, 금에서는 물이, 물에서는 나무가, 나무에서
   는 불이, 불에서는 흙이, 흙에서는 금이 남을 이름.

129) 잉삼孕三 : 세 번 잉태함.

130) 장자長子 : 맏아들.

131) 묘방卯方 : 이십사방위의 하나. 정동쪽을 중심으로 한 15°의 각도 안.

132) 사방巳方 : 이십사방위의 하나. 남동으로부터 남쪽으로 15도 되는 방위
   를 중심으로 한 15도의 각도 안.

133) 차자次子 : 둘째 아들.

134) 자방子方 : 이십사방위의 하나. 정북正北을 중심으로 15도 각도 안의
   방향.

135) 오방午方 : 이십사방위의 하나. 정남방을 중심으로 한 15도 각도의 안.

136) 인방寅方 : 이십사방위의 하나. 북동에서 남쪽으로 15도 기운 방위를
   중심으로 한 15도 각도 안의 방향.

137) 유방酉方 : 이십사방위의 하나. 정서正西를 중심으로 한 15° 각도의 안.

138) 해방亥方 : 이십사방위의 하나. 정서북에서 북쪽으로 15°의 방위를 중심
   으로 한 15°의 각도 안.

139) 신방申方 : 이십사방위의 하나. 남서에서 서쪽으로 15° 되는 방위를 중심
   으로 한 15°의 각도의 안. 곤방坤方과 경방庚方의 사이.

음양조종팔괘陰陽操縱八卦라. 하늘이 오십만 리로되 각각 육만 이천오백 리씩 나누어 가지고 천원지방 육정육갑六丁六甲을 차지하여 하늘을 밀어 돌게 하는데, 천도天道는 좌선左旋[140]하고 지도地道는 우선右旋[141]하였으되 건乾이 먼저 유방酉方으로 밀고 리離는 진사방震巳方으로 밀고 감坎은 술해방戌亥方[142]으로 밀고 손巽은 묘방卯方으로 밀고 진震은 축인방丑寅方으로 밀고 간艮은 자방子方으로 미니, 이때에 하늘이 비로소 수레바퀴 같이 돌아가니 일광日光으로 해를 인도하고 월궁항아月宮姮娥는 달을 인도하고 태을성太乙星[143]은 모든 성신星辰을 인도하여 하늘이 돌아가는 대로 음양이 스스로 사시四時에 운행하옵니다. 또 사해용왕四海龍王이 각각 우로상설于老霜雪과 뇌정벽력雷霆霹靂[144]과 같은 날씨와 홍무풍운虹霧風雲을 차지하여 온갖 변화를 일으키기를 천지天地의 기품氣稟으로 삼아 행하는데, 동방청제東方靑帝[145]는 갑을삼팔육으로 정월 초하룻날부터 삼월 열이튿날까지 번番[146]을 살고, 남방적제南方赤帝[147]는 병정丙丁이 칠화七華

---

140) 좌선左旋 : 왼쪽으로 돌거나 돌림.
141) 우선右旋 : 오른쪽으로 돌거나 돌림.
142) 술해방戌亥方 : 이십사방위에서, 술방戌方과 해방亥方을 아울러 이르는 말. 서북쪽의 양쪽으로 15도가 되는 두 방향.
143) 태을성太乙星 : 음양가에서, 북쪽 하늘에 있으면서 병란·재화·생사 따위를 맡아 다스린다고 하는 신령한 별.
144) 뇌정벽력雷霆霹靂 : 천둥과 벼락이 격렬하게 침. 여기서는 그런 천둥과 벼락을 뜻함.
145) 동방청제東方靑帝 : 동쪽의 방위를 관장하며 잡귀나 악신을 몰아낸다는 신.
146) 번番 : 차례로 갈마드는 일.
147) 남방적제南方赤帝 : 남쪽의 방위를 관장하며 잡귀나 악신을 몰아낸다는 신.

로 삼월 삼일부터 오월 이십사일까지 번番을 살고, 서방백제西方
白帝[148] 용왕은 경신庚申 사구금으로 오월 이십오일부터 팔월
초육일까지 번番을 살고, 북방흑제北方黑帝[149] 용왕은 임계일壬
癸日 육수로 팔월 초칠일부터 시월 십팔일까지 번番을 살고,
중앙황제中央黃帝[150] 용왕은 무기戊己 오십호로 시월 십구일부
터 납월臘月[151] 삼십일까지 번番을 살되, 각각 칠십여 일씩 순번
順番[152]하고 또 하늘과 땅의 배합이로되 하늘은 팔면八面십이방
十二方의 하도河圖에 응應하여 일월성신과 음양팔괘법을 벌였고
땅은 사면四面팔방八方의 낙서洛書[153]에 응하여 금목수화토金木
水火土 오행五行이 산천山川을 벌였습니다. 하우씨夏禹氏가 자세
히 알고자 하시어 여와의 금자 방을 가지고 두루 재니 낙양洛陽
에서 사방 삼만 리요, 황룡을 타고 사해로 두루 재니 넓이가
삼만 리요, 사해 밖에 나가 육지를 두루 재니 그도 넓이가 삼만
리라. 합하여 천지사방 면이 십팔만 리라. 천지의 장광長廣[154]
은 알았으나 그 지극한 일을 몰라 방산方山이라는 산에 올라가
니 산 위 천 길 반송盤松[155] 밑에 큰 비석을 만들어 새겨 세웠는

---

148) 서방청제西方靑帝 : 서쪽의 방위를 관장하며 잡귀나 악신을 몰아낸다는 신.
149) 북방흑제北方黑帝 : 북쪽의 방위를 관장하며 잡귀나 악신을 몰아낸다는 신.
150) 중앙황제中央黃帝 : 중앙의 방위를 관장하며 잡귀나 악신을 몰아낸다는 신.
151) 납월臘月 : 음력 섣달의 별칭.
152) 순번順番 : 차례로 오는 번. 또는 그 순서.
153) 낙서洛書 : 중국 하나라 우왕禹王이 홍수를 다스릴 때, 낙수洛水에서
      나온 거북 등에 씌어 있었다는 45개의 점으로 된 9개의 무늬.
154) 장광長廣 : 길이와 넓이.
155) 반송盤松 : 키가 작고 가지가 옆으로 퍼진 소나무.

데, 손간지중巽艮之中이 오천 리 지동至東이라고 하였고 천지의
주회周回[156]는 오십만 리라고 하였고 또 한편에 새겼으되 간손
艮巽 사이가 이십만 리요 천 리로 일촌이 팔십촌이라고 하였습
니다. 동짓날부터 해는 동방의 제일촌에서 돋아 날마다 한 치씩
손방巽方[157]으로 둘러 오고 일백팔십 일 만에 올라 하지夏至
날에 해는 간방艮方[158]으로 와 날마다 한 치씩 손방巽方으로
오고 달은 손방에 와 날마다 한 치씩 간방으로 오고 맞은편의
유방酉方이 있으니 말하기를, '함지咸池[159]'라 하는 것이니 일월
이 동쪽으로 돌아 건방乾方의 제일 못과 곤방坤方의 제일 못
사이로 일 태兌씩 나누어 떨어지기는 일월이 쉽게 가는 때도
있으며 더디 가는 때도 있으니, 이것이 사시四時가 유행流行하는
천지음양의 조화라고 하였거늘 하우씨 돌아와 천지의 장광長廣
을 주회周回[160]하는 수數와 일월이 장단長短을 생략하는 법으로
동지와 하지를 짐작하여 연월로 해머리를 삼아 축월까지 십이
월로 일 년을 삼고 십 일씩 나누어 절수節數[161]를 알게 하고,
십이 시時씩 때를 정하여 한 날을 삼고 구십육 각刻을 나누어

---

156) 주회周回 : 둘레
157) 손방巽方 : 이십사방위의 하나. 정동正東과 정남正南 사이 한가운데를
　　　중심으로 한 15도 각도의 안.
158) 간방艮方 : 이십사방위의 하나. 정동과 정북 사이의 방위를 중심으로
　　　한 15° 각도의 안.
159) 함지咸池 : 해가 진다고 하는 서쪽의 큰 못.
160) 주회周回 : 둘레를 빙 돎.
161) 절수節數 : 절기.

한 시간을 삼고 일백이십 분을 십오 분씩 나누어 한 각刻을 삼았으니 천지만물의 일을 소자 외에 누가 알리까."

태수가 듣기를 다하고는 씩씩하고 훤칠하여 아이 같지 않으므로 또 물었다.

"천지가 머리와 꼬리가 있느냐?"

담낭이 대답하였다.

"음양이 다 꼬리로 생生하여 수미상응首尾相應[162]합니다. 하늘의 머리는 술해간건戌亥艮乾이요 꼬리는 진사간손辰巳艮巽이요, 땅의 머리는 미신간곤未申艮坤이요 꼬리는 축인간곤丑寅艮坤이요, 천지의 머리는 전서 좌우요 천지의 꼬리는 청동 좌우라. 동은 만물이 생기生氣[163]하는 방향이요 서는 만물이 숙살肅殺[164]하는 방향이라고 하나이다."

태수가 신기하게 여겨 또 물었다.

"사람은 어찌 생겼으며, 노소老少를 막론하고 죽기는 어떤 일인가?"

담낭이 대답하였다.

"그는 지부地府에 육갑六甲한 자를 팔만 사천씩 마련하였으니 한 왕이 차지하는 것이 남아 팔십사만 명이라. 제일第一 진광대왕秦廣大王은 갑자을축무진기사甲子乙丑戊辰己巳까지 차지하고,

---

162) 수미상응首尾相應 : 양쪽 끝이 서로 통함.
163) 생기生氣 : 활발하고 생생한 기운.
164) 숙살肅殺 : 쌀쌀한 가을 기운. 가을 기운이 초목草木을 말라 죽게 함.

제이第二 초강대왕初江大王은 경오신미임신계유갑술을해庚午辛未壬申癸酉甲戌乙亥까지 차지하고, 제삼第三 송제대왕宋帝大王은 병자정축무인기묘경진신사丙子丁丑戊寅己卯庚辰辛巳까지 차지하고, 제사第四 오관대왕五官大王은 임오계미갑신을유병술정해壬午癸未甲申乙酉丙戌丁亥까지 차지하고, 제오第五 염라대왕閻羅大王은 무자기축경인신묘임진계사戊子己丑庚寅辛卯壬辰癸巳까지 차지하고, 제육第六 번성대왕變成大王은 갑오을미병신정유무술기해甲午乙未丙申丁酉戊戌己亥까지 차지하고, 제칠第七 태산대왕泰山大王은 병자신축임인계묘갑진을사丙子辛丑壬人癸卯甲辰乙巳까지 차지하고, 제팔第八 평등대왕平等大王은 병오정미무신기유경술신해丙午丁未戊申己酉庚戌辛亥까지 차지하고, 제구第九 도시대왕都市大王은 임자계축갑인을묘병진정사壬子癸丑甲寅乙卯丙辰丁巳까지 차지하고, 제십第十 전륜대왕轉輪大王165)은 무오기미경신신유임술계해戊午己未庚申辛酉壬戌癸亥까지 차지하여 사람을 삼길166) 때에, 음양과 오행의 정기를 한데 합하여 쓰매 양陽은 백골이 되어 은혈隱穴167)이 되고 음陰은 혈육血肉이 되어 한랭寒冷이 되고, 오행의 정기는 사지의 혈맥血脈과 구공소강육부九孔小腔六腑168)가 되고, 구음九陰이 정신이 되어 수심守心169)하게

---

165) 제일대왕~제십대왕을 시왕十王이라고 함. 불교에서 인간의 사후에 죄를 심판하는 왕임.
166) 삼길 : 생기게 할.
167) 은혈隱穴 : 곁에서는 안 보이는 숨은 구멍.
168) 구공소장육부九孔五臟六腑 : 사람 몸에 난 아홉 개의 구멍, 다섯 내장,

하고, 음양과 오행이 상생상극相生相克170)하기를 백골白骨과 백절百節171)이 서로 놀고 구공과 혈맥이 통하매 사람을 생기게 하였삽고, 석가여래釋迦如來와 지장보살地藏菩薩과 관음나한觀音羅漢과 삼칠성三七星이 각각 문서를 차지하여 억만창생億萬蒼生172)의 존비귀천尊卑貴賤173)과 길흉화복吉凶禍福을 고르게 마련하여 내나니 이것이 사람을 생기게 하는 법입니다. 노소 없이 죽는 것은 생겨날 때에 음양으로 한데 끌어 저울에 달아 한 명씩을 만들고 지부대전地府대전大典174) 책에 수한壽限175)의 길고 짧음을 마련하여 써 놓고 기한이 되면 차례로 잡아다가 고쳐 화작化作176)하나니, 당초 사람이 생겨날 때 양陽이 더한 사람은 은혈이 더한 까닭으로 금목金木이 화火를 이루어 화병火病으로 조사早死하고, 음陰이 더한 사람은 한랭이 더한 까닭으로 수토水土가 기를 이루어 냉병冷病으로 일찍 죽고, 마련에서 분수가 더한 사람은 마음과 정신이 분명하지 못하고 음양陰陽과 오행五行의 정기와 분수가 고른 사람은 장수하나이다."

여섯 기관을 가리킴.
169) 수심守心 : 마음을 지킴.
170) 상생상극相生相克 : 오행의 운행에서, 각각 서로 다른 것을 낳는 일과 다른 것을 이기는 일.
171) 백절百節 : 전신의 관절을 통틀어 하는 말.
172) 억만창생億萬蒼生 : 수많은 백성을 가리킴.
173) 존비귀천尊卑貴賤 : 존귀함과 비천함.
174) 지부대전地府대전大典 : 저승세계의 법전.
175) 수한壽限 : 타고난 수명.
176) 화작化作 : 불보살佛菩薩이 신비한 힘으로 여러 가지 사물을 변형시켜 나타내는 일.

태수가 또 물었다.

"어떤 사람은 자식을 낳고 어떤 사람은 자식을 낳지 못하느뇨?"

담낭이 대답하였다.

"그것은 부부의 음양이 고르지 못하기에 그러하되 양남陽男과 음녀陰女는 자식을 낳고 음남陰男과 양녀陽女는 자식을 낳지 못하나이다."

태수가 듣기를 다하고 못내 칭찬하면서 또 물었다.

"네 먼저 아는 인물을 포폄褒貶[177]하는 말은 의연하다고 하려니와, 아까 이른 천지의 조화와 치부致薄[178]의 행적이 없이 한 일을 본 듯이 하느냐?"

대답하였다.

"천지의 조화법은 옛날 하우씨夏禹氏[179]가 황룡을 타시고 홍수를 다스리실 때, 제가 동문 밖에 나가 방산이라는 산에 올라가니 천 길 반송盤松 위에 한 금낭錦囊[180]이 걸렸거늘, 금낭 속에 금색 글자로 썼으되 '천지음양의 사적事跡을 기록하여 넣었노라.'라고 하므로 보고 가져 왔사오매, 그 사적이 어찌 없겠사옵니까. 사람을 생기게 하는 법은 당태종 이세민李世民 황제가 죽을 때에 승상 위징의 편지를 봉하여 품에 품었다가 황제지부

---

177) 포폄褒貶 : 칭찬과 나무람. 시비선악을 판단해 결정함.
178) 치부致薄 : 장부로 기록함.
179) 하우씨夏禹氏 : 중국 하夏나라의 우禹임금을 이르는 말.
180) 금낭錦囊 : 비단으로 만든 주머니.

에 들어가 삼라전森羅殿[181)의 판관判官 최옥을 보시고 전하였습니다. 최옥이 편지를 보고 명수대전命數大典[182) 책册에 이십 세를 돋우어 세민의 나이를 오십으로 올리고 지부왕地府王에게 위조하여 속인 후에 최옥이 지부왕에게 아뢰니, 황제를 도로 세상에 내어보내라고 하여 최옥이 황제를 내리고 지부시왕전地府十王殿[183)과 풍도酆都[184)의 모든 일을 역력히 가르쳐 황제가 사람이 살고 죽는 법과 풍도의 만사萬事를 자세히 알고 왔사오매 어찌 그 사적이 없사오며 소자의 말씀이 허랑虛浪[185)하다고 하리까."

태수가 말하였다.

"너에게 묻되 하는 말이 인간의 모르는 일이 없으니 다시 물을 바가 없거니와, 네 나이가 십오 세 되거든 왕상王上[186)께 아뢰어 벼슬을 주어 나랏일을 돕게 할 것이로다. 알지 못하겠다, 너는 무슨 벼슬을 하고자 하느냐?"

담낭이 대답하였다.

"소자는 하방遐方[187)의 보잘것없는 농부의 후예입니다. 일찍

---

181) 삼라전森羅殿 : 사람이 죽어 혼이 명계冥界로 가서 시왕十王들에게 각자의 죄업을 심판받는 곳.
182) 명수대전命數大典 : 인간의 운수를 기록한 법전.
183) 지부시왕地府十王 : 저승에서 인간의 죄를 심판하는 열 명의 왕.
184) 풍도酆都 : 풍도酆都지옥地獄의 준말. 사람이 죽은 후 1년이 되는 때에 도시대왕都市大王에게 가서 아홉 번째 심판을 받는 곳.
185) 허랑虛浪 : 말과 행동이 허황하고 착실하지 못함.
186) 왕상王上 : 왕王의 높임말.
187) 하방遐方: 서울에서 멀리 떨어진 지방.

이 배운 재주가 없삽고 없는 말씀으로 감당하리까."

태수가 대답하였다.

"네 나이가 십 세로되 인간의 만사를 모르는 것이 없으니 장래에 더욱 통달하면 무슨 벼슬을 감당하지 못하리오."

담낭이 웃고 말하였다.

"그것은 그렇지 아니하옵니다. 소자의 재주가 충신열사忠臣烈士의 부류만 못하온데 사람을 어질게 하는 법을 본받아 입신양명하리까. 소자의 이름이 옛 '고古' 자에 말씀 '담談' 자와 주머니 '낭囊'으로 지었으니 벌써 십 세 전에 담낭이라고 하였으매 쓸데 없었는데, 찾으시어 물으시는 대로 대답할 따름이로소이다."

태수가 불쌍하게 여겨 담낭을 상사(償賜)[188]로 후하게 하였다. 그 후에 모든 백성이 담낭이 옛말을 하던 소문을 듣고 못내내내 칭찬하니 만세萬世[189]에 유전流傳[190]하였다.

---

188) 償賜 : 임금이 칭찬하여 상으로 물품을 내려 줌. 역기서는 태수가 상을 주는 것을 뜻함.
189) 만세萬世에 : 아주 오래도록.
190) 유전流傳 : 세상에 널리 퍼짐

Ⅲ. 〈고담낭젼〉 원문

p.1

ㅁㅁ의 한 스람이 잇시니 셩은 고요 명은 션이라 흔 아들을
나흐니 일홈이 담낭이라 십 셰 젼의 총명이 ㄱ장 영효ㅎ여 각별
빈호지 안닐 글과 고스스을 널이 아는지라 하로는 그 고을 틱쉬
담낭을 블너 가로되 네 십 셰 젼 아희로셔 고스을 너비 안다
흔이 뇌 문는 말을 능히 딕답할소냐 담낭이 딕왈 십 셰 젼은
황구유이라 ㅎ오니 아는 일이 젹습고 빈흔 말슴 업스오나 셩쥬
는 민지부모라 무르시는 말슴을 엇지 딕답지 안이 하리잇가
틱쉬 무러 갈오되 쳔ㅎ의ㅁㅁㅁㅁㅁㅁㅁㅁㅁㅁㅁㅁㅁㅁㅁㅁㅁㅁ
ㅁㅁㅁㅁ

p.2

녜도을 갈으치시고 졔ㅈ 스쳔인 즁의 신통뉵녜 지 칠십이인에
셔 그 도를 젼ㅎ야 계신이 졔국열읍의 츈츄제향이 만딕의 쓴치
지 안이ㅎ야스오니 진실노 쳔ㅎ딕셩현은 공부ㅈㄱ 되시는이다
틱쉬 웃고 무러 왈 현제 명왕은 뉘시며 효ㅈ는 뉘시며 츙신는
뉜고 담낭이 딕왈 죽을 죄인을 ㅈ바 싸흘 그리고 가도와 두며
분부허되 네 죄 가히 죽을 죄라 아모 날 아모 시에 형벌의 ㄴㄱ
죽을리라 ㅎ니 그 죄인이 싸 그린 밧게 나지 안이ㅎ고 그 날
ㅗ 시에 슉어쓰니 현제 명왕은 제요 도당씨요 눈 속에 죽은

이 소스나고 어름 궁긔 이어 쐬여나며 양노허는 음식을 즈식이
난호니 그 즈식을 뭇어 쥭일여 ᄒ고 싸흘 파다가 금을 어더
양노을 더허여쓰니 아마도 왕상과 딩종과 곽거 갓흔 효즈는
후셰의 다시 업슬 거시오 용방비간의 단일단츙도 거룩다 허려
니와 봉픠긔민허고 의셕조조ᄒ야 틱ᄉ 셩쥬 허기□

p.3

소렬황졔와 도원결의 허든 한슈졍후 관운장 갓튼 츙신은 만고
녁틱의 업는 이라 틱쉬 듯기를 다 허미 긔특이 여겨 또 무러
왈 만고녁틱의 영웅은 뉘라 허며 ᄒ걸은 뉘라 허며 장ᄉ는 뉘라
ᄒ는요 담낭이 틱왈 만군 즁의 무인지경 갓치 왕닉허며 십만
장ᄉ를 가야미 갓치 보기는 쥬나라 고명고각과 한나라 한신핑
월과 당국 젹 니졍 셜인귀와 송나라 젼당 악비와 삼국 젹 장당군
즈룡과 명나라 장빅 장운단 갓흔 ᄉ람은 고금의 업슬 거시오
또 그 즁에 연빅만신즁ᄒ야 젼필승공필취 ᄒ기는 한신인니 영
웅의 웃듬이요 두목지 니젹션 갓튼 호걸도 거룩다 허련이와
그는 조고만헌 풍월지긱이요 말니장셩 담을 쌋코 삼쳔궁녀로
시위허고 십만장ᄉ로 옹위ᄒ고

p.4

금고를 울니며 옥셔를 들여 육국 졔후를 슬ᄒ의 쑬니고 동남동
녀 오빅인으로 삼신산 불ᄉ약을 구ᄒ며 안긔셩으로 만셰불ᄉ

헐 도를 의논ᄒ며 여산촌 즁에 별건곤을 만들고 무궁한 흥낙으
로 만셰을 긔약ᄒ기는 아마도 양젹듸고 여불위의 아들 한단미
녀의 방의 들어 가걸녀는 진시황 갓흔 호걸은 고금 쳔ᄒ의 업슬
거시오 오ᄌ셔 신포셰며 염파 마원의 장냥도 오히려 상쾌타
ᄒ련이와 그는 조고마흔 역수요 역발산 긔가셰 ᄒ고 구정을
슐잔 드 듯ᄒ며 구의산 십만복병을 셔근 바ᄌ 헤치듯 ᄒ고 삼일
쥬린 긔운으로 한나라 장슈 뉵십 여 원을 어린아희 호령허듯
ᄒ며 오강 평장의 말을 닝쇼ᄒ고 졔창으로

p.5

졔 머리를 버혀여 마통을 쥬어쓰니 진실노 쳔ᄒ 장스는 셔초핀
왕 항우요 왕희지와 조밍보와 소동파 왕발 갓흔 문장도 거록다
ᄒ련이와 이를진듸 조고마헌 션비요 일슈졍빅ᄒ고 현종 황졔의
게 쳥평스를 드려쓰니 아마도 니틱빅 갓흔 문장은 고금의 업는
이다 틱쉬 듯고 신긔히 녀겨 ᄯ 무러 왈 그리ᄒ면 예로부터
협긱은 뉘며 소인은 뉘며 역수는 뉘라 ᄒ는요 담낭이 듸왈 셔리
갓흔 창검 속에 졔비 갓치 왕ᄂᆡ ᄒ며 좌츙우돌ᄒ든 녀포 곽ᄌ의
□□ 갓흔 효용과 협긔도 무던타 ᄒ련이와 그는 아희

p.6

을 쒸움이요 뉘 나라셔 이십 장을 소소며 빅 근들이 옷슬 입고
팔십 ᄂᆞ 상상을 늘고 틱보의 닷는 말의 쒸여올나 타쓰니 아마도

상쥬 젹긔 진쥬 갓흔 긱은 만고의 업슬 거시오 장의 갓흔 구변과 뉵자의 잇는 말솜도 오히려 거록다 흐련이와 그는 불과 싱 업슨 초식 말이요 뉵국 졔후를 의심 업시 화친흐고 뉵국졔후의 졍승이 되어 말 갓흔 인을 왼엽히 기우도록 츠고 흐르는 말솜마다 ᄉ람이 슌종흐기는 진실노 소진 갓흐 니는 만고의 업슬 거시오 초한 젹 녀포와 습국 젹 손권 갓흔 소인은 불과 졔 목슘이나 보젼흐여쓰니 그는 조고마한 쥐 무리요 쳔창만검 즁의 셔리 갓흔 호령 속을 의심 업시 드러가 범 갓흔 초픽왕을 아희 유인흐듯 흐야 구의산 십면복병 ▢▢

p.7
능히 드러가쓰니 아마도 니좌거 갓흔 소인은 고금에 업슬 거시오 진나라 망흐든 조고의 역젹과 한평졔를 검살흐든 왕망의 ᄃᆡ역부도도 무상타 흐려니와 그는 조고마한 탐심이요 님군을 허창의 가두고 봉한 황후를 죽이고 동궁비구의 비를 썰고 왕족과 츙신을 파리 잡듯 죽이고 그 위를 졔 아들노 비를 세워쓰니 만고ᄆᄃᆡ의 됴됴 갓흔 역젹은 고금의 업는이다 틱쉬 듯기를 다흐미 역ᄃᆡ졔(왕의 치란흥망이 눈 아레 버럿는 듯 마음이 스스로 상쾌흐야 담낭을 어루만져 칭찬흐고 쏘 무러 왈 누구는 도슐이 놉흐며 누구는 지혜 가지며 누구는 의양이 너르며 누구는 슐법이 용흐며 누구는 병법이 놉고 누구는 검슐를 잘 흐는요 담낭이 ᄃᆡ

p.8

왈 인간 만물을 졔도ᄒ기와 셩도□ 법ᄒ기는 져기□ 의게 미찬 도덕과 도슐은 다시 업슬 거시로되 쇽풍을 듯지 못ᄒ야시니 그는 이르지 말고 젹벽 ᄊ홈의 십 일을 동남풍을 불게 ᄒ야 료됴의 팔십만 ᄃ군을 만경창파 즁의 ᄌ을 민들어쓰며 팔진도 어부 초에 신병을 직희여 다가오나 라장슈육 손에 담을 쎠러지 게 ᄒ기와 밍획을 칠죵칠금 ᄒ야 과산에 여섯 번 나가나 죵에 죽은 송장으로 수례을 몰게 ᄒ야쓰민 ᄉ마즁달이 벽녁의 놀난 아희 달ᄋ나듯 ᄒ여쓰니 아마도 무양후 졔갈모 갓흔 도슐은 쳔만고의 다시 업슬 거시오 쳘니 밧 일흘 손금 보듯 의논ᄒ며 빅번을 쳐 ᄒ 번 실슈 업기는 진실노 장승상과 위징의 지혜는 고금의 업슬 거시요 홍문연의 님군을 구ᄒ야 잔도을 불 질으고 용언을 지어ᄂ여 한싱을 살마 죽이고 픠왕의 도읍 핑셩의 옴게 ᄒ여 금 팔길 잘 양ᄒ고 한을 유인ᄒ여 한나라로 도라가 장ᄃ를 봉케 ᄒ고 오국졔후를 □□□ 여 쵸나라로 더부러 반ᄒ게 ᄒ고 운쥬유악지 □□□□□□□□

p.9

너지의 ᄒ고 셩공ᄒ여 봉후을 밧지 안이ᄒ고 샤병력곡 ᄒ여 젹송ᄌ을 ᄯ라가시니 아마도 장ᄌ방 갓튼 의향은 만고녁ᄃ의 업슬 거시오 일쳔오빅 마을 슈쳘 니의 두고 오창속으로 젼즁ᄒ 야 굴냥을 숀치 안이ᄒ기는 진실노 한승상 소하 갓흐 니는 쥬법

은 고금의 업슨 거시오 쳔ᄒ 병마을 한듸 모화 임의로 분합ᄒ며
쳔문구궁진과 팔문금쇄진과 슴지오ᄒᆡᆼ진을 의논 업시 혼ᄌ 치니
아마도 상쥬 젹 강틱공의 병법이야 황셕공인들 엇지 칭냥ᄒ오
며 위징션싱의 셩과 용왕 버힌 검슐과 호로 밤의 됴군 치듯
ᄒ던 왕능의 검슐과 후쥬을 품의 품고 됴표의 팔십만 듸군병을
잔판고의셔 슈풀의 이러난 블 ᄯ듯 북풍의 한셜 쓰러버린 상산
조ᄌ룡의 검슐도 거록다 ᄒ련이와 팔십 근 쳥뇽도를 빗기 들고
봉의 눈 부릅ᄯᅳ고 슘각슈을 거시허시고 ᄒᆞᆫ번의 황금 투구를
칼등으로 ᄯᅵ치고 알망문츄를 슌식간 버히고 오관의 지ᄂᆡ실 졔
여셧 장슈를 풀 버히 ᄒ며 고셩의셔 장댱군과 닷톨 젹의 ▢▢▢
▢▢▢ 긋치지 안이 ▢▢

p.10
십니 밧긔 오는 위장의 머리을 손의 쥐엿던 것 갓치 버혀쓰니
▢▢도 거록다 ᄒ거니와 관모의 검슐이야 뉘 능히 칭냥허오리
닛가 틱쉬 듯기을 다ᄒᆞᆷᅵ ᄯᅩ 무러 왈 누구는 활 ᄌᆡ조 용ᄒ며
누구는 음뉼을 잘ᄒ며 누구는 의슐이 용ᄒ며 누구는 잡슐이
용ᄒ뇨 담낭이 듸왈 빅보의 슘지창을 셰우고 쏘아 맛치던 장뇌
의 ᄉ법과 듸희 쥼의 비 타고 비용총을 쏘와 맛치던 ᄌ룡의
살법도 거록다 ᄒ련이와 일빅오십 보의 금돈 한 푼을 달고 셰낫
살을 다 쏘와 맛치고 현한 ▢▢▢ 한 ᄉ람식 ᄲᅡ는 급졔을 히여시
니 아마도 분양왕 곽ᄌ의 갓흔 ᄉ법은 쳔고의 업슨 거시오 곽빅

니슌풍 갓흔 지슐도 용타 ᄒᆞ거니와 지슐을 보아 쳔빅 길흉을
논단ᄒᆞ야 긔록ᄒᆞ야쓰니 진실노 쥬회암 갓흔 지슐은 천고의 업
슬 거시오 원쳔강 소강졀 엄군평 졍명도 진희이 강틱공 곽곽
즉역 갓흔 복슐은 만고의 유명ᄒᆞ오시고 구즁의 쥐 갓기를 계구
ᄒᆞ고 구셰손의 ᄉᆞ쥬을 밀이 늬여 유젼ᄒᆞ와ᄉᆞ오니 아마도 홍계
관 갓은 복슐은 삼황 후에 업슬 거시오 관장의 독젼 마즌 팔□
곳치든 틱빅산 화틱는 용한 의

슐이라 ᄒᆞ련니와 진믹하야 ᄉᆞ싱을 판단ᄒᆞ고 빅 번 명약ᄒᆞ야
ᄒᆞᆫ 번 효험 안이 잇는 병이 업고 침구의 당ᄒᆞ야 빅골 사이을
능히 분변ᄒᆞ야쓰니 아마도 편작 갓흔 의슐은 쳔만세의 쪽이
업슬 거시요 ᄌᆞ고로 도ᄉᆞ쳐의 신통한 음율이 작히 만ᄉᆞ올이가
마는 졔슌 유우씨 타시든 오현금과 종ᄌᆞ의 긔긔묘묘한 곡조는
일으지 말고 칠현금 한 소릭의 모든 학이 나려와 츔추고 신션이
종종 ᄎᆞ져와 곡조을 빈화쓰니 아마도 빅아 갓튼 명금과 슐법은
인간의 업슬 거시오 왕소군의 알운무 갓튼 신긔한 츔츄도 긔긔
허다 ᄒᆞ련이와 안져셔 병을 파ᄒᆞ고 신병과 풍운을 불여 젹장을
톳기 잡듯 ᄒᆞ기는 단기양족 ᄒᆞ온 손변의 츔법이 웃듬이요 동승
신쥬로 여남셤부쥬로 건너가 슈부졔도ᄉᆞ을 차져도 슐을 빈화
가지고 쳔상의 올나가 신션의 도슐의 소야오 힝산 아릭 써러져
오빅 년을 ᄂᆡ을시고 업듸

러더니 당틱종 시졀의 삼장법수를 셔쳔셔역국 틱ㅁㅁ흠수로 경문 가질나 갈 졔 만ᄂᆞ 샛혀 다리고 갓던 희과산 슈렴동의셔 이러난 젹호의 ᄌᆞ손 손오공 갓흔 잡슐은 쳔고의 업는이다 틱쉬 틱희ᄒᆞ야 ᄯᅩ 무러 왈 역틱졔왕 즁의 누구는 명쥬시며 누구는 무도타 ᄒᆞ는요 담낭이 틱왈 요슌인쥬는 명쥬라 ᄒᆞ옵고 하걸은 무도타 하는이다 틱쉬 왈 녜로부터 계집으로 졍수을 맛겨 나라을 도음이 잇스면 혹망허는 나라도 잇스니 그는 엇지 일음고 담낭 왈 ᄌᆞ고로 쳔ᄒᆞ의 가득헌 계집에 셩덕이 갓튼 이도 잇습고 혹 간수헌 이도 이ᄉᆞ오니 ᄒᆞᆫ 닙으로 칭냥치 못ᄒᆞ련이와 다만 쥬나라 틱임과 한나라 슴이와 위나라 장강 갓튼 계집은 나라를 잘 셤겨 졀수를 돕습고 포수 달긔와 셔시 미희며 낭옥진 됴비연 무시쟉 갓튼 계집은 나라흘 픽망ᄒᆞ

는이다 틱쉬 ᄯᅩ 무러 왈 쳔ᄒᆞ 졀식은 뉘라 ᄒᆞ는요 담낭 왈 초픽왕으 우미인이과 니졍의 ᄌᆞ란과믹의 츙늉부인은 향즁 일홈난 졀식이옵거니와 역틱졔왕의 총쳡미인들과 왕소군의 장녀화며 옥디옥인과 난옥년 덕경홍과 계셤월 진치봉과 취취은영 갓튼 계집은 가히 이기여 혜지 못ᄒᆞ련이와 ᄒᆞᆫ번 우스면 빅 가지 교틱 나고 ᄒᆞᆫ번 걸음의 열 가지 지용을 지으며 역노의 그 머리를 버혀 죽이니 당명황이 실셩통곡ᄒᆞ고 그 버힌 아틱동을 군ᄉᆞ

가지고 다라나시니 아마 양구비 갓흔 쳥누졀싴은 만고 역듸의 업스리이다 틴쉬 왈 네 십셰 젼 아희로셔 역듸졔왕의 치란흥망과 녈신의 능부션악을 녁녁히 논난ᄒ니 엇지 범상헌 아회리요 그러나 예로부터 엇던 인군은 틴평을 누리고 엇던 관원은 ▢▢로 살고 엇던 관원은 망

p.14

명삭직ᄒ며 ᄯᅩ 여염의 엇던 가모와 가장은 가되 흥셩ᄒ고 엇던 가모가장은 가되 픠망ᄒ는뇨 담낭이 듸왈 예로부터 이졔 이르러 슌덕즌 창ᄒ고 역덕즌 망ᄒ는이 쥬무왕은 쳔ᄒ을 난화 졔후를 쥬고 디방 빅 니만 가져 셔로 팔빅 년 도음ᄒ야쓰니 이는 슌덕왕즈의 틴평셩듸요 진시황은 쳔ᄒ을 다 가져쓰되 이셰의 망ᄒ야쓰니 이는 역덕왕즈의 망군ᄒᆫ 격이요 관모는 나라흘 츙셩으로 밧드러 상격겸 관지겸 ᄒ시고 ᄒ우만물기우 ᄒ야 이민션졍 ᄒ기를 격즈 갓치 ᄒ며 숑덕이 이러나 명졍션치한 관원이라 할 거시요 쥬국치도와 빅셩의 공ᄉᆞ을 심상이 알고 인민을 학졍망ᄒ야 형벌이 분명치 못ᄒ고 탐욕이 나셔 공ᄉᆞ을 부졍이 ᄒ며 만민의 원망의 일어나면 무졍실덕ᄒᆫ 관원이라 망명삭직 헐 거시요 ᄯᅩ 여염 가장은 농ᄉᆞ을 잘ᄒ

p.15

며 가스를 살피고 친척을 화목ᄒ며 여염 스람을 공경ᄒ고 부부간 금슬을 뮈오지 아니ᄒ고 가모는 질슴과 졔스의 부즈런ᄒ고 시족를 반기며 이웃스람을 잘 스괴고 노비를 날마다 흔갖 갓치 한 즉 가되 흥셩헐 거시오 또 가장은 농스와 가스을 살피지 안이ᄒ고 몸의 빗난 의복과 입의 맛는 음식을 조화ᄒ며 귀예 오묘흔 소릐와 눈의 고은 계집을 짜르며 슐 먹기와 잠즈기로 일슴고 가모는 길슴과 졔스의 게으르고 말ᄒ기 조화ᄒ야 여염 스람과 쑵지지며 부부간 금슬이 불슌ᄒ야 가장의 눈을 소겨 양식을 허피ᄒ고 즈손 노비를 쑤지져 그 허물이 문박게 나게 ᄒ며 시부모 시족을 즐 셤기지 못ᄒ면 가되 픠망ᄒ는이다 틱쉬 왈 옛스람의 일을 즈셔이 알건니와 천지스시 슌힝ᄒ는 이와 일월셩신 조화의 일을 능히 알소냐

p.16

담낭이 디왈 셩쥐 이졔 아범 스람이 아지 못헐 말슴 이르신니 소직 아는 일이 업습고 빈혼 말슴 업스오나 셩쥬는 마즈 드러보소셔 쳔원지방이라 ᄒ야쓰오니 하날은 두렷ᄒ고 짜흔 모는 줄만 알 짜름이요 음양조화 ᄒ는 법을 뉘 능히 알니잇가 디져 당초의 틱극이라 ᄒ는 별이 하날의 두레 쪽지 갓치 달녀쓰되 모양이 열두 모의 여덜 면이 잇고 그 가으로 갑즈을츅부터 갑슐을희까지 열두 음양을 빙합ᄒ야 두루 버렷고 그 가은 하날을

응ᄒ야 일월셩신과 우로상셜과 호무풍운을 열두 방위의 버려쓰
되 팔괘음양 조화지법이 업기로 쳐음의 하날이 도지 못ᄒ더니
쳔상에 건곤비합이 잇셔 상싱이 셰 번 잉삼ᄒ더니 갑진간손이
틱뉵 남믹을 나팔방의 난홀식 장ᄌ 진은 졍동묘방의 보닉고
장녀 손

p.17

은 동남간진 ᄉ방으로 보닉고 ᄎᄌ 감은 졍북ᄌ방예 보닉고
ᄎ녀니는 졍남오방에 보닉고 숨ᄌ간은 동북간츅인방으로 보닉
고 숨녀틱는 졍셔유방에 보닉고 건은 셔북간슐히방으로 가고
곤은 쇠남간 미신방으로 보닉니 이거시 이른바 음양조종팔궤라
하날이 오십말 니로딕 각각 뉵만 이쳔오빅 니식 난화 가지고
쳔원지방 뉵졍뉵갑을 ᄎ지ᄒ야 하날을 미러 돌게 할식 쳔도은
좌션 뉵고 지도는 우션 ᄒ야쓰되 건이 몬져 유방으로 밀고 니는
진ᄉ방으로 밀고 감은 슐히방으로 밀고 손은 묘방으로 밀고
진은 츅인방으로 밀고 간은 ᄌ방으로 미나 이 젹의 하날이 비로
소 슈레박휘 갓치 돌아가니 일광으로 희을 인도ᄒ고 월궁항아
는 달을 인도ᄒ고 틱을셩은 모든 셩신을 인도ᄒ야

p.18

하날이 도라가는 딕로 음양이 스스로 ᄉ시오힝이고 ▢▢ 쏘
ᄉ히용왕이 각각 우로상셜과 뇌졍벽녁과 홍무풍운을 ᄎ지ᄒ야

온갓 변화ᄒᆞ기을 쳔지긔품 ᄒᆞ야 ᄒᆡᆼᄒᆞ되 동방청제는 갑을ᄉᆞᆷ팔뉵으로 정월 초하로날부터 ᄉᆞᆷ월 열이튼날가지 번을 살고 남방젹제는 병졍이 칠화로 삼월 심ᄉᆞᆷ일부터 오월 이십ᄉᆞ일가지 번을 살고 셔방ᄇᆡᆨ졔 용왕은 경시ᄉᆞ구금으로 오월 이십오일부터 팔월 초육일가지 번을 살고 북방흑졔 용왕은 임계일 뉵슈로 팔월 초칠일부터 십월 십팔일가지 번을 살고 즁앙황졔 용왕은 무긔오십호로 십월 십구일부터 납월 ᄉᆞᆷ십일가지 번을 살되 각각 칠십 여 일식 슌번ᄒᆞ고 ᄯᅩ 하날과 ᄶᅡ히 ᄇᆡ합이로되 하날은 팔면 십이방 □

p.19

하도을 응ᄒᆞ야 일월셩신과 음양팔괘법을 버렷고 ᄶᅡᄒᆞᆫ ᄉᆞ면팔방 낙셔을 응ᄒᆞ야 금목슈화토 오ᄒᆡᆼ 산쳔을 버렷쓰니 하우씨 ᄌᆞ셔이 알고져 ᄒᆞᄉᆞ 여의금ᄌᆞ방을 가지고 두루 ᄌᆞ힐ᄉᆡ 낙양으로부터 ᄉᆞ방 ᄉᆞᆷ말 니요 황농을 타고 ᄉᆞᄒᆡ로 두루 ᄌᆞ힌이 광이 ᄉᆞᆷ말 니요 ᄉᆞ회 밧게 나가 뉵지을 두루 ᄌᆞ힌이 그도 광이 ᄉᆞᆷ만 니라 합ᄒᆞ야 쳔디ᄉᆞ방 면이 십팔만 니라 쳔디의 장광은 아라쓰나 그 지극ᄒᆞᆫ 일을 몰나 방산이란 뫼에 올나간이 산상 쳔 길 반송 밋테 큰 비를 ᄆᆡᆫ들어 삭여 셰워쓰니 손간지즁이 오쳔디디동이라 ᄒᆞ얏고 쳔지 쥬회는 오십말 니라 ᄒᆞ얏고 ᄯᅩ 한편의 삭여쓰되 간손 ᄉᆞ이가 이십말 니요 쳘니로 일촌이 팔십촌이라 ᄒᆞ야쓰ᄆᆡ 동지날부터 ᄒᆡ는 동방 졔일촌의

셔 도다 날마다 흔 치식 손방으로 둘너 오고 일빅팔십 일 만의
올나 하지일의 히는 간방으로 와 날마다 한 치식 손방으로 오고
달은 손방손방의 와 날마다 한 치식 간방으로 오고 마진 편의
유방이 이시니 왈 함지라 흐는 거시니 일월이 동으로 도다 건방
졔일 못과 곤방 졔일 못 스이로 일 틱식 난화 쩌러지기는 일월
슈이 가는 찍도 잇스며 더듸 가는 찍도 잇스니 이거시 스시
윤힝흐는 쳔디음양 조화라 흐야거늘 하우씨 도라와 쳔지 장광
쥬회흐는 슈와 일월 장단 싱낙 흐는 법으로 동지 하지를 짐작흐
야 연월노 히머리을 스마 츅월가지 십이월노 일 년을 숨고 십
일식 난화 졀슈를 알게 흐고 십이 시식 찍를 졍흐야 흔 날을
숨고 구십뉵 긱을 난화 흔 시을 숨고 일빅이십 분를 십오 분

식 난화 한 긱를 숨아쓰니 쳔지만물의 일를 소즈밧게 뉘 알니이
가 흔듸 틱쉬 듯기를 다흐민 씩씩흐고 흿츌흐야 아모란 줄 아지
못흐고 쏘 무러 왈 쳔지가 머리와 쏘리 잇는냐 담낭이 딕왈
음양이 다 쏘리로 싱흐야 슈미상응흐는이 하날에 머리는 슐히간
건이요 쏘리는 진스간손이요 짜히 머리는 미신간곤이요 쏘리는
츅인간곤이요 쳔지의 슈는 젼셔좌우요 쳔지의 쏘리는 청동 좌우
라 동은 만물싱긔 흐는 방이요 셔는 만물슉살 흐는 방이라 흐나
이다 틱쉬 신긔히 녀겨 쏘 무러 왈 스람은 엇지 싱겨쓰며 노소

업시 죽기는 엇던 일인가 담낭이 되왈 그는 지부의 뉵갑한 ᄌ의
팔만 수쳔식 마련ᄒᆞ야쓰니 흔 왕이 ᄎᆞ지하는 거시 □□ 팔십수만
명이라 졔일진광되왕은 갑ᄌ을츅병인졍묘무진긔사가

지 ᄎᆞ지ᄒᆞ고 졔이 초광되왕은 경오신미 임신계유갑슐을ᄒᆡ가지
ᄎᆞ지ᄒᆞ고 졔습 송졔되왕은 병ᄌ졍츅무인긔묘경진신사가지 ᄎᆞ
지ᄒᆞ고 졔수 오관되왕은 임오계미갑신을유병슐졍ᄒᆡ가지 ᄎᆞ지
ᄒᆞ고 졔오 염나되왕은 무ᄌ긔츅경인신묘임진계수 가지 ᄎᆞ지ᄒᆞ
고 졔육 변셩되왕은 갑오을미병신졍유무슐긔ᄒᆡ 가지 ᄎᆞ지ᄒᆞ고
졔칠 티산되왕은 병ᄌ신츅임인계묘갑진을수 가지 ᄎᆞ지ᄒᆞ고 졔
팔 형등되왕은 병오졍미무신긔유경슐신ᄒᆡ 가지 ᄎᆞ지ᄒᆞ고 졔구
도시되왕은 임ᄌ계츅갑인을묘병진졍수 가지 ᄎᆞ지ᄒᆞ고 졔십 젼
륜되왕은 무오긔미경신신유임슐계ᄒᆡ 가지 ᄎᆞ지ᄒᆞ야 사람 숨길
제 음양과 오ᄒᆡᆼ 졍긔를 흔되 합ᄒᆞ야 쓰믹 양은 빅골이 되여
은혈이 되고 음은 혈육이 되여 한닝

이 되고 오ᄒᆡᆼ졍긔는 수지 혈믹과 구공소강뉵부 되여 구음이
졍신이 되여 슈심ᄒᆞ게 ᄒᆞ고 음양과 오ᄒᆡᆼ이 상싱상극ᄒᆞ기로 빅
골빅졀이 셔로 놀고 구공혈믹 통ᄒᆞ믹 수람 숨기는 밧ᄌ는 셔가
여릭와 지장보살과 관음 나한과 숨칠셩이 각각 문셔를 ᄎᆞ지ᄒᆞ

야 억만창셩의 존비귀쳔과 길흉화복을 고로게 마련ᄒ야 ᄂ나니 이거시 스람 숨기는 법이요 노소 업시 죽기는 숨겨날 졔 음양으로 흣듸 싀러 져울에 다라 한 명식을 민들고 지부듸견칙의 슈한 장단을 마련ᄒ야 써 두고 그 한이 잇기로 ᄎ례로 즈바다가 곳쳐 화작ᄒ는이 당초 스람 숨겨날 졔 양이 더헌 스람은 은혈이 더헌 고로 금목화셩 ᄒ기로 화병으로 조ᄉᄒ고 음이 더헌 스람은 한닝이 더헌 고로 슈토긔셩 ᄒ

닝병으로 조ᄉᄒ고 마련의셔 분슈 더헌 스람은 마음과 정신이 분명치 못ᄒ고 음양과 오힝 졍긔와 분쉬 고른 스람은 장슈ᄒ나니다 퇴쉬 ᄯᅩ 무러 왈 엇던 스람은 즈식을 낫코 엇던 스람은 즈식을 못 낫나뇨 담낭이 듸왈 그는 부부의 음양이 고로지 못ᄒ기로 그러ᄒ오되 양남음녀는 즈식을 낫코 음남양녀는 즈식을 못 낫는이다 퇴쉬 듯기를 다ᄒ고 못늬 칭찬ᄒ며 ᄯᅩ 무러 왈 네 먼져 아는 인물 포폄ᄒ는 말은 의연타 ᄒ련이와 아싴 이르든 쳔디 조화와 치부의 형젹 업시 헌 일을 본 듯시 ᄒ는냐 답왈 쳔지 조화법은 옛날 하우씨 환룡을 타시고 홍슈 다ᄉ릴실 졔 동□

맛늬 나가 방산이란 뫼의 올나가니 쳔 길 반송 우희 흔 금낭이

III. 〈고담낭젼〉 원문 **65**

걸녀거날 보니 금낭 속에 금쟈로 써시되 천지음양 ᄉ적을 긔록
ᄒ야 너허쓰미 보고 가져 왓ᄉ오니 그 ᄉ적이 엇지 업ᄉ오며
ᄉ람 슘기는 법은 당튀종 셰민 황졔 쥭을 ᄶ에 승상 위증이
편지를 봉ᄒ야 품의 품겨더니 황졔지부의 드러가 슘 나젼의
판관 최옥을 보시고 젼ᄒ니 최옥이 편지를 보고 명슈듸젼칙의
이십 셰를 도도와 셰민의 나흘 오십 일노 도도고 지부왕게 위조
ᄒ야 소긴 후에 최옥이 지부왕긔 알외여 황졔를 도로 셰상의
닉여 보닉라 ᄒ니 최옥이 황졔를 나리고 지부십왕젼과 풍도
만ᄉ의 니를 녁녁키 가르치니

p.26

황졔 ᄉ람 싱ᄉᄒ는 법과 풍도만ᄉ를 ᄌ세히 알고 왓ᄉ오니
엇지 그 ᄉ적이 업ᄉ오며 소ᄌ의 말ᄉᆷ이 허랑타 ᄒ리잇가 틱쉬
왈 너더러 뭇는 말이 인간 모로는 닐이 업쓰니 다시 무를 빅
업건이와 네 나히 십오 셰 되거든 왕상긔 알외여 벼슬를 쥬어
국ᄉ을 돕게 헐 거시니 아지 못게라 무ᄉᆷ 벼슬을 ᄒ고ᄌ ᄒ는다
담낭이 듸왈 소ᄌ는 ᄒ방 녹녹헌 농부의 후예라 일즉 빈혼 지조
업습고 업슨 말ᄉᆷ으로 감당허리잇가 틱쉬 듸왈 네 나히 이제
십 셰로되 인간만ᄉ를 모르미 업쓰니 장닉 더옥 통달ᄒ면 무ᄉᆷ
벼슬을 감당치 못ᄒ리오 담낭이

p.27

웃고 왈 그는 그러치 안이ᄒ와이다 소ᄌ의 직죄 츙신녈ᄉ의
뉴만 못ᄒ오니 인인의 법을 본바다 입신양명 허리잇가 소ᄌ의
일홈이 옛 고 ᄶ의 말슴 담 ᄶ와 쥬머니 낭 ᄶ로 지여ᄊ오ᄆ
발셔 십 셰 젼에 담낭이라 ᄒ옵기로 쓸데업ᄉ와 찻는 바의 못
줍는 ᄃ로 ᄃ답헐 ᄯ름이로소이다 퇴쉬 불상이 여겨 담낭을
상ᄉ를 후히 헌이 그 후의 모든 ᄇ셩이 담낭 녜 말 ᄒ든 소문를
듯고 못ᄂ ᄂᄂ 칭찬ᄒ고 만셰의 유젼ᄒ더라

윤지경젼

Ⅰ. 〈윤지경전〉 해제

　〈윤지경전〉은 우리나라의 역
사적 상황을 배경으로 설정하여
남녀주인공의 애정을 제재로 다
룬 고소설 작품이다. 여기서는
'김광순 소장필사본 고소설 487
종'에서 100종을 정선한 〈김광
순 소장 필사본 고소설 100선〉
중 하나인 〈윤지경전〉을 대본
으로 해 역주하였다. 김광순 소
장 〈윤지경전〉은 1권 1책으로

〈윤지경전〉

서 한지에 붓글씨 흘림체로 쓴 필사본이다. 앞으로 이는 택민본
〈윤지경전〉으로 약칭한다. 가로 20cm, 세로 32cm에 각 면이
10행이고, 총면수는 87면이고 각 행은 평균 21자이다.

　〈윤지경전〉은 사실史實을 바탕으로 하면서도 독창성을 지닌
작품이다. 작품의 사실적 요소는 등장인물에 실존인물이 많다
는 점이다. 특히 주인공 윤지경은 조선시대 중종대 사람인 윤인
경尹仁鏡의 행적과 비슷하다. 그 외 실존인물로는 중종, 조모,
복성군, 남곤, 심정 등이 있다. 조모는 조광조를 가리킨다. 등장
인물이 그러하다 보니 몇몇 사건도 역사적 시간과 유사하다.

예를 들면 기묘사화己卯士禍나 작서지변灼鼠之變 등이다. 〈윤지경전〉의 이본 가운데 한문필사본 〈윤인경전〉은 실존인물의 이름을 그대로 사용하고 있기도 하다.

한편 독창적 요소는 작품 전체에 흐르고 있는 사건의 현실적 성격이다. 고소설이라면 흔히 발견되는 천상세계의 개입, 꿈의 게시, 도사와 같은 구원자의 등장 등이 나타나지 않는다. 이러한 특성은 남녀주인공의 애정담이 다른 고소설 작품과 차별적인 내용을 지니는 데서 기인한다. 주인공인 윤지경은 최참판의 딸인 연아에 대해 한결같은 사랑을 보이는데, 그 과정이 구체적인 사건으로 형상화되어 있다. 작품의 반 이상을 차지하는 윤지경이 최연아를 찾아가 만나거나 만나지 못해 낙담하는 일은 여타 고소설에서는 드문 양상이다.

이러한 〈윤지경전〉의 내용을 주인공의 애정담을 중심으로 간략하게 정리하면 다음과 같다.

재상 윤현의 셋째아들인 윤지경은 재주가 뛰어나 14세에 진사가 된다. 전염병에 걸린 지경을 참판 최홍일의 집에 피접했는데, 지경은 참판의 딸인 최연아를 보고 사랑하게 되어 부모에게 말하여 청혼하게 하나 최참판의 부인이 반대한다. 요양하면서 지경과 연아는 더욱 가까워지게 되고 결혼을 약속한다. 병이 나은 후 연아가 부모에게 사랑하는 사이임을 말해 약혼이 이루어지고 길일을 택한다. 왕족인 희안군이 지경을 사위 삼으려다 뜻을 이루지 못하자 중종에게 부마를 삼을 것을 청하고 중종은 지경을 부마로 간택한다. 한편 지경은 혼례를 치르는 중에 중종의 부름을 받고 입궐해 송귀인의 딸인 연성옹주의 신랑감으로 정해진 사실을 알게 된다. 지경은 이미 정혼했음을 말하며 부당함을 주장하다가 윤공과 함께 투옥된다. 양사에서 간하므로 중종은 지경을 용서하고 벼슬을 내리고 옹주와 결혼을 시킨다. 지경은 식음을 전폐하다가 할 수 없이 옹주와 혼례를 치르나 옹주궁을 찾지 않고 연아의 집으로 찾아가니 최공이 꾸짖는다. 지경이 연아를 찾아가 밤을 지내고 돌아오는 등 계속 만나다가 최공의 집에 들키게 되고 최공과 윤공의 만류에도 지경의 발길은 멈추지 않는다. 지경이 옹주를 박대한다는 사실을 알게 된 송귀인은 중종에게 고하고, 중종은 윤공과 최공을 불러 지경의 발길을 막으라고 명령한다. 그 후 최공과 윤공은 지경에게 연아가 죽었다고 거짓말을 하고는 숨어 살게 하니 지경은 연아가 죽은 줄 알고 매우 슬퍼한다. 하루는 최공의 집으로 가 배회하면서 눈물을 흘리는데 연아의 조카가 연아가 살아 있음을 가르쳐주고 두 사람은 상봉한다. 그 후로 지경은 연아 곁을 떠나지 않고 조회까지 폐하고 최씨와 함께 지낸다. 조정과 집안에서 지경을 백방으로 찾은 끝에 최씨와 함께 있는 지경을 찾아낸다. 왕은 지경이 옹주를 박대한 죄를 친히 심문하고 두 사람을 각각 다른 곳으로 유배를 보낸다. 지경은 최씨의 귀양지를 다스리는 수령에게 최씨를 잘 보살펴줄 것을 부탁하고 유배 중에도 음식

등을 최씨에게 보내는 등 정성을 다하는 대신, 자신은 아이들과 놀고 술이나 마시는 등 세상을 멀리하면서 지낸다. 이듬해 동궁에서 득세했던 간신들이 마침내 난을 일으키니, 왕이 주모자 송귀인을 처형하고 복성군과 옹주 등은 유배를 보낸다. 그리고 지경의 보신지계保身之計를 칭찬하며 부마위를 거두고 승지를 제수한다. 지경이 왕이 베풀어준 은혜에 감사드리며 옹주를 풀어 달라고 청하여 극진히 대접하면서 비로소 화목한 가정을 이룬다.

이상의 줄거리를 통해 보면 주인공 윤지경은 애정의 성취를 위해 최선을 다하는 인물로 그려져 있다. 최연아를 처음 본 후 부모에게 말해 청혼하게 하고, 임금이 옹주와 결혼하라고 할 때 혼인할 수 없음을 강한 어조로 말하고, 양가 부모의 만류에도 최연아를 끊임없이 찾아간다. 뿐만 아니라 옹주를 노골적으로 박대하고 임금에 대해 비판하는 말을 스스럼없이 하며, 귀양길에서도 아내를 위해 최선을 다한다. 이러한 행위는 최연아와의 사랑을 이루고자 하는 것을 최우선으로 삼는 데서 나오는 것이다.

〈윤지경전〉은 주인공의 행위를 통해 드러나는 '애정의 추구'를 보다 완벽하게 구현한다. 위에서 살핀 지경의 일관된 모습은 다소 무모한 구석이 있다. 왕과 정면으로 맞서는 언행은 사랑의 성취에 오히려 부정적으로 작용하기 때문이다. 중종이 폭군으로 설정되어 있다면 독자에게 통쾌함이라도 줄 수 있으나, 그렇지 않은 임금의 뜻을 거역하고 기분을 나쁘게 하는 것은 두 사람의 불행을 자초하는 선택이다. 〈윤지경전〉에서는 이러한 정황이 고려되어 옹주를 박대하고 송귀인과 척을 지는 등의 행위는 미래에 일어날 송귀인 무리의 역모사건과 거리를 두려는 보신지책으로 설정된다.

윤지경이 부마가 되었음에도 아내를 몰래 만나고 사랑하는 것은 두 가지 의미를 지닌다. 스토리상으로 정혼한 최씨에 대해 의리를 실천하는 것이기도 하고, 사회 통념을 벗어나 사랑의 감정이 이끄는 대로 움직이는 사실성을 보여주는 것이기도 하다. 전자는 관념적인 성격을 띠고 후자는 경험적인 성격을 지니기에 충돌되

〈윤지경전〉

는 면으로 비쳐질 수 있다. 그러나 작가는 상충될 수 있는 윤지경의 사랑을 실제에 일어날 수 잇는 개연성 있는 행위를 통해 하나로 묶어지도록 그리고 있다. 즉 윤지경은 날마다 아내의 집으로 가면서도 옹주에게 심한 말을 하고, 담을 넘어 아내를 찾거나 두문북축한 채 무무하게 아내와 동거하면서두 왕에게 최씨가 겪게 될 부당함에 대해 할 말을 다하는 등 다소 과도한

언행을 하는 사실적인 인물로 그려진다.

〈윤지경전〉의 독창성은 바로 이러한 점에서 찾을 수 있다. 택민본은 다른 이본에 비해 이러한 독창성이 상대적으로 강화된 작품으로 보인다. 〈윤지경전〉의 이본들은 세부 사건에서 약간의 차이를 보이는데, 택민본은 윤지경이 최씨를 찾아가고 주변의 반대에도 적극적으로 최씨를 만나려 하고 함께 지내는 등의 사건과 장면에서 더 자세하고 확장된 양상을 드러낸다. 이러한 점에서 고소설 중 애정소설로서 차별성을 지닌 〈윤지경전〉의 묘미를 맛보고자 한다면 택민본 〈윤지경전〉을 볼 것을 추천한다.

Ⅱ. 〈윤지경전〉 현대어역

윤지경젼

조선국 중종대왕 즉위 초에 한 재상이 있었는데, 성은 윤씨고 이름은 현이었다. 본래 영천 사람으로서 일찍 과거에 급제해 벼슬이 판서에 이르렀다. 재산이 요부饒富[1]하여 구차[2]함이 없었고 슬하에 아들 다섯을 두었다. 아들이 하나하나 아름다운 가운데 막내아들인 지경은 자字가 자산으로서, 여러 형제들 중에서 가장 문장 재화才華[3]가 빼어나고 용모가 비범하고 의량意量[4]과 충효심忠孝心이 어린아이 같지 않았다. 이에 친척을 비롯한 모든 사람들이 다 칭찬하였다. 남도 대개 생각이 같으니 그 부모의 마음이 어떠하겠는가. 손바닥 위의 보물처럼 애중愛重[5]하였는데 지경이 열네 살에 용문龍門에 올라[6] 벼슬이 진사가 되었다.

부모가 매양 애중히 여기던 중 운수가 따르지 않아 그 해 여름에 여역癘疫[7]이 대치大熾[8]하였다. 비복婢僕들이 연이어 앓

---

1) 요부饒富 : 재산이 넉넉함.
2) 구차 : 살림이 몹시 가난함.
3) 재화才華 : 빛나는 재주.
4) 의량意量 : 생각과 도량.
5) 애중愛重 : 사랑하고 소중하게 여김.
6) 용문龍門에 올라 : 과거에 급제하여.
7) 여역癘疫 : 전염성 열병의 총칭.
8) 대치大熾 : 기세가 아주 성함.

으므로 가중家中9)이 피접避接10)하여 참판 최홍일 집을 얻었으니, 원래 최공은 윤공의 사촌동생 매부였다. 최공이 윤씨를 취하여 두 아들을 낳고 일찍 상처하여 이씨를 취하여 딸 하나를 낳았다. 이름은 연아로서 그 용모가 출중하여 화용월태花容月態11)하고 색덕色德12)을 겸비하였으니 최공 부부가 과애過愛13)하였다.

이때가 방년芳年 십삼 세로서 택서擇壻14)하기를 특별히 신경을 썼다. 윤공은 통가지의通家之義15)로 자녀를 서로 보니 진사가 최소저를 보고 사랑하여 모친께 청혼해 주실 것을 청하였다. 부인이 공과 상의하고 최공에게 구혼하였는데, 최공이 연아의 나이가 어린 것을 칭탁稱託16)하고서 쾌히 허락지 않으니 윤공이 매우 무안해 하였다. 최공은 진사를 매우 사랑하나, 이씨는 매우 편협偏狹17)하여 낭자郎子18)의 뇌락磊落19)함을 채 알지 못하고는 지경이 방탕하여 이십 전에 많이 청루靑樓20)에 왕래했음

---

9) 가중家中 : 온 집안.
10) 피접避接 ; 병중에 자리를 옮겨서 요양함.
11) 화용월태花容月態 : 꽃다운 얼굴과 고운 자태라는 뜻으로, 아름다운 여인의 모습을 이르는 말.
12) 색덕色德 : 여자의 미모와 아름다운 덕행.
13) 과애過愛 : 지나치게 사랑함. 여기서는 매우 사랑함.
14) 택서擇壻 : 사윗감을 고름.
15) 통가지의通家之義 : 대대로 서로 친하게 사귀어 오는 집안의 정의.
16) 칭탁稱託 : 어떠하다고 핑계를 댐.
17) 편협偏狹 : 한쪽으로 치우쳐 도량이 좁고 너그럽지 못함.
18) 낭자郎子 : 옛날에, 남의 집 총각을 점잖게 이르던 말.
19) 뇌락磊落 : 마음이 너그럽고 작은 일에 얽매이지 않고 의지나 기개가 씩씩함.
20) 청루靑樓 ; 창기娼妓들이 있는 집.

을 꺼려하니 공도 또한 우기지 못했다.

공이 진사의 인기人器21)를 매양 잊지 못하던 중 지경과 연아
가 앓았다. 두 집에서 민망하여 각각 거처하게 한 후에 비복을
맡겨 신신당부하고는 윤공과 최공은 양가에 피접하였다. 윤진
사는 외당에 거처하고 최씨는 내당에 있으면서 각각 비복이
극진히 구완하여 지냈다. 남녀 두 사람이 모두 병에 차도가
있은 후 진사가 마음이 울적하여 내당에 들어가서 전에 보던
경치를 완상하면서 글도 지어 서로 보고, 소일하기 위해 벽에
걸려 있는 상육象陸22)을 내려 친히 바둑을 두면서 적막함을
위로하였다.

지경이 연아를 그윽이 살펴보니 맑고 아름다운 가운데 인물
이 양순良順하고 설부화용雪膚花容23)은 비할 바가 없었다. 그
재용才容을 사모하고 또한 친한 정이 샘솟듯 하여 하루는 악상
육握象陸24)을 쳤다. 이때는 염천炎天25)이라 소저의 얼굴에 땀이
솟아나니 아름다움이 한층 더 뛰어나고 연화송蓮花頌26)에 세우
細雨27)를 뿌린 듯하였다. 진사가 웃고 부채를 들어 부치자 이에
소녀가 낭자郎子를 보고 말하였다.

---

21) 인기人器 : 사람의 됨됨이.
22) 상육象陸 : 정초나 겨울철에 많이 놀았던 주사위 놀이.
23) 설부화용雪膚花容 : 눈처럼 흰 살갗과 꽃처럼 아름다운 얼굴.
24) 악상육握象陸 : '상육'과 같은 말.
25) 염천炎天 : 몹시 더운 날씨.
26) 연화송蓮花頌 : 돌나물과에 딸린 늘푸른 여러해살이풀의 일종.
27) 세우細雨 : 가랑비.

"오라버님, 친히 해 주시니 마음이 편치 아니하여이다."

진사가 웃으며 말하였다.

"나는 윤가의 아들이요 소저는 최공의 여아인데 어찌 남매의 의리가 있다고 오라비라 하리오."

소저가 부끄러워하면서 아미蛾眉[28]를 숙이고 대답하였다.

"어린아이라 촌수는 모르고 부친이 오라비라고 하시매 하였나이다."

진사가 웃고 말하기를,

"한림과 진사는 우리 중고모仲姑母의 소생이므로 육촌간의 의가 있거니와 소저는 이부인에게서 태어났으므로 남이라. 어디에 남매간의 의리가 있으리오."

하고 말을 마치고는 크게 웃었다. 소저가 부끄러워하면서 상륙 주사위를 던지고 일어서고자 하므로 진사가 웃으며 말하였다.

"전에 우리 부모가 숙부께 나를 그대에게 통혼하셨으나 칭탁하여 허락지 않으신 것은 무슨 주의注意[29]이신지. 내 비록 용렬하나 낭자에 못지않고 무식하나 모든 선비보다 못함이 없거늘 어찌하여 거절하신고? 괴이하도다."

소저가 머리를 숙이고 낯이 붉어져 말을 하지 않으므로 진사가 말하였다

---

28) 아미蛾眉 : 누에나방의 촉수觸鬚처럼 털이 짧고 초승달 모양으로 길게 굽은 아름다운 눈썹.
29) 주의注意 : 어떤 곳이나 일에 관심을 집중함.

"혼인은 옛날부터 남녀의 일이라 어찌 작은 혐의가 있으리오. 낭자의 뜻은 어떠하뇨?"

소저가 양구良久[30)에 대답하였다.

"부모께서 하신 일을 어찌 알리까."

진사가 말하였다.

"그렇지 않다. 우리 두 사람은 하늘이 뜻을 두신 바라, 그대와 내가 다 사병死病한[31) 후에 여러 달을 한 곳에 있으면서 친하고 사랑함이 심상치 않거늘, 서로 심사를 기欺[32)이리까. 낭자를 위하여 구혼하매 나와 같은 이도 있으려니와 세상의 일이 뜻과 같이 않아 후회할 수 있지 않으냐. 엎드려 원하건대 낭자는 정성을 이루소서."

소저가 부끄러워 대답하지 않고자 하므로 진사가 의상을 굳게 잡고서 괴롭게 보채니 낭자가 부끄러워하면서 대답하였다.

"모친께옵서 진사님이 청루에 왕래하였으므로 방탕하다고 하시면서 허락하지 않으셨던 것이 아닌가 싶더이다."

진사가 말하였다.

"내 어찌 청루에 놀았으리오. 진사 하였을 적에 창기娼妓가 모인 가운데 가까이 한 게 있은들 버린 지 오래니 그 무슨 허물이 되리요. 낭자의 뜻을 묻고자 하나니 낭자가 나에게 정이

---

30) 양구良久 ; 시간이 꽤 오래될
31) 사병死病한 : 죽을병에 걸린.
32) 기欺이리까 : 속이리까.

있어 혼인을 허락할진대 녹연 총부를 보았으리니 내가 신후경의 죽음을 효칙效則[33]하리라."

소저가 말하기를,

"왕조랑은 음란한 계집이요 신후경은 어린 남자인데, 계집을 위하여 신후경을 효칙하리오. 진사님의 정성이 이러하시고 나도 함께 있은 지 오래되어 피차彼此에 정의가 극진한지라. 심곡心曲[34]을 속이리오. 포숙鮑叔의 믿음을 지키어 종신終身[35]에 잊지 않으리다."

라고 하니, 진사가 크게 기뻐하며 말하였다.

"만일 그럴진대 맹서를 하여 삶과 죽음을 다짐하리라."

소저가 말하였다.

"그렇지 아니하여이다. 근신謹愼[36]을 맹서할 필요가 없삽나니 글을 써 두어 이목을 번거롭게 하리까."

진사가 말하기를,

"낭자는 나를 위하여 지키고자 하나 그대의 부모가 허락하지 않으시면 어찌하리오."

라고 하니 소저가 대답하였다.

"내 정성을 고하면 어찌 허락하지 않으시며 만일 불행하면 죽어 오늘의 말을 잊지 아니하리다."

---

33) 효칙效則 : 본받아 법으로 삼음.
34) 심곡心曲 : 애틋하고 간절한 마음.
35) 종신終身 : 한평생을 마침.
36) 근신謹愼 : 말이나 행동을 삼가고 조심함.

생이 크게 기뻐하여 날마다 모여 놀고 애중함이 깊었다. 다시 계통繼痛37)하는 이가 없었으므로 달을 이어 날마다 서로 모이니 정의가 독실하여 서로 떠나기를 애연哀然38)해 하였다.

소저가 부모형제를 만나 반가워하고는 밤이 되자 부모에게 생이 한 말을 일일이 고하고자 의정意定39)을 갖추어 여쭈었다.

"소녀가 병에 걸린 후 원래 늘 같이 있어서 정의가 막역莫逆한 지라, 윤씨의 사람이 되기를 원하나이다."

공과 부인이 말하였다.

"윤생이 그러하고 네 뜻이 이와 같으니 물리치리오."

즉시 윤공에게 청혼하니 윤공이 기뻐 약혼하고 성례成禮40)는 최공의 여아가 너무 어리므로 명년明年41)을 기약하자고 하였다.

명년 삼월에 생이 전시殿試42)에 장원하니 임금이 그 외모와 풍신을 사랑하시고 계화청삼桂花青衫43)에 쌍개雙蓋44)를 내려 주셨다. 재주와 명예가 일세一世45)를 기울이니 종실宗室46)인 희안군이 딸로써 구혼하였으나 윤공이 벌써 정혼定婚하였으므로 물

---

37) 계통繼痛 : 계속 아픔.
38) 애연哀然 : 슬퍼하는 모습.
39) 의정意定 : 뜻을 결정함.
40) 성례成禮 : 혼인의 예식을 지냄.
41) 명년明年 : 내년.
42) 전시殿試 : 조선 때, 문과의 복시覆試에서 선발된 33명과 무과의 복시에서 선발된 28명을 궐내에 모아 왕이 친히 보이던 과거.
43) 계화청삼桂花青衫 : 계화꽃을 수놓은 푸른 적삼.
44) 쌍개雙蓋 : 햇빛을 가리는 일산이 두 개 있는 가마를 가리킴.
45) 일세一世 : 한 시대.
46) 종실宗室 : 임금의 친족.

리쳤다.

이때 중종대왕의 후궁 상침尚寢[47] 송씨가 일남이녀를 두었으니,
아들은 복성군福城君이고 장녀는 연화옹주로 대사헌 홍명화의 아
들에게 하가下嫁[48]하였고 차녀 연성옹주는 방년 십삼 세였다.

이때 희안군이 임금에게 아뢰었다.

"금방 장원급제한 윤지경이 나이가 십칠 세고 아내를 맞이하
지 않았사오니 연성공주 부마로 정하소서."

임금이 기뻐하면서 허락하셨다. 이때 윤공과 최공의 양가에
서 택일정례擇日正禮[49]하는데 바로 이 날이었다. 윤장원이 위의
威儀[50]를 차려 최공의 집에 이르러 전안奠鴈[51]하는데 문득 패초
牌招[52]하시니 장원이 빨리 들어가 조배朝拜[53]하였다. 임금이
말하였다.

"경을 연성옹주의 부마로 정하노라!"

장원이 대답하여 아뢰었다.

"신이 뜻밖에 이러한 하교下敎를 받자오니 성은聖恩[54]
은 중하오나 아까 최홍일의 딸과 합환연合歡宴을 끝내고

---

47) 상침尚寢 ; 조선 시대에, 내명부에 속한 정육품 벼슬.
48) 하가下嫁 : 지난날, 공주·옹주翁主가 귀족이나 신하의 집안으로 시집감.
49) 택일정례擇日正禮 : 길일을 선택하여 합례合禮를 치름.
50) 위의威儀 : 위엄이 있고 엄숙한 태도나 몸가짐.
51) 전안奠鴈 : 혼인 때, 신랑이 기러기를 갖고 신부 집에 가서 상 위에 놓고
    절하는 예.
52) 패초牌招 : 조선 때, 임금이 승지承旨를 시켜 신하를 부르던 일.
53) 조배朝拜 : 왕을 배알함.
54) 성은聖恩 : 임금의 거룩한 은혜.

들어왔나이다."

희안군이 임금에게 아뢰었다.

"비록 성례는 하였사오나 합례合禮55)는 곧 하지 않았으면 물리치고 임금의 뜻을 승순承順56)하는 것이 신자臣子의 직분인지라. 여러 신하의 자식 중에서 골라보아도 윤지경 만한 이가 없사오리다."

임금이 화를 내어 말하였다.

"날이 많거늘 과인이 하교한 날 전안을 하는가? 불과 소년 출신이면서 말이 방자하고 옹주를 지나치게 가볍게 여기는 것이 외람猥濫57)되지 않으랴!"

지경이 아뢰었다.

"어찌 군상君上58)을 감히 기망欺罔59)하리오. 초방은택椒房恩澤은 사람마다 있사옵는 바로되 어찌 못하옵는다고 하여 어찌 국혼을 염피厭避60)하게 여기오며, 뜻밖에 급제를 하였삽고 또한 하량下諒61)하옵시기를 바라리이까. 오늘 잔치자리에 명사재상名士宰相의 무리 중 신의 부자父子와 친한 이가 많사와 황송하오나 술 잘 먹느라고 못 나왔사오니 불러 물어보시면 아옵시리라."

---

55) 합례合禮 : 신랑신부가 첫날밤을 치르는 예.
56) 승순承順 : 웃어른의 명을 잘 좇음.
57) 외람猥濫 : 하는 짓이 분수에 지나침.
58) 군상君上 : 임금.
59) 기망欺罔 : 기만.
60) 염피厭避 : 마음에 꺼려 피함.
61) 하량下諒 : 윗사람이 아랫사람의 심정을 살펴 알아줌을 높여 이르는 말.

상이 낯빛을 바꾸며 말하였다.

"합례를 하였으면 이르지 못하려니와, 이에 징험徵驗[62]이 있고 성묘聖廟 조에 경의옹주가 죽으매 파혼하여 부마위를 거두셨으니 지금에 준행遵行[63]하는 바이라. 최홍일의 딸이 어찌 옹주보다 낫고 홍일이 성묘보다 더 나으리오."

지경이 다시 아뢰었다.

"그와 다릅니다. 그것은 옹주가 죽으시고 이것은 최씨가 살았으니 신이 이미 부마가 된 즉 최씨는 젊은 나이에 할머니로 늙을 것입니다. 전하의 비범한 성덕으로 신하의 인륜을 어지럽게 하옵시니 어찌 상도常道에 어긋나는 일을 하시리까."

희안군이 말하기를,

"합례 곧 하였다면 납채納采[64]를 거두면 되니 최씨 어이 늙으리오."

라고 하니 장원이 희안군을 돌아보며 화를 내어 말하였다.

"딸로써 내게 구혼하다가 최씨와 정혼했음을 앙앙怏怏[65]하고 사사롭게 전하에게 아뢰되 부마로 극력으로 천거하여 임금의 덕성德性을 가리오니 그 무슨 도리요?"

다시 임금께 아뢰었다.

"조정 신하의 자식이 많삽거늘 아내를 얻은 신하에게 구태여

---

62) 징험徵驗 : 어떤 징조를 경험함.
63) 준행行遵 : 전례나 명령 따위를 그대로 좇아서 행함.
64) 납채納采 : 신랑 집에서 신부 집에 혼인을 청하는 의례.
65) 앙앙怏怏 : 원망함. 앙심을 품음.

구하시고, 소인小人의 간사함을 깨닫지 못하시니 전하의 밝지 못하심이 한이로소이다."

임금이 진노하여 말하였다.

"희연군은 과인과 동기同氣[66]라. 너의 작은 임금이거늘 조정의 체면으로 한들 면당面當[67]하여 욕하고, 과인은 혼군昏君[68]이라고 능모陵侮[69]하고 시비是非[70]하니 자식을 잘못 가르친 죄로 네 아비를 다스리리라."

지경이 돈수頓首하고 아뢰었다.

"전하께서 등극하신 지 십구 년에 해와 달과 같으신 성덕이 심산궁곡深山窮谷에 아니 비추심이 없으시되, 소신에게는 밝지 않으심이 이렇듯 하시니 신은 죽사와도 항복하지 않겠소이다."

임금이 진노하여 말하기를,

"윤지경이 능욕자부凌辱自負[71]한 죄로 의금부義禁府로 하옥하되 윤현도 또한 하옥하고, 최홍일에게 전지傳旨[72]하여 윤가의 빙채聘彩를 도로 주라."

라고 하시니, 최공은 감히 입을 열어 말을 못하고 윤지경은

---

66) 동기同氣 : 형제자매.
67) 면당面當 : 서로 얼굴을 마주 보고 대함.
68) 혼군昏君 : 사리에 어둡고 어리석은 임금.
69) 능모陵侮 : 능멸.
70) 시비是非 : 옳으니 그르니 하는 말다툼.
71) 능욕자부凌辱自負 : 남을 업신여겨 욕보이고 자기나 자기와 관련된 일에 대하여 스스로의 가치나 능력을 믿고 자랑으로 여김.
72) 전지傳旨 : 상벌賞罰에 관한 임금의 명을 그 맡은 관아에 전달하던 일.

원통하게 의금부로 갔다. 윤공이 옥에 나아가 다시 상소를 올려 말하였다.

'소신의 아들 윤지경은 분수를 모르고 능욕자부한 죄 마땅히 사죄하오나 최홍일의 여아는 지경의 아내요 소신의 며느리라. 전하의 성덕으로 신하의 인륜을 이루어 최녀가 비록 연유미거年幼未擧[73]하오나, 사람의 마음은 한 가지라 귀천貴賤이 없삽나니 그 빙채를 거두라고 하시면 십사 세 청춘의 홍안紅顔을 공송空送[74]하올지라. 이는 옹주로써 남의 인륜을 해하는 죄악이 되압고 전하의 성덕이 손상하올까 하옵나니, 엎드려 원하옵건대 성상聖上은 살피사 최처녀를 용납케 하옵소서.'

임금이 화를 줄여 두루 대답하였다.

"내 다 아는 바이거늘 경卿의 부자가 과인을 희롱戲弄하니 어찌 신자臣子의 도리리오. 자고로 자연히 빙폐聘幣[75]하였다가 연리가 있으면 취처하는 것이 전왕에게도 있는지라. 최가 여인의 가부家夫[76]는 조정 신하의 자식 중에서 가리어 정할지니 지경의 방자함을 가르치라."

라고 하시니 윤공이 다시는 말을 못하였다. 양사兩司[77]가 합계

---

73) 연유미거年幼未擧 : 나이가 어려 철이 없고 사리에 어두움.
74) 공송空送 : 헛되이 보냄.
75) 빙폐聘幣 : 공경하는 뜻으로 보내는 예물. 여기서는 납폐納幣를 뜻하니 예장지와 예물을 보내는 절차를 가리키는 듯 보인다. 대례大禮를 치르기 전의 단계이다.
76) 가부家夫 : 신랑.
77) 양사兩司 : 조선 때 사헌부와 사간원을 가리키는 말.

合啓78)하여 말하였다.

'신등이 듣자오니 윤지경을 오늘 부마로 간택하신다고 하오나, 윤지경이 최홍일의 여서女壻79)가 되온 줄을 신등이 다 아는 바옵고, 혼인은 예부터 왕법지위오니 양가와 상의하시옴이 마땅하온데 신랑과 아비를 가두시고 어찌 하시리이까. 사赦하시는 것이 옳을까 하나이다.'

임금이 좇으시어 예부禮部에 택일하라 하시고 윤지경에게 전지傳旨를 내려 이르기를,

'윤지경의 죄가 중하나 부마가 되기 전에 관면冠冕80)이 없지 않으므로 응교應敎81)를 제수하노라.'

라고 하니, 지경이 어쩔 수 없어 큰 은혜에 감사하고 집에 돌아왔다.

심회心懷를 안정하지 못하여 최씨를 다시 보려 최가崔家에 이르니, 공이 부인과 더불어 장원을 보는데 부인은 눈물을 드리워 말을 못하고 공이 또한 슬퍼하면서 말하였다.

"거년去年82)에 즉시 성례成禮나 하였더라면 이러한 환란患亂이 없을 것을 딸아이 너무 어림을 혐의嫌疑83)하여 못하였더니

---

78) 합계合啓 : 조선 때, 사간원·사헌부·홍문관 중의 두세 군데서 연명連名하여 임금에게 서면을 올리던 일. 또는 그 글.

79) 여서女壻 : 사위.

80) 관면冠冕 : 벼슬하는 것을 일컫던 말.

81) 응교應敎 : 조선시대 홍문관·예문관의 정4품 관직,

82) 거년去年 : 지난해.

83) 혐의嫌疑 : 꺼리고 싫어함.

이제 십사 세 청춘을 어찌할꼬."

길게 탄식함을 마지않으니 응교가 대답하였다.

"희안군이 덧내어 이 환란이 났으나 어찌하리까. 먼저 얻은 아내를 일야동처一夜同處[84]한 것을 어떻게 알겠습니까. 오늘밤에 이곳에서 자기를 허락하리까."

최공이 불열不悅[85]하며 말하였다.

"임금의 엄조嚴調가 이러하시니 내 국록을 받은 신하로서 한 여자의 사정으로 임금을 훈계하는 죄를 더하리오. 결단코 못하리라."

응교가 할 수 없어 한 번 보기를 청하니 최공이 대답하기를

"보기는 하라."

라고 하고는 딸아이를 불렀다. 최씨가 협실夾室에서 나오는데 응교가 보니 그 모친의 곁에 앉으나 얼굴에 핏기가 없고 파리하여 일이 없는 사람 같았다. 요요히[86] 아름다운 거동은 다시 이르기 어려우므로 슬프고 참혹하여 자닝함[87]을 이기지 못하니 돌아갈 것을 잊었다. 최공이 크게 애달아하면서 딸아이를 침실로 들이고는 응교를 이끌어 밖으로 나가며 일렀다.

"엎은 물은 다시 담기 어려우니 매사 운명이라. 그대는 돌아가 마음을 편하게 하여 임금의 명령을 봉승奉承[88]하라."

---

84) 일야동처一夜同處 : 하룻밤 동거함.
85) 불열不悅 : 기쁘지 않다.
86) 요요히 : 어여쁘고 아리땁게.
87) 자닝하다 : 애처롭고 불쌍하여 차마 보기 어렵다.

응교가 할 수 없어 분하고 원통함을 품고 돌아와 식음을 전폐하며 번뇌煩惱[89]하였다. 바라지 않은 길이 다다르나 마지못하여 행례行禮[90]하였는데, 옹주가 심히 불민不敏[91]하니 더욱 몸과 마음이 산란하여 겨우 밤을 지냈다.

임금께 뵙고 내전內殿에 뵈오니 임금이 말하기를,

"네 오만傲慢하고 불경不敬한 죄를 매우 안타깝게 여겼는데 오늘날 군신지의君臣之義의 무거움과 반자지명半子之名[92]을 겸하니 기특하다."

라고 하시고는 부마의 관면冠冕을 친히 주시니 받잡고 사은한 후에 송귀인을 보았는데 매우 교사狡詐[93]하였다. 한번 보고는 모골毛骨이 송연悚然히[94]나, 귀인은 부마의 빼어난 얼굴과 화려한 풍신을 매우 사랑하고 두굿겨[95]하였다.

부마가 집으로 돌아와 문에 다다라서 궁속宮屬[96]에게 명하여 평교자를 깨치고 부마의 갓과 관을 땅에 던지니 윤공이 크게 꾸짖어 말하였다.

"이것은 군사君師[97]와 아비를 다 업신여김이라. 내 자식이

---

88) 봉승奉承 : 웃어른의 뜻을 이어받음.
89) 번뇌煩惱 : 마음이 시달려서 괴로움.
90) 행례行禮 : 예식을 행함.
91) 불민不敏 : 어리석고 둔해 민첩하지 못함.
92) 반자지명半子之名 : 아들과 같다는 뜻으로, '사위'를 일컫는 말.
93) 교사狡詐 : 교활하고 사악함.
94) 모골毛骨이 송연悚然하다 ; 끔찍스러워서 몸이 으쓱하고 털끝이 쭈뼛해지다.
95) 두굿다 : 기뻐하다.
96) 궁속宮屬 : 각 궁의 아전衙前 밑에 딸린 종.

이렇듯 불초不肖[98]할 줄을 어찌 알았으리요."

부마가 사죄하였다. 윤공의 집이 서문 밖이므로 옹주의 궁을 중동에 짓고는 임금이 명하여 옹주 궁의 곁으로 들어오라고 하셨다. 최부崔府[99]도 역시 서문의 밖이었는데, 윤공이 택일하여 옹주를 신하의 예로 맞이하니 용모가 무색無色[100]하고 인물이 심히 불민하므로 윤공 부부가 더욱 불쾌하나 임금의 뜻을 두려워하여 공경하였다. 윤공 부부는 최씨가 더욱 자닝하여 자주 가서 사랑하니 최공 부녀가 감격함을 뼈에 사무쳐하였다. 부마는 끝내 옹주를 가까이 함이 없어, 혹시 문안問安하다가 마주치면 의관을 바로 하여 엄숙함을 지을 뿐이고 숙식宿食은 부모제형과 같이 하고 질자姪子[101]와 함께 잤다.

하루는 최부崔府에 나아가 최공 부부를 보고는 최씨를 찾아 침실에 이르렀다. 최씨가 수색愁色을 띠고 일어나 맞으니 그 옥수玉手를 잡고 길게 슬퍼하면서 말하였다.

"그대 전년前年에 나에게 처음의 믿음을 지키마 하였더니 이제 이렇게 자주 오나 나를 피하고 보지 않으니 당초의 언약을 이렇게 저버리느뇨."

최씨가 탄식하며 말하기를,

---

97) 군사君師 : 임금과 스승. 여기서는 임금.
98) 불초不肖 : 어버이의 덕망이나 유업을 이어받지 못나거나, 그런 못나고 어리석은 사람.
99) 최부崔府 : 최홍일의 집.
100) 무색無色 : 아무 빛깔이 없음.
101) 질자姪子 : 조카.

"그 때 연아가 한 말이 맞았으니 첩은 몸을 마치도록 처음의 믿음을 지키려니와, 군자의 말씀은 신후경의 죽음을 달게 여기노라고 하셨으나 불충불효를 자당自當[102]하리까. 첩이 군자를 피함은 부득이함이라. 어찌 임금의 명령에 항거하여 군자를 접대하리요. 첩의 죽고 사는 것은 부모께 있으니 번거롭게 왕래하여 유념하지 않으시매 이에 첩이 안신安身할 도리라."

하고는 말을 마치자 눈물이 떨어질 듯하였다. 부마가 이 거동을 보고는 더욱 애연함을 이기지 못하여 최공을 보고 말하였다.

"악장岳丈[103]은 너무 고집하지 마시고 소저의 원을 풀어주소서."

최공이 말하였다.

"낸들 딸아이의 정를 생각하지 않고 자닝한 줄 모르며 너를 사랑함이 심상審祥[104]하리요마는, 길을 열어내면 양가의 화근이 되니 결단코 못하리라. 하물며 송귀인은 중전도 두려워하시니 송씨가 간악함을 가져 미구未久[105]에 대화大禍[106]가 나리라. 너와 내가 심사가 불편하니 이후는 오지 말라."

부마가 할 수 없어 돌아오는데 처조카에게 최씨가 있는 곳을 묻고 돌아왔다. 부마가 궐내에 출입할 때 일부러 무명으로 된

---

102) 자당自當 : 스스로 맡음.
103) 악장岳丈 : 장인.
104) 심상審祥 : 대수롭지 않고 예사로유,
105) 미구未久 : 오래지 않음.
106) 대화大禍 : 큰 재앙.

관대冠帶를 입고서 말을 타고 다니니 임금이 물었다.

"비단 관대가 옳거늘 무명 관대에 옥대를 썼느냐?"

부마가 아뢰었다.

"신이 비록 연소하오나 부형父兄의 검박儉朴[107]하라는 경계를 들고서 차마 사치를 원하지 아니하옵기로 무명옷을 입삽나이다. 무명 관복에 금띠는 짚신에 고화 등과 같사와 은띠를 띠었나이다."

임금이 부마의 검박儉朴함을 애중하여 상사賞賜[108]하시는 것이 무수하나 받지 않으니 임금이 그 청렴함을 더욱 사랑하셨다. 부마가 월봉月俸을 받으면 받은 응교의 녹은 부모에게 드리고 부마의 녹은 옹주궁으로 보내었다.

이해 팔월에 부마가 하루는 한 가지 꾀를 생각하여 중치막[109]에 관만 쓰고 날이 저물기를 기다렸다가 서문을 나섰다. 최부에 이르러 뒷담을 넘어 최씨의 침실을 찾으니 딱 삼경三更[110]이었다. 창틈으로 엿보니 최씨가 아무 소리 없이 잔등殘燈[111]을 대하였고 그 오라비 진사댁이 대하여 앉아 있었다. 이윽히 앉았던 진사댁이 말하였다.

"부마 상공은 임금의 사위 되어 금병수막錦屛繡幕[112]에서 옹

---

107) 검박儉朴 : 검소하고 꾸밈이 없음.
108) 상사賞賜 : 임금이 칭찬하여 상으로 물품을 내려 줌.
109) 중치막 ; 소매가 넓고 길이가 길며 앞은 두 자락, 뒤는 한 자락으로 된, 옆이 터진 네 폭으로 된 웃옷. 옛날에 벼슬하지 아니한 선비가 입었음.
110) 삼경三更 : 자정 무렵.
111) 잔등殘燈 : 깊은 밤에 꺼질락 말락 하는 희미한 등불.

주와 즐기거든, 소저는 무슨 나이라 공규空閨[113])에서 혼자 늙으려 하시니 참담함이 끝이 없고 혼인한 칠월 이때에 가을바람이 쓸쓸하고 실솔蟋蟀[114]) 소리는 더욱 처량한지라. 잠이나 올까. 이에 그대를 위하여 왔는데 그대 심사가 오죽하시리까."

최씨가 처연悽然[115])히 대답하였다.

"나이가 어려 세상의 물정을 몰라 슬픈 줄 모르겠으나 부모께서 과도하게 애척哀戚[116])하시니 그것으로 민망하여이다."

이윽고 진사댁이 돌아가고 조용히 잠을 이루거늘 최씨가 탄식하여 말하기를,

"이러한 인생이 어이 세상에 났던고."

라고 하면서 잠자리를 내리므로 부마가 문을 열고 들어가니 최씨가 크게 놀라면서 말하였다.

"깊은 밤에 어찌 오시나이까."

부마가 대답하였다.

"내가 이곳에 오는 것이 괴이하리오. 밤이 깊었으니 자는 것이 옳도다."

최씨가 놀라고 민망하나 벗어나지 못하여 침석寢席에 나아가

---

112) 금병수막錦屛繡幕 : 비단 병풍과 비단 천막. 여기서는 화려하고 좋은 침실.
113) 공규空閨 : 오랫동안 남편 없이 아내 혼자서 사는 방.
114) 실솔蟋蟀 : 귀뚜라미.
115) 처연悽然 : 구슬픈 모습.
116) 애척哀戚 : 사람의 죽음을 슬퍼한다는 뜻이나 여기서는 매우 슬퍼함을 가리킴.

견권繾綣117)하고 애중愛重118)함이 비교할 데가 없었다.

부마가 다음날 아침에 최씨에게 말하기를,

"나라가 나를 죽여도 그대는 저버리지 못하리니 이 다음은 나를 피하지 말라."

라고 하고는 "생심生心119)도 누설치 말라."라고 당부한 후 돌아갔다.

최씨는 부모에게 고하고자 하나 남자의 인정 예사라 은정恩情을 저버리지 못하여 고하지 않으니 타인이 알 리 없었다. 이후는 송적送籍120)하여 최씨에게만 가고, 미명未明121)에 본가로 가 부모께 뵙고 부모의 명령을 이어 하루 한 번 궁에 가 보고 올 따름이었다.

옹주가 크게 한하자 귀인이 노하여 임금께 아뢰니 임금이 말하기를,

"자식의 일이나 부부간의 사사로운 의리를 어찌 다 아는 체하리오. 드러나는 일이 있거든 다 사뢰라!"

라고 하셨다. 부마 홍상은 옹주와 화락하여 임금과 귀인이 주시는 것이면 족하나 사사로이 욕심을 내어 더 달라고 하니 귀인이 사랑함이 무주와 같았다. 홍상의 아비 명화가 대사헌

---

117) 견권繾綣 : 깊이 생각하는 정이 살뜰하여 못내 잊을 수 없음.
118) 애중愛重 : 사랑하고 소중히 여김.
119) 생심生心 : 어떤 일을 하려고 마음을 먹음. 또는 그 마음.
120) 송적送籍 : 혼인·양자 등으로 인해 다른 집의 호적으로 옮겨 넣음. 여기서는 늘 가는 곳을 옮겼다는 뜻으로 보임.
121) 미명未明 : 날이 채 밝지 않음. 또는 그런 때.

으로 있으면서 복성군과 근거없는 말을 하여 간간히 복성군의 문장이 세자보다 낫다고 하며 임금에게 아뢰었다. 복성군의 당인黨人인 박빈은 한성판윤인데 임금에게 홍의 재덕과 복성군의 글을 가지고 지경이 옹주를 박대함을 아뢰어 "왕의 법은 사정이 없사오니 다스리소서."라고 하니 임금이 다만 웃으시고 대답치 않았다.

　이렇듯 겨울이 되니 최부의 시비가 전설傳說[122]하되 동산의 담에서 아기씨 방문까지 눈 위에 발자국이 있다고 말하였다. 최공의 맏아들인 한림이 지경인 줄 알고 짐짓 날마다 지켰다. 하루는 달빛이 희미하고 세설細雪[123]이 뿌리는데 누역[124]을 입은 사람이 담을 넘으므로 건장한 종을 불러 도적을 잡아매라고 하였다. 이미 서로 약속한 일이라 급히 잡아 결박하니 부마가 웃으며 말하였다.

　"나는 부마로다."

　늙은 종이 귀 먹은 체하고 대답하되

　"불러서 왔노라고 하나 그 말이 흉하니 말을 못하게 매라!" 라고 하였다. 부마가 웃으며 말하였다.

　"네가 상전을 이렇듯이 하니 괘심하다."

　또 대답하되,

---

122) 전설傳說 : 전언傳言.
123) 세설細雪 · 가랑눈.
124) 누역 : 도롱이. 흔히 농촌 사람들이 일할 때 허리나 어깨에 걸쳐 두르는 우장雨裝의 하나.

"아무려면 도적이 상놈이지 양반이랴."

라고 하니 부마가 말하였다.

"남형125)이 시킨 거동이라."

또 대답하였다.

"네가 아니라고 하여도 승야乘夜하여 월장越墻하니126) 도적이
지 무엇이랴. 형조刑曹나 포도청으로 보내리라."

부마가 바라보니 최한림이 멀리서 서 있거늘 불러 말하였다.

"형장兄丈127)아 나를 결박하여 두고 종으로 욕하시나뇨."

한림이

"도적이 참람僣濫128)하게 나에게 형이라고 욕하니 곤장으로
매우 치라!"

라고 하니, 모든 사람들이 일제히 입을 가리고 웃었다. 최공이
후원에서 들리는 소리를 물으시니 진사가 나아가 부마의 일을
자세히 고하니 최공이 나아가 친히 맨 것을 끄르고는 손을 이끌
고 들어와 주찬酒饌을 내어 놀란 것을 위로하며 말하였다.

"언제부터 다녔느냐?"

부마가 대답하였다.

"악장이 허락지 않으시므로 팔월부터 다녔나이다."

공이 부마의 손을 잡고 말하였다.

---

125) 남형 : 큰 처남을 가리키는 듯.
126) 승야乘夜하여 월장越墻하니 : 밤을 타 담을 넘으니
127) 형장兄丈 : 나이가 엇비슷한 친구 사이에서, 상대방을 높여 일컫는 말.
128) 참람僣濫 : 분수에 넘쳐 너무 지나침.

"어찌 그렇게 무식하뇨. 옹주를 후대厚待하여 자녀를 낳은 후에 너희 부모가 옹주를 개유開喩[129]하고 나와 너의 부친이 임금께 애걸하면 성상聖上이 밝으시니 자연스럽게 허락하실지라. 너희 두 사람이 청춘이 아직 멀었는데도, 그런데도 이를 생각지 못한 채 옹주를 박대하고 송귀인과 흔단釁端[130]을 이루며 복성군의 오만함을 훼방하여 자주 위험한 말을 무궁히 하고 밤을 타서 날마다 오니 옹주와 귀인이 알면 무엇이 유익하리요."

부마가 대답하였다.

"소자가 어찌 그런 줄을 모르리까마는, 옹주는 천하에 괴물박색이니 미리 앞에서 면목도 대하기 싫고 귀인은 간악하여 보기도 싫나이다. 또한 복성군은 어리석고 매우 남활하므로 홍상 부자와 박빈 등으로 결탁하여 반드시 흉계를 지을지라. 만일 옹주와 화락하였다가 그 무리에 들면 멸문지화滅門之禍[131]를 면하지 못하오리다. 아내를 소중하게 대하고 옹주를 박대한 죄를 이를진대 크면 부친과 악장은 정배定配요 작으면 삭직削職이 삼 년이고, 소자는 귀양밖에 더하리까."

최공이 할 수 없어 딸아이 방에 가 자라고 하니, 이후는 마음을 놓고 밤낮으로 오는데 최공 부부가 민망하여 아무리 개유하

---

129) 개유開喩 : 사리를 알아듣도록 타이름.
130) 흔단釁端 : 틈이 생기는 실마리.
131) 멸문지화滅門之禍 : 가문이 멸망당하는 큰 재앙.

나 듣지 않았다. 윤공이 알고 불러 경계하고 꾸짖으며 궁으로 보내니 궁으로 간다고 칭탁하고 최공의 집으로 날마다 가니 옹주가 어이 모르리오.

하루는 부마를 대하여 이르기를,

"내 비록 용렬하나 임금의 딸이라. 빙례聘禮[132]로 부마의 아내가 되었거늘 업신여겨 천대하고 최녀에게 혹하니, 태후는 두 아내가 없거늘 부마는 더욱 두 아내가 있으리오. 최홍일은 아랫사람으로서 부마에게 둘째 아내를 주어 주상과 첩을 업신여기나뇨."

부마가 정색하여 말하였다.

"내가 할 말을 옹주가 먼저 하시는도다. 한 나라에 도령이 많거늘 취처娶妻한 윤지경을 억혼抑婚[133]하여 부마를 만드시니, 윤지경이 나이 어리나 인륜을 어지럽혀 조강지처糟糠之妻를 버리고 부귀를 취하여 옹주와 화락하리오. 옹주가 만일 옛일을 본받고 따라 최씨와 화동和同[134]할진대 최씨와 같이 공경하면 화락하려니와 투기하여 나를 원망하면 세전 박명薄命을 면치 못하리라."

옹주가 이르기를,

"부마의 조강지처가 있든지 없든지 내 깊은 궁궐에 처녀로서

---

132) 빙례聘禮 : 혼례.
133) 억혼抑婚 : 당사자의 의견을 무시하고 강제로 하는 혼인.
134) 화동和同 : 서로 사이가 벌어졌다가 다시 화합함.

어찌 알리오. 임금의 명령으로 부마의 아내가 된 지 여러 해에 박대가 태심太甚[135]하니 어찌 한이 없지 않으리오."

부마가 냉소冷笑하여 말하였다.

"여염집 부부 간이 소원하면 이러하리오. 나는 임금의 명령을 따르매 하루 한두 번씩 들어와 편하게 앉지도 못하고 꿇어앉는 것밖에 더하리오. 주상이 현명하시니 그르다고 하시지 않을 것이요, 본래 간악한 후궁의 일을 두려워하지 아니하니 아내를 사랑하는 묘리妙理를 배워다가 가르치소서."

말을 마치자 크게 웃고 소매를 떨치고 나아가니 옹주가 크게 화를 내고는 종일 울고 궁궐에 들어가 송귀인에게 고하면서 설워하니 귀인이 듣고 크게 화내며 임금에게 아뢰기를,

"최녀를 없애고 부마에게 죄를 주리지이다."

라고 하니 임금이 지경을 명초命招[136]하여 꾸짖으시되,

"네 아내는 나의 딸이라, 다른 재상의 딸과는 다르거든 정혼한 후 여러 해 동안 박대가 태심太甚하도다. 국법에 부마는 두 아내가 없거늘 법대로 최녀는 빙채를 거두고 다른 데 시집보내라고 하였는데 너는 방자하게 다니면서 부부를 칭한다고 한 바, 그 어인 일이며 장모를 간악하다고 훼방한다고 하니 무슨 간악함을 보았나뇨. 사위라고 하는 것은 반자지명이 있으니 어버이를 비방하는 자식이 어디에 있으랴!"

---

135) 태심太甚 : 너무 심함.
136) 명초命招 : 임금의 명령으로 신하를 부름.

윤지경이 돈수頓首하며 아뢰었다.

"하교가 이렇듯 하시니 이것은 다 신의 외람猥濫[137)하온 죄이오나 신의 세세하온 소회를 주달奏達[138)하오리다. 참판 최홍일은 친부親父의 사촌 매부라 신이 어려서 아비의 형제지의와 숙질지의叔姪之義[139)로 부형父兄 같이 하옵는데, 오촌고모가 죽삽고 후처 이씨에게서 딸을 낳으니 아름답고 총애하였삽나이다. 신의 아비가 최씨를 어려서부터 사랑하와 아비 홍일에게 청혼하오니 신이 아옵기를 최씨가 아내 되고 최씨 역시 신의 아내가 될 줄 알았삽나이다. 지난해 봄에 택일하와 최가崔家에서 전안奠雁하는데 임금께서 부르시매 급히 조배朝拜하와 동방洞房에 합환주合歡酒를 파罷하오니 최씨는 윤지경의 아내이옵고 최씨의 지아비는 곧 윤지경입니다. 그런데 승지를 보내 부르시매 들어오니 죄를 주시고 위력威力으로 옹주를 하가下嫁[140)하시니, 신臣이 과연 옹주 탓이 아닌 줄 아오나 옹주로 인하여 신의 인륜이 어지럽고 최씨가 빈 방에서 늙을 것입니다. 신의 심사가 어찌 편하오며 옛날 초왕의 딸은 아비의 희롱을 좇아 비녀를 품고 백성을 좇았사옵니다. 최씨가 비록 임금의 명령이 지극히 엄하여 신을 거절하였사오나 이 곧 신의 아내라 매양 잊지 못하와도 신의 뜻을 막고자 홍일이 신을 보면 딸을 감추오니 궁극에

---

137) 외람猥濫 : 생각이나 행동이 분수에 지나침.
138) 주달奏達 : 임금께 아룀.
139) 숙질지의叔姪之義 : 숙부와 조카 사이의 의리.
140) 하가下嫁 : 지난날, 공주 · 옹주翁主가 귀족이나 신하의 집안으로 시집감.

가서는 신이 담을 넘어가 최씨를 보며 있사옵나이다. 옹주가 하가하신 지 여러 해라 신의 뜻과 정을 모르시고 투기妬忌하여 신의를 질매叱罵[141]하옵다가 전하께 참소하오니 여자의 부덕婦德[142]이라고 하오리까. 한광모가 회영공주를 위하여 송홍에게 개가하고자 하심에 송홍이 한 말씀으로 물리쳤사오니, 엎드려 원하옵건대 전하께서는 최홍일의 사정을 살피사 두 번 감을 핍박하지 마소서. 귀인을 훼방한다고 못 자오니 귀비의 딸을 위하여 최씨의 없는 허물을 투기하여 전하께 참소하고, 송귀비가 김씨를 꺼려 그 아비 김종의가 이번에 사신으로 다녀오매 약대藥袋와 말을 사 오다가 무고한 말로 전하께 참소하와 순천으로 귀양 갔사옵고, 윤순 등을 엄책嚴責[143]하시매 전하의 밝으신 성덕을 가리니 누가 애달아하지 않으리까."

임금이 침음沈吟[144]이 양구良久[145]에 잠소潛笑[146]하시고 또 물으시되,

"복성군이 어리석고 남활하다고 한다니 그 어인 말이뇨?"

지경이 아뢰었다.

"종실의 군君 등은 관아의 계집이나 즐기고 재물이나 탐하여 밖의 사람을 멀리하고 다만 계집만 사랑함이 보신保身하는 양책

---

141) 질매叱罵 : 몹시 꾸짖어 나무람.
142) 부덕婦德 : 부녀자가 지켜야 할 덕행.
143) 엄책嚴責 : 엄하게 꾸짖음.
144) 침음沈吟 : 속으로 깊이 생각함.
145) 양구良久 : 시간이 꽤 오래됨.
146) 잠소潛笑 : 가만히 웃음.

良策[147])이어늘, 복성군은 집에 거하면서 소년명사를 데리고 관학官學의 글 잘하는 선비를 청하여 빈객으로 삼고서 글을 스스로 지어내어 세자와 같이 지으매, 홍문관에 고하여 서자의 글은 이러하니 세자의 글보다 더 나음을 자랑하기를 봉인 직설直說[148])하옵니다. 이 어찌 외람치 아니하고 범람치 아니리까."

임금이 말하였다.

"서너 층 더하니 높이 하였노라."

윤지경이 대답하여 아뢰었다.

"시방 홍문제학 전필과 대제학 서양이 전하보다 저를 사랑하면 전하의 마음이 어떠하실까 싶으시니까? 대군께서 비록 나이 어리시나 적서지분嫡庶之分[149])이 중요한데 기롱譏弄[150])하고 학소謔笑[151])하기를 동복同腹[152])의 아우 같이 하오니 버릇이 없고 범람치 아니리까."

임금이 탄식하여 말하기를,

"윤지경이 나이가 어리나 소견이 높고 그 아비를 많이 닮았도다."
라고 하시고는,

"그러나 옹주는 내 딸이라 마음속으로라도 박대하지 마라."
라고 하셨다.

---

147) 양책良策 : 좋은 계책.
148) 직설直說 : 바른대로 또는 곧이곧대로 말함.
149) 적서지분嫡庶之分 : 적자와 서자의 구분.
150) 기롱譏弄 : 실없는 말로 놀림.
151) 학소謔笑 : 희롱하여 웃음.
152) 동복同腹 : 한 어머니에서 태어난 동기.

복성군을 부르시어 크게 꾸짖으시고는 김종의 귀향을 물으시고 은반銀盤을 하사하시어 임금의 은총을 내리시니 귀비가 대로하여 지경을 꾸짖어 말하였다.

"내 딸을 박대하고 최씨와 더불어 동락同樂하고 재주를 생각하여 복성군을 흉보고 네가 나의 모자를 용납지 못하게 하느냐!"

부마가 일어나 사죄하니 임금이 송씨를 크게 꾸짖어 물리치셨다. 지경이 사은하고 돌아와 옹주를 박대함을 줄이지 아니하며 매양 최가에 가서 자는 것을 송씨가 듣고 애달아 분한 마음을 참지 못하여 임금께 울면서 고하였다.

"윤지경이 저 홀로 흉언凶言[153]을 꾸며 진달進達[154]함을 전하께서 어리석게 응답하시니 제 더욱 의기양양하여 옹주를 박대하고 최녀의 집에 가 묻혔으니 연성이 설워함을 차라리 죽어서 보지 않기를 원하나이다."

임금이 웃으시고 윤현과 최홍일을 명초하고는 전지를 내려 말하였다.

"당초 경의 딸을 다른 가문에 시집보내라고 하였는데 이제 보낼 사세는 아니고 개가도 못하나 방자하게 지경이 왕래하는 것을 막지 못하느뇨. 다시 왕래한다는 말이 들리면 중죄를 당하리라."

윤최 양공이 황송사죄하고 나온 후 윤공이 부마를 크게 꾸짖

---

153) 흉언凶言 : 요사스러운 말.
154) 진달進達 : 말이나 편지를 받아서 올림.

어 옹주의 궁으로 보내고 여러 손자로 하여금 지키라고 하였다. 최공은 한 계교를 생각해내어 하루는 윤부에 이르러 한화閑話155)하다가 딸에게 병이 있음을 이르더니 또 전언하되 위중危重하다고 하였다. 부마가 매우 염려하여 가서 보고자 최공이 크게 꾸짖으며 말하였다.

"네 부친과 나를 죽이려 하느냐! 내 아이 죽더라도 네가 알 바가 아니라."

라고 하며 밀막았다156). 부마가 할 수 없어 외당에 나아가 한림의 아들에게 병세를 물으니 곡기穀氣를 끊고157) 눈을 못 뜬다고 하므로, 매우 놀라 들어가 한번 영결永訣158)이나 하려 하나 방을 옮겨 피접하여 이부인의 침방寢房이라고 하고 또한 이부인이 침방에 같이 누웠다고 하니 할 수 없어 편지로 물었다. 그러나 답장이 없으니 병세가 위험한지 알 수가 없으므로 번뇌하여 음식의 맛을 몰랐다. 윤공이 부마를 불러 이르기를,

"최씨 나이가 어린데 너 때문에 심려를 많이 하고 여러 번 상면相面함에 놀라서 병이 된 모양이라. 내 아까 가보니 아마 살아나기 어려오니 그런 자닝함이 어디 있으리오."

부마가 마음이 절실하여 미쳐 대답하지 못하는데 최부의 하인이 최씨의 부음訃音159)을 전하니 가중家中160)이 슬퍼하였다.

---

155) 한화閑話 : 한담을 나눔.
156) 밀막다 : 못 하게 하거나 말리다.
157) 곡기穀氣를 끊고 : 음식을 먹지 않고.
158) 영결永訣 : 죽은 사람과 산 사람이 영원히 헤어짐.

윤공도 또한 낯빛이 창연憺然[161]하므로 부마 내심內心에[162] 최씨가 죽은 것이 의심이 없는지라, 끝내 말을 못하고 눈물이 솟아 떨어졌다. 총명聰明을 진정하여 최부에 이르니 최공이 명하여 문으로 들이지 말라고 하고는 다만 윤공과 그 맏아들만 들이고 부마는 들이지 아니하였다. 연일連日[163] 가나 종시終是[164] 막고 들이지 아니하므로 죽은 후에도 상면하지 못하니 더욱 서러워하고 통한하였다. 미움이 옹주에 점점 더해지니 여자됨이 이렇듯 어려웠다.

부마가 성복成服[165]날 또 가나 또한 들이지 않으니 더욱 한심하여 부친에게 여쭈었다.

"최가 고집이 괴이하옵니다."

윤공이 말하였다.

"나와 네 형은 들이고 너는 막으니 그 무슨 알기 어려움이리오. 임금의 명령이 지엄하시나 네가 끝내 아예 말도 듣지 않은지라. 그런 까닭으로 모든 사람은 보는데 너를 거절함을 보임이라."

부마가 대답하였다.

"너무 과도합니다. 이미 죽었거늘 무슨 유희함이 있으리오."

---

159) 부음訃音 : 사람이 죽었다는 것을 알리는 말이나 글.
160) 가중家中 : 온 집안.
161) 창연憺然 : 매우 슬퍼하는 모습.
162) 내심內心에 : 마음속으로.
163) 연인連日 : 여러 날을 계속하여.
164) 종시終是 : 끝내.
165) 성복成服 : 초상이 났을 때 처음으로 상복을 입음.

윤공이 말하였다.

"그 사람이 혐의가 변통變通일러니 이번 일이 좀 과도하더라마는 심히 병이 되었더라. 승간乘間하여[166] 문병이나 하라."

부마가 며칠 후 최부에 이르니 막지 않거늘, 들어가 최공과 부인을 뵈온 후 최씨의 침실에 이르러 최씨의 관을 붙들고 통곡하여 기운이 막힐 듯하였다. 이부인이 그 거동을 보고는 비록 딸아이가 살았으나 죽었다고 거짓말을 하였지만 사랑하는 사위가 실성失性하여 길게 통함함을 대하여 사위의 애달음이 더욱 심하니 소쇄瀟灑[167]한 여자의 심장이 울기를 어찌 참을 수 있으리오. 옷깃을 적심을 면치 못하였다. 부마가 어찌 속지 않으리오.

한림이 들어와 위로하고 말리면서 말하였다.

"우리 엄친嚴親[168]이 곡성을 들으시고 심사를 안정하기 어려워서 계속 금하시매 조석朝夕의 제전祭奠[169]도 의법儀法을 못하노라."

여러 번 개유하니 그치고 돌아오나 차후로 갈수록 옹주를 박대함이 더하였다. 옹주와 귀인이 최씨가 이미 죽었음을 매우 기뻐하였다. 임금이 들으시고는 틀림없이 병으로 인해 죽었다고 아셨다. 최홍일을 보시고 위로하시므로 최공이 속이지 못하

---

166) 승간乘間하여 : 틈을 타서.
167) 소쇄瀟灑 : 기운이 맑고 깨끗함.
168) 엄친嚴親 : 아버지.
169) 제전祭奠 : 의식을 갖춘 제사와 갖추지 않은 제사의 통칭.

여 그 실상을 자세하게 아뢰었더니 임금이 웃으셨다. 택일하여 최씨의 관을 묻는데 부마가 윤가의 선산에 묻으려 하니 최공이 말하기를,

"나라가 아는 바라 어찌 네 집의 선산에 묻으리오."

라고 하니 부마가 그렇게 여기나 더욱 슬픔을 이기지 못해 하였다.

세월이 백구과극白駒過隙[170]하여 최씨의 소상小喪[171]을 지나니 더욱 그 심사를 참기 어려우나, 부모제형이 벌려 서 있어 연고가 없는 집에서 곡하고자 하나 불가하고 울고자 하나 삼갈 수밖에 없었다.

부마가 이제 사색辭色[172]이 태연한 듯하니 죽었다고 해서 많이 잊음이런가. 타인이 그 도량度量[173]을 알지 못하고 윤공 부부는 다행히 여기었다. 밤이면 형제, 숙부, 조카들과 소일하고, 낮이면 궐내에 들어가 입번入番[174]하여 대군에게 글을 가르치는데 대군은 어질어서 부마를 지극히 공경하였다. 송귀인은 깊이 미워하여 사위라고 찾지도 않고 부마도 또한 보지 않았다.

하루는 부마가 최부에 나아갔는데 최공은 궁궐에 당직하고

---

170) 백구과극白駒過隙 : 흰 망아지가 빨리 달리는 것을 문틈으로 본다는 뜻으로, 인생이나 세월이 덧없이 짧음을 이르는 말.
171) 소상小喪 : 사람이 죽은 지 1년 만에 지내는 제사.
172) 사색辭色 : 말 기운과 낯빛.
173) 도량度量 : 너그러운 마음과 깊은 생각.
174) 입번入番 : 예전에, 관리가 관청에 들어가 숙직하거나 근무하는 일을 이르던 말.

한림형제는 산소에 가고 없었다. 최씨의 침소寢所에 이르러 두루 배회하면서 심귀心鬼와 말을 하여 이르기를,

"고적古跡[175]은 옛날과 같으나 옥인玉人[176]의 그림자는 멀었으매 윤지경이 삼생三生[177]의 원수인가. 옹주는 면목도 대하기 싫고 소년 남자는 매양 환부鰥夫[178]로 늙기를 자처하니라."

이 말이 끝나자 누수淚水가 여우如雨하며[179] 소매를 적셨다.

이때 최좌랑의 아들 형중이 나이가 여섯 살이었는데 물었다.

"숙부가 어이 저리 슬퍼하시나이까?"

부마가 대답하였다.

"너의 고모를 여희고 슬퍼하노라."

그 아이가 웃고 대답하였다.

"소질小姪[180]에게 고은 부채와 필묵筆墨을 많이 주시면 우리 고모가 계신 곳을 가르쳐 드리리이다."

부마가 말하였다.

"죽은 사람이 간 곳을 어찌 알리오."

그 아이가 웃으며 말하였다.

"우리 고모가 죽은 게 아니라 저기다가 감추었는지라. 숙부는 울지 말고 가보시나 소질이 일렀더라고 말하지 마소서."

---

175) 고적古跡 : 남아 있는 옛 물건이나 건물.
176) 옥인玉人 : 용모와 마음씨가 아름다운 사람. 여기서는 아내를 가리킴.
177) 삼생三生 : 전생前生·현생現生·후생後生을 이르는 말.
178) 환부鰥夫 : 홀아비.
179) 누수淚水가 여우如雨하며 : 눈물이 비 오듯 하며.
180) 소질小姪 : 조카.

두세 번 당부하니 부마가 놀라고 기뻐하면서 사람을 불러 색선色扇[181]과 붓과 먹을 많이 갖다 주니 이 아이가 기뻐하고는 "날만 따라오소서."라고 하며 앞서갔다. 부마가 따라가 보니 동산 넘어 두 집 건너 집 한 채가 있었다. 대문은 잠겼고 동산으로 좁은 문이 있는데 아이가 가르쳐주며 말하기를,

"아저씨가 하도 설워하시매 가르쳐 드렸으나 우리 부친이 아실까 해서 가나이다."

라고 하고는 총총히 가므로 이에 부마가 들어가니 최씨가 중간 방에 앉아 시비에게 침선針線[182]을 시키고 있었다. 최씨가 보고는 놀라고 반기면서 꿈인가 의심되었다. 빨리 나아가 그 고운 손을 잡고 말하였다.

"당명황唐明皇의 봉래산蓬萊山 꿈이냐."

최씨 또한 놀라고 슬퍼하니 좌우의 시녀 또한 슬퍼하였다. 부마가 삼 년 동안 죽었다고 설워하던 부인을 만났으니 쉬 떠날 길이 있으리오. 최좌랑 형제와 최부 시비侍婢의 왕래를 피하고 좌우에게 당부하여 누설치 말라고 하니 누가 말을 전하리오. 최씨와 더불어 밤낮으로 상대하였으니, 낮이면 부부가 자리를 연하여 서책書冊으로 소일하고 밤이면 잠자리를 같이 하여 애틋이 여기고 깊이 사랑하여 날이 오래됨을 잊고 있었다.

이때 윤공이 날포[183]를 아들을 보지 못하니 심사가 어지러우

---

181) 색선色扇 : 여러 가지 색종이나 헝겊을 붙인 부채.
182) 침선針線 : 바느질.

나 절에 가서 경치를 구경하는가 하여 찾지 않았다. 십여 일이 되도록 종적이 없으므로 온 집안이 놀라 두루 찾았다. 임금 또한 부마를 수십 일을 보지 못하여 찾으나 친구의 집에도 오지 않았다고 하고 절간에도 없다고 하였다. 윤공이 두루 심방尋訪184)하니 타던 말이 있고 부리던 하인도 다 있었다. 행여나 최씨에게 갔는가 하여 보았으나 숨어서 보이지 않았다. 윤최 양공과 여러 형들이 크게 놀라 수십 일을 찾으나 종적이 막연하였다. 조정이 다 놀랐는데, 임금은 근심하여 달아났는가 하기도 하고 한편으로는 노하여 한밤중까지 잠을 이루지 못하셨다.

윤공이 최씨에게 갔는가 의심하여 영리한 계집종을 보내어 불시불각不時不刻185)에 들어가 보라 하니 과연 거기에 있었다. 돌아와 고하니 윤공이 크게 성을 내면서도 한편으로 어이없었다. 이에 관복을 입고 입궐하여 임금을 뵙고 지경이 있는 곳을 갖추186) 아뢰고 죄를 청하였다. 임금이 또한 어이없어 내관 김송환을 보내어 꾸중하게 하고는 부르시니, 부마가 마루에서 수안석繡案席187)에 의지하고 최씨의 손을 잡고 송환을 불렀다. 송환이 들어와 계단에 서니 부마가 일어나지 않고 머리만 들어 보면서 말하였다.

---

183) 날포 : 하루 이상이 걸치어진 동안.
184) 심방尋訪 : 방문해서 찾아봄.
185) 불시불각不時不刻 : 뜻하지 않은 때.
186) 갖추 : 있는 대로.
187) 안석案席 : 벽에 세워 놓고 앉을 때에 몸을 기대는 수를 놓은 방석.

"네 어찌 왔느냐."

송환이 대답하였다.

"부마가 임금을 찾지 않은 지 수십 일이라, 천심天心[188]이 진경震驚[189]하사 수라를 폐하여 지내시더니 이에 최씨 부인을 데리고 이곳에 들어 계신 줄을 들으시고 천노天怒[190]가 발하사 조회에 불참한 지 여러 달이 되고 어제는 송귀인의 생일이되 사위가 되어 참여하지 않으시니 묻고자 하시더이다."

부마가 벌떡 일어앉아 놀라며 말하였다.

"혼군昏君[191]이 요첩妖妾[192]에게 혹하여 흉계는 깨닫지 못하고 충량忠良[193]을 죽이시고 천하박색의 딸을 위하여 나를 괴롭게 구시고 간특한 송씨의 생일이 무슨 대사라 그리도 못하시리오. 나를 신하라고 하사 부르시면 가려니와 송귀인의 탄신에 불참함과 옹주를 박대함을 물으려 하시면 끌어가도 못하겠노라."

그 때에 남곤과 심정이 조모 이군 등 삼십여 명을 모해하니 이 때에 홍상이 복성군과 매개媒介하고 송귀인을 달래어 후원後園의 나뭇잎 위에 꿀로 글자를 쓰되 조모 이군 등이 모반한다고 썼다. 벌이 본디 냄새를 좋아하고 꿀은 더욱 잘 먹는지라 뭇

---

188) 천심天心 : 여기서는 임금의 마음.
189) 진경震驚 : 떨며 놀람.
190) 천노天怒 : 임금의 화.
191) 혼군昏君 : 사리에 어둡고 어리석은 임금.
192) 요첩妖妾 : 요사스러운 계집.
193) 충량忠良 : 충성스럽고 선량한 사람.

벌이 꿀을 긁어 먹으니 인하여 글자가 되었다. 궁인이 집어다가 임금께 보이니 임금이 놀랐는데, 남곤과 심정이 고변告變[194]하므로 조모 등 삼십여 인이 다 죽었다. 부마가 그때 원통한 줄 알았으나 구하지 못하여 매양 통한하였다. 이런 까닭으로 이 말을 일렀으니 말을 마치고 웃으며 말하였다.

"여옹아 내 아내가 곱지 않으냐?"

드러누워 책을 보다가 최씨를 보고 말하였다.

"부인은 김내옹에게 주찬이나 먹이라."

송환이 어이없어 중계中階[195]에 앉아 최씨을 살펴보니 절묘하게 고왔다.

'저렇거든 부마가 옹주와 화락하리오.'

라고 차탄嗟歎[196]하더니 주찬을 먹은 후에 하직하며 말하였다.

"무엇이라고 아뢰리까."

부마가 대답하였다.

"내 아까 하던 말을 일일이 고하라."

기지개를 켜면서 또 일렀다.

"열 마리의 황소가 끌어도 아니 가겠다."

송환이 봉명奉命하여 부마가 하던 말을 고하며 최씨가 절색인 물임을 다 고하였다. 임금이 크게 화내어 수사 별감 다섯 놈과

---

194) 고변告邊 : 반역을 고함.
195) 중계中階 : 집을 지을 때, 기초가 되도록 한 층을 높게 쌓아 올린 단.
196) 차탄嗟歎 : 탄식하고 한탄함.

송환을 명하여 나는 듯이 잡아 오라고 하시니, 송환이 어명을 받자와 최부에 이르러 부마에게 명을 전하였다. 부마가 악불동념若不動念[197] 하고 집에 가서 관복을 가져오라고 한 후 최씨에게 섬기라고 하여 입으면서 송환을 돌아보고 말하기를,

"내 부인과 이십 일을 동처同處[198]하였으니 잉태할 법도 있으니 이번에 잡혀가 죽으나 후사를 이을지라. 내 신주를 옹주에게 주지 말라."

라고 하고는 설파說罷[199]에 목혜木鞋[200]를 끌고 나오다가 최씨 곁 명주를 소매에 넣고 들어가 임금을 뵈었다.

임금이 진노震怒[201]하면서 말하였다.

"임금을 욕을 보이고 왕실의 여인을 능멸하고 천대하며 군부君父[202]를 속이고 도망한 놈을 살려서 쓸데 없으니 죽이리라."

끌려 내리오니 부마가 사모관대를 벗는데 소매에서 꾸리를 내어 대전별감에게 주면서 말하였다.

"집에서 아내가 꾸리를 걸어 주더니 소매에 들었는지라 갖다가 전하라."

임금이 그 거동을 보시고 화를 누르시어 잠깐 웃으시고 세자는 대소大笑하였다. 임금이 말하기를,

---

197) 악불동념若不動念 : 조금도 마음을 움직이지 않음.
198) 동처同處 : 한 곳에서 함께 삶.
199) 설파說罷 : 말을 마침.
200) 목혜木鞋 : 나막신
201) 진노震怒 : 존엄한 사람이 몹시 노함.
202) 군부君父 : 임금과 아버지.

"네 나에게 충량忠良을 살해하고 소인의 말을 듣는다고 하니 충량은 누구며 소인은 누구요. 또 송녀203)에게 혹한다고 하고 또 딸을 잘못 낳아 괴롭게 한다고 하니 누구는 딸을 잘 낳고 나는 못 낳았나뇨. 이실직고 하라."

라고 하면서 재촉하시니 부마가 조금도 두려워함이 없이 얼굴을 보지 않고 대답하여 말하였다.

"지난해 사월에 죽은 조모 등은 충량이요 심정과 박빈, 홍명화 등은 소인이니이다."

임금이 말하였다.

"역모하다가 죽었거늘 네 어찌 편을 드느냐."

부마가 대답하였다.

"역모하는 기미를 친히 보셨나이까? 이후에 뉘우치실 때에 신의 말을 생각하시리이다."

임금이 말하였다.

"심정과 남곤 들이 무슨 일이 있느뇨?"

대답하기를,

"정권을 잡고서는 재주를 꺼리며 군자를 잡아 사화를 만들고 전하께서 그들을 잘못 대하시거늘 심정이 법을 문란케 하는 장서를 지어 전하의 문덕을 가리니, 이는 다 아당阿黨204)하는 계교입니다. 소인 유희경, 왕안석과 다름이 없나이다."

---

203) 송녀 : 송귀인을 가리킴.
204) 아당阿黨 : 남의 비위를 맞추거나 환심을 사려고 다랍게 아첨함.

임금이 아무 말도 않고 오래 있다가 또 물으시되,

"나는 어찌 혼군이요?"

부마가 대답하였다.

"소인과 군자를 분간하지 못하시니 밝으시다고 하오리까."

또 말하기를,

"송녀에게 혹하였다고 함은 무슨 일인고?"

라고 하니 부마가 대답하여 아뢰었다.

"송씨가 전하의 총애를 믿고 동렬同列205)를 투기하였삽고 중전은 지존이시거늘 총애를 다투어 업을 쌓옵니다. 또한 교만하게 아들을 가르쳐 대신을 처결하여 궐내의 일을 누설하고 조정의 일에 간여干與206)하여 사화士禍를 참예參預207)하니 간특치 아니하리까. 전하께서 자식의 항렬208)에서 좌우에 언어거동을 모르시리까."

임금이 침묵하다가 한참 지나서 말하였다.

"나는 딸을 못 낳았다고 하니 누구는 잘 낳았느뇨?"

부마가 아뢰었다.

"공주와 옹주가 어떠신지 모르오되 신에게 시집보내신 옹주는 사 년을 두고 보오니, 전하의 성덕聖德으로 의식衣食이 충분

---

205) 동렬同列 : 같은 수준이나 위치. 같은 후궁들을 가리킴.
206) 간여干與 : 관계하여 참견함.
207) 참예參預 : 참여.
208) 임금이 부마에게 아들과 같은 위상으로 처신하라고 한 사실을 가리킴. 원문에는 몇 구절이 빠져 있음.

하옵거늘 무고無故[209]히 성을 내어 궁인을 치죄治罪하므로 형벌이 그칠 날이 없었습니다. 어린 처녀가 시집가매 지아비가 스스로 하는 것이 옳거늘 신을 만난 사 년 동안 동침하지 아니한다고 견집堅執[210]하고 싸우자고 하여 행세가 무례함이 심하였나이다. 조강지처인 최씨는 만난 사 년 동안 현숙하여 좋은 일을 기다리다가 신세가 고생스럽고 그쳐졌으나, 아비의 지휘를 받고 조짐을 보아 응변應變함이 남자보다 나았나이다. 서러워할 듯하오나 신이 가오면 나직이 개유하여 옹주에게 가기를 권하옵고, 삼 년을 죽은 체하고 정중하게 남편을 거절하고, 신세가 괴롭고 서러운데도 늙은 아비를 위하여 슬픔을 보이지 아니하오니 효성이 높았삽나이다. 최홍일의 부자가 천은天恩으로 벼슬이 높으나 청렴하여 궁핍한데, 자식이 여럿이로대 구차하지 않사와 신을 보면 엄정嚴正히 물리쳐 자식의 자닝함을 모르는 듯하오니 갈수록 높고 청렴하지 않으면 어찌 이러하리까. 겸하여 최씨 자식이 아름답사오니 어찌 사랑하지 아니리까. 옹주는 처음에 임금이 주신 전답田畓과 노복, 궁첩宮妾[211]은 이것으로도 많고 일 년 녹봉이 삼십 석이요 신의 녹봉이 있삽고 전하 주시고 상침尙寢[212]으로 받는 것이 길에 늘어서 있어 불가승수不可勝數[213]한데도, 오히려 부족하다고 하여 날마다 봉서封書[214]

---

209) 무고無故히 : 아무런 이유도 없이.
210) 견집堅執 : 의견을 바꾸지 않고 굳게 지님.
211) 궁첩宮妾 : 집과 계집종.
212) 상침尙寢 : 조선 때 내명부에 속한 정육품 벼슬.

에 더 주소서 하오니 끝없는 욕망을 가졌삽나이다. 또한 신이 비록 사정이 중하지 못하오나 대하여 흔연欣然히 공경하며 신의 부모와 동생이 옹주를 공경함이 여염집 며느리와는 다르게 하오니 일신이 편하옴이 반석盤石²¹⁵⁾과 같삽거늘 매양 설움을 말하여 지어 주상의 근심을 돋우매, 자식이 되어, 불효를 면치 못하옵고 여자의 부드럽고 단아한 덕이 아니오니 최씨와 옹주 두 사람은 모습이 판이하옵거늘 어디가 낫다 하오리까. 견하께옵서 물으시므로 다 아뢰었사오니 처분대로 다스리소서."

말을 마치는데 낯빛이 단엄하였다. 임금이 말하였다.

"저렇듯 교만방자한 놈을 다스리지 못하니 딸을 낳은 내 죄로다."

윤, 최 양공도 또한 좌중에 있으면서 바늘방석에 앉은 듯하였다. 송씨가 대로하여 임금께 아뢰었다.

"윤지경이 첩과 무슨 원수로되, 저도 죽어 남지 못하고 심정과 남판서를 부결剖決²¹⁶⁾하여 조모를 죽였다고 아뢰오니 알고자 하나이다."

부마가 성이 나 말하였다.

"나와 정히 겨루시려다 매우 속으실 것이니 잠자코 계시소서.

---

213) 불가승수不可乘數 : 셀 수 없음.
214) 봉서封書 : 왕비가 친정에 사적으로 보내던 편지. 여기서는 옹주가 어머니인 송귀인에게 보내는 편지로 볼 수 있다.
215) 반석盤石 : 넓고 편편하게 된 큰 돌.
216) 부결剖決 : 시비나 선악을 판단하여 결정함.

더운 땅에 오래 앉았으니 어름차나 주소서."

송씨가 부마를 깊이 미워하나 말이 막혀 다시 임금께 아뢰었다.

"저를 사위라고 죄를 주지 않으시나 어찌 그만 두시리오. 멀리 귀양 보내사 회과悔過[217)하게 하소서."

임금이 지경에게 하교하여 말하기를,

"영경[218)의 낯을 보아 너를 대흥으로 정배定配하나니 이후는 회과하라. 최씨는 지아비를 미혹하게 한 죄가 중하므로 함경도 함흥으로 정배하라."

라고 하시니 윤, 최 양공과 부마도 사죄하고 나오다가 윤공이 부마를 크게 꾸짖자 부마가 대답하였다.

"부친이 어찌 소자의 뜻을 모르시나이까. 얼마 지나지 않아 일이 날지라. 소자가 송귀인을 격노하게 하여 귀양을 자원自願함이로소이다."

윤공이 깨달아 부마의 손을 잡고 말하였다.

"너를 늦게 낳아 교동嬌童[219)으로 길러 가르친 바가 없거늘 지혜가 이렇듯 강렬剛烈[220)하여 열 사람보다 낫고 내 자식이 이렇듯 하니 어찌 사랑하지 않으리오."

부마가 아뢰었다.

"이제 엄명이 중하오니 길을 지체하지 못할지라. 최씨를 잠깐

---

217) 회과悔過 : 잘못을 뉘우침.
218) 영경 : 옹주를 가리키는 듯함.
219) 교동嬌童 : 귀엽게 잘생긴 남자아이.
220) 강렬剛烈 : 굳세고 세참.

보아 작별이나 하려 하나이다."

하고 부마가 즉시 최가에 이르러 최씨를 보니 최씨가 망극하여 눈물을 드리웠다. 부마가 이르기를,

"귀양을 가야 우리 둘이 부부가 되어 백수해로白壽偕老할지라. 부인은 슬퍼하지 말라. 함경감사는 우리 형님의 장인이니 극진히 보호하고 공급하리라."

하니 최씨가 슬픔을 진정하여 발행發行[221]하니 부마는 남쪽으로 가고 최씨는 북쪽으로 갔다. 여러 날 만에 도착하니 감사 오봉신이 공경으로 대접함이 자식 같으므로 편하게 지내나, 밤낮으로 부모와 동생을 생각하며 슬퍼하였다. 부마는 대흥으로 가서 읍내에 처소를 잡지 않았다. 감사와 수령이 와보고 주는 것이 많으나 술과 안주만 받고 다른 것은 다 돌려보내면서 번거롭게 와 보는 것을 막았다. 옹주가 마직馬直[222]과 궁인宮人[223]으로 의복을 보냈으나 부마가 화를 내어 말하기를,

"이것이 다 옹주로 인해 난 일이라."

라고 하고는 다 치죄하여 보내었다. 이에 있어 마음이 괴로우면 마을의 선비들을 청하고 아이들을 모아 술로 즐기며 장기를 두고 제기를 차며 놀았다. 날마다 음식을 장만하여 먹이고 사랑하니 부마에게 소년과 아이들이 일어나므로 부마가 귀향 가서

---

221) 발행發行 : 길을 떠나감.
222) 마직馬直 : 조선 시대에, 내수사와 각 궁방宮房에 속한 하인.
223) 궁인宮人 : 나인.

있는 마을의 이름을 '동희향童戱鄕'이라고 하였다. 부마가 친히 옥수수와 외가지224)를 길러 감사와 수령을 오지 못하게 하고 아이들과 벗이 되어 놀기로만 위업爲業225)하였다. 여간한226) 종 넷을 두어 각 관官에서 주는 것을 약간 받아 함흥에 있는 최씨에게로 보내고 돌아오면 또 보내어 왕래를 이어갔다.

이듬해 임금이 회과했는가 하고 김송환을 보내어 상하의 동지動止227)를 살피고 또 죄를 주어 말하였다.

"들으니 네가 오히려 최씨를 잊지 못한다 하니 갈수록 나를 업신여기느냐. 만일 회과하였으면 쉬 용서하고 그렇지 않으면 일생을 충군充軍228)하도록 하리라."

중사中使229)가 이르러 명을 전하니 부마가 웃으며 말하였다.

"귀양 왔다고 정중한 아내를 잊으며 자식도 배었거늘 버리오. 아내를 사랑하는 놈을 죄 주시려 하거든, 상감의 외조부인 부원군 심충원이 그 부인의 얼굴이 검고 코크고 눈알이 작았으되 일곱 아들과 중전 되실 따님을 낳고 일생을 안방구석을 떠나지 않으시다가 일흔둘에 상처하여 입관 날 수의를 입고 한데 들어가려 하시던 말을 들었기로, 한번 가 뵙고 부부인府夫人230)에

---

224) 외가지 : 곁가지가 없는 풀이나 나무의 줄기.
225) 위업爲業 : 생업으로 삼음.
226) 여간하 : 이만저만하거나 어지간하다.
227) 동지動止 : 동정動靜.
228) 충군充軍 : 군대에 편입시킴.
229) 중사中使 : 궁중에서 왕명을 전하는 내시.
230) 부부인府夫人 : 조선 때, 대군의 아내와 왕비의 어머니의 작호. 여기서는

대해 말을 하니 구십 노인이 오히려 잊지 못하셔서 눈물을 비같이 흘리며 설워하시기에 내 묻자오되, '젊어 계실 때에 안색이 고으시더니까?'라고 하니 대답하시되 '곱지는 못하나 수수하더니라.'라고 하매 내 우스워 또 묻자오되 '안청이 맑으시더니까?'라고 하니 대답하시되 '한 눈이 조금 부회스러하되[231] 그 더욱 무던하니라.'라고 하매 내가 매우 보고 싶어 묻는가 하여 '네 자손 항렬에 들어오나 보지 못하여 섭섭다.'라고 하시는지라. 아내를 사랑하는 나를 누가 알리오. 심부원군은 이러하시거늘 나를 죄 주소서 아뢰라."

말을 마치고는 크게 웃고 말하였다.

"내 겨우 이십 세라. 일품 재상이 되매 심히 괴롭더니 이에 와 벗어부치고 나물을 가꾸고 장기 두고 제기 차고 놀매 재미있고 제일 구실로 옹주궁에 가기 싫더니 보지 않으니 시원하더라. 부모와 동생이 그리우나 오래 되면 아니 와 보시랴? 다만 세자께 아뢰라. '군신지의君臣之義를 잃지 말고 오등吾等[232] 소년의의少年意義를 생각하사 늙은 아비와 네 형의 목숨을 살려주소서.'라고 하라. 이에 뒷밭에 가서 외를 따다가 나물하라 하고 보리탁주를 걸러 외나물을 안주하여 먹고 정별감鄭別監[233]과 최약정崔約正[234]을 청하여 놀고 밤이 다다르면 준치 자반[235]을 구어 놓고

중종의 장모를 가리킴.
231) 부회스러하다 : 부옇다.
232) 오등吾等 : 우리들.
233) 별감別監 : 조선 시대 유향소에 속한 직책.

외 생채236)로 나물을 하고 고추장 놓고 보리밥 한 그릇을 다 먹으니 송환이 말하였다.

"옹주의 귀골貴骨로서 저런 음식을 어찌 견디시리까."

부마가 대답하였다.

"내 집은 한소閑素237)한 집이라. 아시兒時238)부터 여러 동생들과 이렇게 자랐으니 관계치 않도다. 고량진미 포식하던 여옹댁 아기씨도 다 보았네."

말을 마치자 손뼉을 치며 크게 웃고는 "밥을 내려오자."라고 하고는 뜰에 내려 아이들과 제기 차고 풀잎 떼어 풀피리를 불고 놀다가 들어왔다. 책상에서 책을 잡거늘 송환이 물어 말하였다.

"옹주의 부마로서 비록 적소謫所에 있으나 경상卿相의 자제요 부마위를 가지고 계시거늘 몸을 어찌 저같이 천박하게 가지시느뇨."

부마가 웃으며 말하였다.

"우리 부친이 본디 영천 선비라. 내 나라에 득죄하고 여기에 왔으니 부마가 무엇이며, 내 나이 겨우 이십 세 아이라 무슨 일품이라고 하리오. 이것이 내게 가하고 족하니 여옹은 내 말을 주상께 아뢰라."

---

234) 약정約正 : 조선 시대 향약 조직의 임원.
235) 준치 자반 : 준칫과의 생선을 소금에 절인 반찬감. 또는 그것을 굽거나 쪄서 조리한 반찬.
236) 생채 : 날로 묻힌 나물.
237) 한소閑素 : 가난하지만 검소함.
238) 아시兒時 : 어릴 때.

송환이 부마의 행동거지를 살피느라고 삼 일을 묵으니 충청 감사와 홍주목사가 와서 부마에게 뵙기를 청하였다. 부마가 전언하여 말하였다.

"서곽暑癨과 이질痢疾239)로 자리에 누워 손님을 못 본다." 라고 하니 반찬과 양식을 주고 보지 못하고 돌아갔다. 부마가 하루는 송환을 데리고 장기를 두다가 물었다.

"여옹아, 내 생계가 어떠하뇨?"

송환이 대답하되

"음식이 사납고 심히 괴롭나이다."

부마가 웃고 일어서서 뒷짐을 지고 헛걸음질 하면서 말하였다.

"여옹댁 서씨요 박빈이요 하는 조정에 들어가기 무시시하240) 더니 인제는 정편靜便241)한데."

송환이 대답하였다.

"서씨는 누구요 박빈은 누구인가?"

부마가 대답지 않은 채 웃고 말하였다.

"이조판서吏曹判書와 홍문제학弘文提學 김상 이조좌랑吏曹佐郎 도 다 알아보았네."

송환이 대답하였다.

"어떻다고 하시나니까?"

---

239) 서곽暑癨과 이질痢疾 : 더위로 말미암아 일어나는 토사곽란과 똥에 곱과 씨가 나오고, 뒤가 잦은 법정 전염병
240) 무시시하다 : 무시무시하다.
241) 정편靜便 : 조용하고 편안함.

부마가 웃으며 말하였다.

"제학이란 것이 글 잘 쓰는 것이 제일인데 유월 염천炎天에 개가죽을 들비 차고 걸음은 그림자나 따라다니는 제학이 어디에 있으리오. 이조판서도 이리 와 들으니 만석군이 되었다고 하더구나. 주상께 아뢰라. '이조좌랑 겸 사인은 검상 가까이 부리시려거든 살펴 부리소서.' 하여라. 권필과 서양이 도망치 않거든 어이 내여 보내시면서 이조판서는 박빈의 형이라고 살리고 벼슬을 시킨다는 말이 있다. 홍문제학은 남곤의 아우요 서곽이질로 병이 들어 글을 번번이 못하고, 이조좌랑은 송귀인의 질서이고 사인 정문회는 심정의 사위라. 정상 정광필과 우상 이적은 맹자의 도학이 있거늘 남북에 각각 우리를 안치하시니, 이적은 구십 노모의 독자라 그 모친 손부인이 그 아들을 못 보고 죽었으니 어찌 참혹하지 않으리오. 이정승은 손자요 알성 동접謁聖同接[242]이라 슬퍼 만장을 지었더니라."

내어 보이니 그 아들의 현명과 절개를 걸어 문장이 매우 아름다웠다. 부마가 웃으며 말하였다.

"정광필, 이적무 같은 이도 대연을 당치 못하니 소년에 나 같은 아이가 어찌 견디리오. 이 가장 편하니 성상께 아뢰어 찾지 말게 하여라."

또 웃고 말하였다.

---

242) 알성동접謁聖同接 : 알성과에 같이 급제한 동기.

"내 심심하거늘 나뭇잎에 글자를 썼더니 벌이 삭여먹으매 글자가 되더고나."

말을 마치고는 계집종을 불러 "바느질 다하였느냐?"라고 물으니 대답하고 가져오는데 계집의 좋은 빨래였다. 송환이 웃으면서 쓸 곳을 물으니 부마가 대답하였다.

"계집종이 일 없이 놀거늘 함흥 아내에게 보내려 누볐노라."

송환이 나흘을 묵고 돌아올 때 부마가 이별에 탄식하여 말하였다.

"여옹은 총명하고 지식이 있나니 내 실제의 일을 고하여 내 집을 보존하기 어려오매 노부老父²⁴³⁾와 네 형이 벼슬을 갈고²⁴⁴⁾ 들어앉아 있으니 세자께 나의 진정을 자세히 아뢰어 '늙은 아비를 보존케 하소서.'라고 고하라."

송환이 부마와 깊이 탄식하고 돌아와 임금께 아뢰되 그 지내는 일과 부마가 하던 말을 일일이 말하니, 임금이 웃음을 참지 못하여 말하였다.

"부원군을 비양²⁴⁵⁾하고 빨래를 누벼 보임은 나를 꺾으려 함이요. 제가 죄인으로 있으면서 조정의 일을 시비하니 매우 괘씸한지라. 옮겨 제주에 안치하리라."

세자가 아뢰었다.

---

243) 노부老父 : 늙은 아버시.
244) 갈다 : 어떤 자리에 있는 사람을 다른 사람으로 바꾸다.
245) 비양 : 얄미운 태도로 빈정거림.

"지경이 제 죄는 그대로 받겠으나 제 일문一門246)으로 신에게 부탁하옵고 나뭇잎의 글자 삭인 말을 하더라 하오니다. 이제 소자가 생각건대 연전年前247)에 후원 나뭇잎 글자가 사람의 주작做作248)인 듯하나이다. 윤지경을 당초에 부마로 잘못 간택하였사오니 죄를 어찌 더하리까. 죄를 곧 더하면 옹주의 지아비를 잡는 허물이 되옵나이다. 신의 생각은 대체로 사사로운 일이 아니오니 나뭇잎의 글자에 대한 말과 전에 문서 두 장이 있다고 하오니 불러서 물어보심이 가할까 하나이다."

송귀인이 크게 놀라 빨리 고하였다.

"윤지경이 온갖 말로 전하와 첩을 속이고 조롱하여 제 마음대로 하오니 그것을 어찌 사위로 족히 가하다고 하오리오. 연성옹주와 화락하기를 바라지는 못할 것이니 묻도 마시고 귀향도 묻지 마시고 십년이라도 버려두소서."

세자는 본디 효자이므로 송씨의 기색을 살펴 알고 있음에도 "서모의 말씀도 옳사오니 버려두소서."라고 하였다. 말을 마치자 임금이 더 묻지 않으셨다.

최씨는 적소謫所249)에서 아들을 낳으니 부풍도습하고 기골이 장대하여 그 부친을 많이 닮았다. 이름을 장경이라고 하였다.

이듬해에 세자 방 밖에서 쥐를 죽여 저주하는 정경이 일어나

---

246) 일문一門 : 집안.
247) 연전年前 : 몇 해 전.
248) 주작做作 : 없는 사실을 꾸며 만듦.
249) 적소謫所 : 귀양지.

므로 임금과 중궁이 다 놀라시고 세자가 달포 동안 미류彌留[250]
하여 백약이 무효하고 병환이 심상치 않으셨다. 임금이 의심하
여 이인異人[251]을 불러 망기望氣[252]하라고 하셨는데, 이인이 동
궁의 부엌과 바람벽을 보고 기운이 사납다고 하였다. 임금이
명하여 헐어 보라고 하시니 인골人骨과 목인木人[253]이 가득하였
고 동궁을 축사祝死[254]하는 글자가 송부인의 복성군과 홍상의
글씨가 분명하였다. 임금이 크게 화를 내어 송씨를 잡아내어
와 죄를 주시니 불과 일장一場[255]에 봉초封草[256]하고는 목을
잘라 죽이시고 홍상은 장하杖下[257]에 죽이시고 복성군과 연희
옹주는 사약을 내리시고 거평위 연성옹주는 어미와의 연좌로
밀양에 귀향을 보내셨다. 임금이 세자를 대하여 말하기를,

"지경이 나이가 어리나 장건張騫의 범 잡음과 이릉두의 위풍
과 장한의 보신지책을 두었다."

라고 하셨다. 오늘에야 부마위를 거두시고 승지직첩을 사송賜
送[258]하여 부르시고 최씨를 사면하라고 하셨다. 상소와 계문이
다시 일어나므로 홍명화와 박빈 등을 베고 가속家屬[259]을 적몰

---

250) 미류彌留 : 병이 오래 낫지 않음.
251) 이인異人 : 재주가 신통하고 비범한 사람.
252) 망기望氣 : 나타나 있는 기운을 보고 일의 조짐을 알아냄.
253) 인물人物 : 사람의 물건.
254) 축사祝死 : 죽기를 축원함.
255) 일장一場 : 어떤 일이 벌어진 한 판.
256) 봉초封草 : 죄인을 묶고히여 구두로 진술을 받던 일
257) 장하杖下 : 장형杖刑을 행하는 그 자리.
258) 사송賜送 : 임금이 신하에게 물건을 내려 보내던 일.

籍沒[260])하였다. 지경이 돌아와 사은하고 눈물을 드리우며 아뢰었다.

"신이 전하께 시측(侍側[261])하온 팔 년에 밖으로 군신간의 의리와 친자 같이 사랑하시는 정의가 있음에도 멀리 있사와 전하를 크게 화나시게 하와 용안龍顔을 이별하온 지 삼 년이 되었삽다가, 이에 돌아오매 송귀인과 복성군이 죽었삽고 옹주가 귀양 갔사오니 슬픔을 금치 못하리로소이다."

말을 마치자 옥면玉面[262])이 슬퍼함을 머금었으니 임금 또한 슬퍼하셨다. 윤지경이 다시 아뢰었다.

"옹주가 만일 흉계에 참여하지 않음이 분명하실진대 사람을 부려 묻기를 막지 마소서."

임금이 대답하였다.

" 네 아내는 실로 참여하지 않은가 싶으니 내 어찌 막으리오."

지경이 사은하고 집에 돌아와 부모제형을 반겼다. 옹주궁에 가보니 집이 황량하여 궁인 몇 명이 지키고 있었으니 아주 불쌍히 여겨 나인과 하인으로 엄칙嚴飭[263])하여 지키라고 하였다. 한편으로 인마人馬[264])를 차려 조카를 보내어 최씨를 데려오니 장경의 작인 한배출유 비범하였다. 아버지와 아들, 할아버지와

---

259) 가속家屬 : 한 집안에 속한 가족.
260) 적몰籍沒 : 중죄인의 재산을 모두 몰수하던 일.
261) 시측侍側 : 곁에 있으면서 웃어른을 모심.
262) 옥면玉面 : 옥같이 깨끗하고 아름다운 얼굴.
263) 엄칙嚴飭 : 엄하게 타일러 경계함.
264) 인마人馬 : 마부와 말.

손자가 비로소 서로 대면하니 다행이라고 하며 기뻐하였다.

또 그 환란 가운데 사람의 마음은 예나 지금이나 한 가지였으니, 온 집안이 눈물을 날림을 면하지 못하고 그 환란 가운데 일호一毫265)라도 그름이 없이 모든 이가 모두 이르기를 "희안한 경사라."라고 하였다. 그 흉변凶變266)에 지경이 무사히 벗어나니 부모와 제형은 물론 조정과 세상사람들이 그 재주와 덕을 칭찬하지 않은 이가 없었다. 지경이 임금께 아뢰었다.

"을사년乙巳年 사화士禍가 원통하고 간사함이 없지 아니하오니 사화로 죽은 사람을 신설伸雪267)하옴이 마땅하나이다."

임금이 기뻐하지 아니하시니 고쳐 다시 아뢰었다.

"이연 정광필은 사하심이 마땅하시니다. 상조를 모신 설을 사하시고 이연 정광필을 사하사 다시 복상復常하시되 부리시지는 아니시이다."

임금이 기유년에 승하하시고 세자가 즉위하시니 인종대왕이었다. 성복날 지경을 명초하여 전지를 내려 말하였다.

"옹주는 과인의 동기라. 여간 허물이 있으나 큰 죄가 아니니 왕사王師268)는 이에 데려다가 전과 같이 말고 화락하여 살면 과인이 죽어도 눈을 감으리라."

라고 하시니, 지경이 눈물을 드리우며 명령대로 하겠다고 하고

---

265) 일호一毫 : 한 가닥의 털. 아주 작다는 뜻.
266) 흉변凶變 : 사람이 죽는 것과 같은 좋지 않은 사건.
267) 신설伸雪 : 가슴에 맺힌 원통함을 풀고 부끄러운 일을 씻어 버림.
268) 왕사王師 : 왕의 스승.

즉일卽日[269]에 마부와 말을 보내러 데려왔다. 부왕夫王이 맞이함이 없어 계시니 설워함이 끝이 없으므로 임금이 불러 보시고서 붙들고 통곡하며 말하였다.

"인제 예전과 다르니 위급함을 자랑하지 말고 남편을 공경하고 동서同壻[270]를 투기하지 말라. 겸손하고 다시는 그름이 없이 살라."

라고 하시고는 주시는 것은 선왕先王 때와 같이는 못하였다. 궁에 돌아오므로 지경이 나서서 조상弔喪[271]하고 이날 궁에서 잤으니 성혼한 지 칠 년에 처음이었다. 지경이 대접함이 온화하고 부드러우니 옹주가 감격해 하고, 최씨 또한 옹주를 대접함이 온화하고 공경하고 사랑하며 옹주가 출입할 때 반드시 일어나 맞으니 지경이 말하였다.

"이것은 너무 과하도다. 부탁하신 말씀이 참담하고 간절하시니 우리 부부가 살아 화락함이 다 주상의 성은이라. 뵈온 듯 공경하나이다."

임금이 지경을 간의대부諫議大夫[272]를 제수하였다. 지경이 머리를 조아리면서 아뢰었다.

"홍상 복성군이 송씨와 밀통하여 나뭇잎에 글자를 써 조모 등을 잡았사오니 사赦하여지이다."

---

269) 즉일卽日 : 바로 그날.
270) 동서同壻 : 여기서는 최씨를 가리킴.
271) 조상弔喪 : 남의 상사에 대하여 조의를 나타냄.
272) 간의대부諫議大夫 : 조선 전기에, 문하부에 속한 종삼품 낭사 벼슬.

임금이 남곤과 심정 등을 형문刑問을 두 번씩 처해 절도絕島에 위리안치圍籬安置하시고 조모에 대한 신설伸雪은 아니하셨다. 대체 선왕先王이 허락지 않으셨으니 허락지 못하시다가 나라가 태평하여 한가하므로 신설하였다.[273]

지경이 옹주와 최씨와 더불어 부모를 시좌侍坐[274]하니 윤공이 돌아보니 다섯 아들과 여섯 며느리와 총총한 손자손녀가 하나하나 비범하므로 기뻐하였다. 사랑하온 마음을 이기지 못해서 지경을 돌아보고는 말하였다.

"내 아이가 요사이도 꾸리 꼈고 빨래 누비기를 잘하느냐?"

일좌一座[275]에 입을 가리고 웃으니 지경이 웃으면서 대답하였다.

"그 일이 다 소자의 면화지계免禍之計[276]라. 아내를 희롱함은 어렵지 아니하오나 빨래를 누비고 꾸리 꼈기를 늘 하라고 하시면 또한 어려울소이다."

최씨가 부끄러워 낯이 취한 듯하였다. 이때 임금이 과로하여 환후患候[277]가 낫지 않으시니 지경이 궐내를 떠나지 아니하였는데 하루는 임금이 밤에 사람을 부르시므로 지경이 밖에서

---

273) 원문에는 '한란'이라고만 되어 있으나 필사과정에서 누락된 듯하다. 다른 이본에서는 대체로 조모 즉 조광조에 대해 신원했다고 나오므로 이를 따랐다.
274) 시좌侍坐 : 웃어른을 모시고 앉음.
275) 일좌一座 : 같은 자리.
276) 면화지계免禍之計 : 화를 면하는 계책.
277) 환후患候 : 웃어른의 병의 높임말.

대답하고 들어오니 가까이 오라 하고는 크게 슬퍼하시면서 말하였다.

"병은 아마도 회춘하기 어려우니 어찌 섭섭지 아니하리오. 경원대군이 매우 총명하나 어찌 믿으리오. 임금으로 삼아 경이 정사를 도와 마땅히 내 뜻을 저버리지 말라. 네 여러 번 조모에 대한 신설을 허락지 않았으매 신원코자 하나 글자를 못 이루니 경이 쓰라 하고 경원대군을 도와 대전을 섬길 도리와 선왕의 후궁을 대접할 도리를 극진히 가르치시고 안으로 정사를 도와주기를 밝히노라. 경이 이연 정광필을 배성묘할 사람이라 하거늘 지난날의 사적을 기록하였더니 이제 생각건대 부족함이 없으니 경이 알아 배성묘하라."

또 이르되,

"경의 처 최씨가 어질어 내 누이를 지극히 사랑한다고 하니 매우 희안한지라. 은과 무명으로 그 덕을 갚노라."

라고 하셨다. 내수사內需司278)에 명하여 은과 무명을 열 동을 갖다 나타낸 후 내관에게 맡기시고는 지경을 보시고 말하였다.

"옹주들끼리 화락하여 살면 한이 없으리로다."

재삼 당부하였다. 삼 일 후 승하하시니 지경의 애통하고 설움이 부모 상과 같아 슬픔을 어찌 다 기록하리오. 정광필과 조모 등이 천은天恩279)을 축사하고 집에 돌아와 기다려서 지경이 칭

---

278) 내수사內需司 : 조선 때, 궁중에서 쓰는 쌀·베·잡물·노비 등을 주관하던 관아.

영하며 형우제공兄友弟恭하고 부인으로 더불어 천륜天倫에 부합하므로, 하니 옹주도 또한 최씨의 덕에 감격하여 지극히 조심하였으니 어짊이 최씨에 모자람이 없었다. 지경이 옹주의 사정을 불쌍히 여겨 은근히 위대爲待[280]하니 여러 형이 조롱하며 말하였다.

"저만한 금실로 어이 당초에는 박대하여 성상이 귀향까지 보내셨더뇨."

지경이 대답하였다.

"당초에 그렇다고 매양 매몰할 일도 아니요 두 선왕의 부탁하심을 저버리지 못하옴이니다."

"네가 진사 하였을 적에 성천成川 기생 녹은선에게 대혹하여 청산녹수로 언약하고 그 후에 잊으니 무심하지 않으냐. 오늘 길에서 만났는데, '수절하되 찾지 않으시매 서러워하노라.'라고 했으니 아무도 모르게 거두어라."

지경이 웃으며 말하였다.

"만물이 다 변하니 청산녹수인들 변하지 않으리까마는 녹은선이라는 말이 진저리나나이다. 소자의 부부가 칠 년의 곤액이 녹은선이라."

하고 크게 웃었다. 최부인은 아들 셋과 딸 둘을 낳고 옹주는 아들 둘과 딸 둘을 낳으니 다섯 아들과 네 딸이 하나하나 모두

---

279) 천은天恩 : 임금의 은덕.
280) 위대爲待 : 특별히 잘 대함.

아름다웠다. 지경의 부모가 연세를 다한 후에 다 각각 기세棄
世[281]하시고 윤지경의 부부가 백수동락白壽同樂하니 이렇듯 기
이한 일이 어디에 있으리오.

이 일에 말씀이 많이 끊어져 재미가 없사옵고 많이 심심하
외다.

---

281) 기세棄世 : 세상을 버린다는 뜻으로, 웃어른이 돌아가심을 이르는 말.

III. 〈윤지경전〉 원문

p.1

조선국 즁죵듸왕 즉위 초의 한 지상이 잇스니 승은 윤이요 명언 헌이라 본듸 영쳔 사람이라 일즉 용문의 올나 벼슬이 판셔의 일으니 가산은 요부ᄒ여 구ᄎᄒ미 읍난 즁 실ᄒ의 오ᄌ을 두엇스되 긔긔히 아람다온 즁 필ᄌ 지경은 ᄌ이자산이니 여러 형졔 즁 문장지화 ᄲᅡ혀나고 용뫼 비범ᄒ고 의량과 츙효가 어린아희 갓지 아니ᄒ니 친쳑과 어ᄂᆡ 뉘가 칭찬 안이ᄒ리요 남도긔의 ᄒ니 그 부뫼 마음이 웃더허요 장즁보옥 갓치 이즁ᄒ더니 지경이 십사 식

p.2

의 용문의 올나 벼슬이 진사의 나ᄆᆡ 부모 미양 이즁이 역기든이 용이 쫏치 안이ᄒ여 이 히 여름의 여역이 듸치ᄒ여 비복이 연ᄒ여 알으니 가즁의 피졉ᄒ여 츔판 최홍일 집을 으더난니 원ᄂᆡ 최공은 윤공의 동성사촌 미부라 최공이 윤씨을 취ᄒ여 두 아달을 낫코 일직 상실ᄒ고 이씨을 취ᄒ여 일여을 싱ᄒᄆᆡ 명은 연이라 그 용모가 츌슈ᄒ야 화용월틱와 싁덕니 겸비ᄒ니 최공 부뷔 과이ᄒ든니 ᄎ시 방연 십삼이라 틱셔ᄒ기을 심상치 안이ᄒ난지라 유공은 통가지의로 ᄌ여을 셔로 보니 진싀 최소겨을 보고 사랑ᄒ야 모친

p.3

긔 구혼ㅎ시믈 쳥ㅎ니 부인이 공과 상의ㅎ고 최공이 구혼ㅎ니 최공이 여아의 나희 어리무로 쳥탁ㅎ고 좌히 허락지 안니니 윤공이 가장 미안ㅎ더라 최공은 진ᄉ을 과이ㅎ나 이씨난 심히 편혐ㅎ여 낭ᄌ의 뇌락함을 치 아지 못ㅎ고 방탕ㅎ여 이십 젼의 희쳥누의 왕ᄂᆡ함믈 ᄶᆞ리난지라 공도 쏘한 욱이지 못ㅎ여 ㅎ다 진ᄉ의 인긔난 ᄆᆡ양 잇지 못ㅎ든니 지경과 연이 알ㅎ니 두 집의 셔 민망ㅎ여 각각 것쳐흔 후의 비복을 맛기고 신신당부ㅎ고 윤최 양가의 피졉난니 윤진ᄉ난 외당을 거쳐ㅎ고 최씨난 ᄂᆡ당 의 이셔 각각 비복이 극진구안ㅎ여 지ᄂᆞ니 남여

p.4

양인 다 ᄎᆞ병흔 후 진ᄉ 울젹ㅎ여 ᄂᆡ당의 드러가셔 젼 보던 경치을 완상ㅎ며 글도 지여 셔로 보며 소일ᄎᆞ로 벽승의 상육을 나리와 친이 바둑을 두워 젹막한 거살 위로ㅎ며 그윽히 살펴보 니 말고 아람다은 즁 인물이 양슌ㅎ고 송희함과 셜부화용은 홍모탄일지조로을 쯘친 듯고 그 지용을 사모하여 쏘한 친ㅎ 졍이 ᄉᆡ암 솟듯하여 일일은 악상육을 치던니 잇ᄶᅥ 염쳠이라 소져의 얼골의 ᄯᆞᆷ이 솟난지라 아람다오미 일빅승졀이라 연화송 의 ᄉᆡ우을 ᄲᆞ린 듯 진시 웃고 부치을 드러 부치니 낭ᄌᆡ 소녀 ᄃᆡ왈 오라 반임 친이ㅎ여 쥬시

p.5

니 안심치 안이ᄒ여 이와이다 ᄒ거날 진시 소왈 나난 윤가의
아달이요 소져는 최공의 여이라 웃지 남미지의 잇셔 오라비라
ᄒ리요 소져 숫치ᄒ여 아미을 슉이고 답왈 어린희아 촌슈난
모로고 부친이 오라비라 ᄒ시미 ᄒ엿난이다 진시 웃고 왈 할임
과 진ᄉ난 우리 즁고모의 소싱이라 육촌지의 잇건이와 낭ᄌ는
니부인의 소싱이라 빅쥬 남이라 어늬로 남미지예 잇스리요 ᄒ
고 언파의 크게 우스니 소졔 붓그례 상육사위을 던지고 이러셔
고져 하거날 진시 우어 왈 젼의 우리 부뫼 작슉게 날노쎠 그디의
게 통혼ᄒ오시니 칭탁코 허치 안이이 무삼 쥬희

p.6

시면 닉 비록 용열ᄒ나 낭ᄌ의 못지 안이코 무식ᄒ나 모든 션비
의 나리미 읍거날 웃지허여 거졀ᄒ신고 고이토다 소졔 머리을
슉이고 낫치 불거 말을 안이ᄒ거날 진시 왈 혼인은 ᄌ고로 남녀
의 사라 웃지 소소혐희을 이루이요 낭ᄌ의 ᄯᆺ슨 웃더ᄒ요 소졔
양구의 디왈 부모 ᄒ신 일을 웃지 알이ᄀ 진시 왈 그러지 안이타
우리 양인은 하날이 유의ᄒ신 빈라 그디와 닉 다 ᄉ병 후 슈월을
한 고디 잇셔 친ᄒ고 ᄉ랑홈이 심상치 안이커날 셔로 심ᄉ을
기이리요 낭ᄌ을 위ᄒ여 구혼ᄒ여 날과 갓튼 이도 잇스련이와
셰ᄉ사 ᄯᆺ갓지 안야 날만 못

p.7

ᄒ면 뉘웃치지 안냐 복원 낭즈는 정성을 이르소셔 소졔 붓그러
답지 안이고 피코져 ᄒ거날 진시 의싱을 구지 잡고 괴로이 봇쳐
니 낭지 붓그려 되왈 모친계셔 진스임에 청누의 왕늬 방탕ᄒ다
ᄒ시고 허치 안이신가 시부더니다 진시 왈 늬 웃지 형누의 노라
시리요 진스 ᄒ엿실 젹의 창긔 모든 즁의 갓ᄀ이 한 계 잇슬들
바런 지 오릭니 거 무산 허물 되리요 낭즈의 뜻슬 웃고져 ᄒ나니
낭즈 싱의게 유정ᄒ여 허혼한 질되 녹연총부을 보아시리니 싱
이 신후경의 죽긔을 효측ᄒ리라 낭지 갈오되 왕조랑은 음난한
계집이요

p.8

신후경은 어린 남지라 계집을 위ᄒ여 신후경을 효측ᄒ리요 진
스임 정성이 이러ᄒ시고 나도 한되 잇슨 지 오릭여 피츠의 정의
극진한지라 심곡을 긔이리요 초쥬의 신을 직희여 종신의 잇지
아니리다 싱이 되열 왈 만일 그럴진되 밍셔을 씻쳐 스싱을 결ᄒ
리라 소졔 왈 그러지 안이ᄒ여이다 근신을 밍셰 업습난이 필쳐
을 두어 이목이 번거케 ᄒ릿가 진시 왈 낭즈는 날을 위ᄒ여
직히고져 ᄒ나 그되 부모 허치 안이시면 엇지ᄒ리요 소졔 되왈
늬 정성을 고ᄒ면 엇지 허치 아니시며 만일 불힝ᄒ면 죽어 오날
말을 잇지 아니ᄒ

리다 싱이 딕희ᄒ여 날마다 모이여 놀고 익즁ᄒ미 깁더니 다시
계통ᄒ난 이 읍고 달이 인ᄒ여 날마다 셔로 모일식 졍의 괴실ᄒ
엿든니 셔로 ᄶ러나긔을 악연ᄒ여 ᄒ더라 소졔 무모형을 만나
반기고 밤얼 당ᄒ여 부모의게 엿ᄌ되 싱의 말을 일일이 고ᄒ고
겨 의졍이 갓고 소녜 ᄉ병 후 월예 얼 갓치 잇셔 졍의 막연이라
윤가의 ᄉ람이 되기을 원나이다 공과 부인이 왈 윤싱이 그러ᄒ
고 네 ᄯᆺ시 엿ᄎᄒ니 물이치리요 즉시 윤공의게 쳥혼한듸 윤공
이 깃거 악혼ᄒ고 셩녜난 그듸 여이 너모 어리나 명연을 기약ᄒ
다 명연츈 이

월의 싱이 젼시 장원ᄒ니 상이 그 외모풍신을 ᄉ랑ᄒ시고
계화쳥삼의 ᄡᅡᆼ기을 쥬시다 지명이 일졔을 기루리니 죵실 희안
군이 ᄯᅡᆯ노쎠 구혼ᄒ나 윤공이 발셔 증혼하엿스로 물이치다
잇쩌 즁죵듸왕 후궁 삼침송씨 일ᄍ 양여을 두엇스니 아달을
복셩균이요 당녀난 연화옹쥬니 듸ᄉ현 홍명화 아달의게 ᄒ가
ᄒ시고 ᄎ녀 연셩옹쥬 방연 십삼일너라 잇쩌 희안군이 상긔
쥬왈 금방 즁원 윤지경이 나히 실칠 셰요 취쳐치 안여ᄉ오니
연셩옹쥬 부마을 졍ᄒ소셔 상이 깃거 허ᄒ시다 잇쩌 윤최
양가의셔 튁일 졍

예ᄒ다 이 날일너라 윤ᄌ원이 위의을 ᄎ려 최가의 일으러 젼안
ᄒ니 문득 픠초ᄒ시니 장원이 ᄲᆯ이 드러가 조비하온ᄃᆡ 상이
갈아사ᄃᆡ 경으로 연셩옹쥬 부마을 졍ᄒ노라 장원이 ᄃᆡ쥬 왈
신이 의외의 이런 ᄒ교을 밧ᄌ오니 승은은 즁ᄒ오나 앗가 최홍
일의 ᄯᆞᆯ과 합환연을 파ᄒ고 드러왓난이다 희안군이 상긔 쥬왈
비록 셩녜을 ᄒ엿ᄊᆞ오나 합예 곳 안야시면 물이치고 ᄉᆞ의을
승슌ᄒ미 신ᄌ의 직분이라 졔신의 ᄌᆞ식 즁 갈이여도 윤지경만
한 이 업ᄉᆞ오리다 상이 진노 왈 날이 만커날 과인의 ᄒ

교 날 즌안ᄒ리요 불과 소년츌신의 말이 방ᄌᄒ고 옹쥬 과념이
역이미 외람치 안이랴 지경이 쥬왈 웃지 군상을 감히 긔망ᄒ릿
고 초망승덕은 ᄉᆞ람마다 잇시옵난 비로ᄃᆡ 엇지 못ᄒ압닌다 웃
지 국혼을 염픠 역이오며 의외 급졔을 ᄒ엿습고 ᄯᅩ ᄒ광ᄒ압시
기을 바라리잇고 금일 연셕의 명ᄉᆞ지상의 무리 신의 부ᄌᆞ을
친ᄒ 니 만사와 황숑ᄒ오나 슐 잘 먹노라 못 나왓ᄉᆞ오니 불너
물어보시면 아옵시리다 상이 변식 왈 합예을 ᄒ엿시면 이르지
못ᄒ려이와 의의 징험이 잇

p.13

고 이셩모초의 경의옹 죽으니 파혼ᄒ여 부마의을 거두시고 지
금의 쥰힝ᄒ난 비라 최홍일의 ᄯᅡᆯ이 웃지 옹쥬의 더ᄒ고 홍일이
셩모의 지닉이리요 지경이 다시 쥬왈 그와 다른이다 그난 옹쥬
죽으시고 이난 최씨 ᄉ랏시니 신이 이 부마 된 즉 최시 쳥연의
홀노 늘글지라 젼ᄒ의 과인ᄒ신 셩덕으로 신ᄒ의 일윤을 어지
러이 ᄒ압시니 임의 비ᄉ지원을 ᄒ시릿가 희안군이 가라ᄉ디
합예 곳 아엿시며 납치을 거두면 최시 어이 늘글이요 즁원이
희안군을 도라보아 노왈 ᄯᅡᆯ노쎠 닉계 구혼ᄒ다 최가의 졍혼함
을 앙앙ᄒ여 ᄉ혐으로 젼ᄒ의

p.14

긔쥬ᄒ야 부마을 극역 쳔거ᄒ여 군상의 덕졍을 가리오니 그
무산 도리요 상고 다시 쥬왈 조졍 신ᄒ의 자식이 만삽거날 취쳐
한 신ᄒ를 굿ᄒ여 구ᄒ시고 소인의 간사함을 ᄭᅢ닷지 못ᄒ시니
젼ᄒ의 불명ᄒ시믈 ᄒᆞ이로소이다 상이 진노 왈 희안군은 과인
의 동긔라 너의 져근 임군여날 조졍 쳬 면으로 한들 면당ᄒ여
욕ᄒ고 과인은 혼군이라 능모ᄒ고 시비ᄒ니 자식 잘 못 가라친
죄로 네 아비을 다ᄉ리라 지경이 돈슈 쥬왈 젼히 등극 십구
연의 일월 갓흐신 셩덕이 심산궁곡의 안이 빗최심이 읍ᄉ시되
소신의계난 불명ᄒ시미 이럿

p.15

틋 ᄒ시니 신은 죽ᄉ와도 항복지 알릴소이다 상이 진노 왈 윤지
경이 남성 능욕ᄌ부한 죄로 금부로 ᄒ옥ᄒ시고 윤현도 ᄯᅩ한
ᄒ옥ᄒ시고 최홍일의계 젼지ᄒ사 윤가 빙치을 도로 쥬라 ᄒ시
니 최공은 감히 입을 열어 말을 못ᄒ고 윤지경은 앙앙이 금부로
가다 윤공이 옥의 나아가 다시 상소을 올여 왈 소신 자 윤지경이
남성능욕 ᄌ부한 죄 맛당이 ᄉ죄ᄒ오나 최홍의 여아난 지경의
안희요 소신의 며나리라 젼ᄒ의 셩덕으로 신ᄒ의 일윤을 희지
오셔 최여 비록 연유미거ᄒ오나 ᄉ람의 마음은 한 가지라 귀쳔
이 업습ᄂ니

p.16

그 빙체을 거두라 ᄒ시면 십ᄉ 셰 쳥츈의 홍안을 공송ᄒ올지라
이난 옹쥬로써 남의 일윤을 희지온 죄악이 되압고 젼ᄒ의 셩덕
이 손상ᄒ올가 ᄒ옵난이 복원 셩상은 살피ᄉ 최여을 용납게
ᄒ압소셔 상이 노을 적이 두루혀 답왈 니 다 아난 빈여날 경의
부지 과한 농제 ᄒ니 웃지 신ᄌ의 도리리요 ᄌ고로 ᄌ연 빙폐ᄒ
엿다 연리 잇스면 최치ᄒ미 젼왕의 잇난지라 최여의 가부난
조정신ᄒ예 ᄌ식 즁 갈히여 졍할지니 지경의 방ᄌ함을 가라치
라 ᄒ시니 윤공이 다시 말을 못ᄒ든니 양시합계 왈 신등이

p.17

듯주오니 윤지경이을 금일 부마을 간퇵ᄒ신다 ᄒ오니 윤지경이
최홍일의 여셔 되온 줄을 신등이 다 아난 비옵고 혼인은 주고로
왕법지위 오니 양가의 상의ᄒ오미 맛당ᄒ온니 신낭과 아비을 가
두시고 웃지 ᄒ시리잇가 ᄉᄒ시미 올흘가 ᄒ난이다 상이 조ᄎᄉ
예부의 퇵일ᄒ라 ᄒ시다 윤지경의게 젼지 왈 윤지경의 죄 즁ᄒ나
부마 되기 젼 관면이 업지 못ᄒ여 응교을 졔슈ᄒ노라 ᄒ니 응교ᄒ
일 업셔 ᄉ은ᄒ고 집의 도라와 심회을 졍치 못ᄒ여 최씨을 다시
보려 최가의 일으니 공이 부인으로 더부러 장원을 볼

p.18

ᄉ 부인이 눈물을 드리워 말을 못ᄒ고 공이 쏘한 슬허 왈 거연의
즉시 셔예나 ᄒ드면 이런 활난이 읍살 거슨 여아 너무 어리믈
혐희ᄒ야 못ᄒ엿든니 이졔 십ᄉ 쳥츈을 엇지할고 장탄흠을 마
지 안이이 응괴 듸왈 희안군을 덧닉여 이 활난이 낫시나 웃지ᄒ
릿가 먼져 어든 안희을 일야 동쳐한 줄 엇지 아르시릿가 금야의
이곳의셔 주긔을 허락ᄒ릿가 최공이 불열 왈 임군의 엄조 이러
ᄒ시니 닉 국녹지신으로 일여주의 ᄉ졍이 거듸 계군ᄒ난 죄을
더ᄒ리요 결단코 못ᄒ리라 응괴 ᄒ 일 업셔 한번

p.19

보기을 쳥ᄒ니 최공이 ᄃᆡ왈 보기난 ᄒ라 ᄒ고 여아을 부르니
최씨 협실노셔 나오거날 응ᄑᆡ 보니 그 모친 겻희 안즈나 사ᄉᆡᆨ이
파연ᄒ여 일 읍산 ᄉᆞ람갓튼지라 요요히 아람다온 그동은 다시
이르지 못함ᄆᆡ 참연코 잔잉ᄒᆞᆯ 이긔지 못ᄒ여 ᄒ여 도라갈
길을 이지니 최공이 크게 이달나 여아을 침실노 드리고 싱을
잇그러 밧긔로 가며 일오ᄃᆡ 업튼 물을 다시 담기 어려오니 ᄆᆡᄉᆡ
명이라 그ᄃᆡ난 도라가 마음을 편이 ᄒ여 군명을 봉송ᄒ라 응ᄑᆡ
하 일 업셔 분앙함을 품고 도라와 식음을 젼ᄑᆡᄒ고 번뇌

p.20

ᄒ든니 바라지 안이ᄒᆞᆫ 길리 다다르니 마지 못ᄒ여 힝예ᄒ니
옹쥬 심이 불민ᄒ니 더욱 심신이 살난ᄒ여 겨오 밤을 지ᄂᆡ고
상긔 뵈압고 ᄂᆡ젼의 뵈온니 상 왈 네 오만불경한 죄 가즁 통한ᄒ
더니 오날날 군신지의 즁함과 반즈지을 겸ᄒ니 긔특타 ᄒ시고
부마 관면을 친니 쥬시니 밧줍고 ᄉᆞ흔ᄒᆞᆫ 후 송귀인을 볼ᄉᆡ 극히
교ᄉᆞ한지라 한번 보ᄆᆡ 모골이 송연ᄒ나 귀인은 부마의 ᄶᅢ희난
얼골과 화려ᄒᆞᆫ 풍신을 십분 ᄉᆞ랑ᄒ고 두굿계ᄒ더라 부ᄆᆡ 집으
로 도라와 문의 다다라 궁속을 명ᄒ여 평교즈을 ᄭᅵ지고 부마
관면을 싸

히 더지니 윤공이 디칙 왈 이난 군스과 아비을 다 읍삽 갓치
역이미라 닉 즈식이 이럿툿 불효할 줄을 엇지 알아시리요 부마
스죄흐더라 윤공 집이 셔문 밧긔러니 옹쥬궁을 증동 지으니
상이 명흐스 옹쥬궁 겻흐로 드러오라 흐시다 최부도 역시 셔문
밧길너라 윤공이 퇴일흐여 옹쥬을 신녜흐니 용뫼 무식흐고 인
물 심이 불민흐니 윤공 부뷔 더욱 불쾌흐나 상의을 두려 공경흐
고 최씨을 더욱 잔잉흐여 자조 가 보고 스랑흐니 최공 부녀
감격함을 쎠의 사뭇더라 부마 맛춤닉 옹쥬을 갓츠흐미 읍셔
혹시 문안의 마조

치면 의관을 바로 흐여 엄슉함믈 지을 뿐이요 슉식은 부모 졔형
으로 갓치흐고 질즈 등으로 즈더라 일일은 최부의 나아가 최공
부부을 보고 최시를 츠자 침실의 이르니 최시 슈식을 씌여 이러
맛거날 나아가 그 옥슈을 잡고 기리 슬허 왈 그딕 젼연의 날다려
초쥬의 신을 직히마 흐든니 이졔 이리 즈조 오되 싱을 피코
보지 안니니 당초 언약을 져바리미 이갓트뇨 최시 탄왈 굿쎠
연우이 한 말이 마자신니 쳡은 종신시토록 쳐쥬의 신을 직희려
니와 군즈의 말슴은 신후경의 죽기을 달겨 넉니노라 흐셔시니
불츙불

p.23

효을 자당ᄒᆞ릿가 첩이 군주 피하문 부득히함이라 웃지 상명을
항거ᄒᆞ야 군주을 졉듸ᄒᆞ리요 첩의 소싱은 부모긔 잇시니 번거
이 앙닉ᄒᆞᄉᆞ 유렴치 안이시면 이이 첩의 안신할 도리라 ᄒᆞ고
셜파의 눈물이 ᄺᅥ러질 듯ᄒᆞ니 부마 이 그동을 보믹 더욱 익연ᄒᆞ
믈 이기지 못ᄒᆞ여 최공을 보아 갈오듸 악장은 너모 고집지 마르
시고 소져의 원얼 푸르소셔 최공 왈 닌들 여익의 졍ᄉᆞ을 싱각지
안고 잔잉한 쥴을 모로며 너을 사랑ᄒᆞ미 심상ᄒᆞ리요마난 길을
여려닉며 양가의 화근이라 결탄코 못ᄒᆞ리라 ᄒᆞ믈며 송귀인은
즁젼도 두려ᄒᆞ

p.24

시나 송시 간악을 가져시니 미구의 피화 나리라 너와 닉 심ᄉᆞ
불평ᄒᆞ니 이후난 오지 말나 부마 하 일 읍셔 도라올ᄉᆡ 쳐질노
최시 인난 곳즐 뭇고 도라오니라 부마 궐닉 츌입의 부려 무명관
듸을 입으며 말을 타고 단니니 상이 문왈 비단관듸 올커날 무명
관듸의 옥ᄯᅴ을 ᄯᅴ난다 부마 쥬왈 신이 비록 연소ᄒᆞ오나 부형의
금박경계을 드러 ᄎᆞ마 ᄉᆞ치을 원치 안이 ᄒᆞ옵기로 무명옷슬
입습 무명관복의셔 ᄯᅴ난 집신의 구화 등 갓ᄉᆞ와 은ᄯᅴ을 ᄯᅴ난이
다 상이 부마의 검박ᄒᆞ믈 익즁ᄒᆞᄉᆞ 상ᄉᆞᄒᆞ신난 거시 무슈ᄒᆞ되
밧지 안이ᄒᆞ니 상이

p.25

그 청염홈을 더옥 스랑호시더라 부마 월봉을 받드미 상품 응괴 녹은 부모긔 드리고 부마녹은 옹쥬궁으로 보닉더라 이 희 팔월 의 부마 일일은 한 쐬을 싱각호고 즁치막의 관만 쓰고 져물긔을 기드려 셔문을 나 최부의 이르러 뒤담을 너머 최시 침실을 초질 시 경히 삼경이라 창틈으로 엿보니 최시 희음 읍시 잔등을 되호 얏고 그 오릭비 진즛딕이 되호야 안즛더라 이윽히 안져든니 진스딕이 갈오딕 부마 상공은 임군의 스외 되여 금병슈막의 옹쥬와 즐기여든 소져난 무산 나히라 공규이 혼즛 늘그려 호시 니 참담호미 가이 업고 호인한 칠삭

p.26

의 잇써 츄풍이 슬슬호고 실솔의 소릭 더욱 쳐량한지라 그딕을 위호여 잠이 올시 이의 왓난 이 그딕 심시 오작호시릿가 최시 쳐연딕왈 나히 어리여 세경을 몰나 슬푼 줄 모로나 부모 과도이 이척호시니 글노 민망호여이다 이윽고 진스 딕이 도라가셔 조 히 츄물 이루거날 최시 탄왈 이런 인싱이 어이 셰숭의 낫던고 호면 즛리을 항커날 부마 문을 열고 드러가니 최시 딕경 왈 심야의 웃지 오신요 부마 답왈 닉 이곳의 오기 고이호리요 야심 호엿시니 잠이 가하도다 최시 놀나고 민망호나 버셔나지 못호 여 침셕의 나아가 견권이즁 호미 비

p.27

할 딕 업더라 부마 명조의 최시다려 왈 나라이 나을 죽이셔도
그딕난 져바리지 못ᄒ리니 츠후난 싱을 피치 말나 ᄒ고 싱심도
누셜치 말나 당부흔 후 도라가니 최시 부모긔 고코ᄌ 하나 남자
의 인졍예스라 은졍을 져바리지 못ᄒ여 고치 아니니 타인이
알 이 업더라 츠후난 송젹ᄒ여 최시계로만 가고 마명의 본부로
가 부모긔 뵈이고 부모의 명연을 이어 하로 한 번 궁의 가 보고
올 다름이라 옹쥬 고계 한ᄒ고 궁인이 노ᄒ야 상긔 알외니 상
왈 ᄌ식의 일이나 부부간 스의을 엇지 다 아른 체ᄒ리요 드러
난 일이 잇거든 다 사뢰라 ᄒ신딕

p.28

부마 홍상은 옹쥬와 화락ᄒ여 상과 귀인의 쥬시난 거시면 속ᄒ
니 스욕을 닉여 더 쥬고져 ᄒ니 귀인이 스랑ᄒ미 무쥬 갓더라
홍명이 인으로 잇셔 복셩균을 부결ᄒ여 간간니 복셩군의 문장
이 셰ᄌ의겨 낫다 ᄒ여 상긔 알외고 복셩균 장인 박빈이 한셩판
윤이라 상긔 홍의 직틱과 복셩군의 글을 가리고 지경의 옹쥬
박딕함을 알외여 왕법은 스졍이 업스오니 다 사뢰소셔 상이
다만 우스시고 답지 아니시더라 이럿틋 겨울이 되믹 최부 시비
젼셜ᄒ되 동산 담으로 아기씨 방문가지 눈 우의 발ᄌ최 잇다
가라쳐 젼셜ᄒ니

p.29

최공의 장ᄌᆞ 할임이 지셤인 줄 알고 짐짓 날마다 직희던이 일일은 월식이 희미ᄒᆞ고 셰셜이 ᄲᅮ리난ᄃᆡ 누역 입은 ᄉᆞ람이 담을 넘거날 건장한 종을 불너 도적을 잡아 ᄆᆡ라 ᄒᆞᄆᆡ 임의 승약한 일이라 급피 잡아 결박ᄒᆞ니 부마 소왈 닉 부마로다 늘근 종이 귀 먹은 체ᄒᆞ고 ᄃᆡ답ᄒᆞ되 불너든 왓노라 한이 그 말이 흉ᄒᆞ니 물이 못나계 ᄆᆡ라 부마 소왈 네 승젼을 이럿틋ᄒᆞ니 괘심타 한ᄃᆡ ᄯᅩ ᄃᆡ답ᄒᆞ되 아모련면 도적이 상놈이지 양반이랴 부마 이로ᄃᆡ 남형이 식힌 그동이라 ᄯᅩ ᄃᆡ답ᄒᆞ되 네 안이로타 하여도 승야월 즁ᄒᆞ니 도적이지 무

p.30

엇시랴 형조로나 포청으로 보닉리라 부마 바라보니 최할임이 멀이 셧거날 불너 왈 형장아 날을 결박하여 두고 종으로 욕ᄒᆞ시난요 할임이 앙노 왈 도적이 범남이 날다려 형이라 욕ᄒᆞ니 곤ᄆᆡ로 ᄆᆡ오 치라 ᄒᆞ니 모든 사람이 일좌히 입을 가리고 웃난지라 최공이 후원의 들늬물 무르시니 진식 나아가 엿ᄌᆞ오되 부마의 일을 ᄌᆞ시 고ᄒᆞ니 최공이 나아가 친히 밋 거슬 그르고 손을 잇그러 드러와 쥬찬을 닉여 놀난 거슬 위로ᄒᆞ고 왈 언계붓텀 단이난다 부마 ᄃᆡ왈 악장이 허치 안이ᄒᆞ시ᄆᆡ 팔월붓터 단여난이다 공이 부마의 손을 잡고 왈 웃지 그리 무

p.31

식흔요 옹쥬을 후딕ᄒ여 ᄌ여을 나흔 후의 너의 부모 옹쥬을
기유ᄒ고 나와 너의 부공이 상긔 의결ᄒ면 셩상이 발그시니
ᄌ연 허락ᄒ실지라 너의 양인이 쳥츈이 머러스니 그언바피딕오
이을 싱각지 못ᄒ고 옹쥬을 박딕ᄒ고 송귀인의 흔단을 일으고
복셩군의 오만ᄒ믈 훼방ᄒ여 ᄌ로 위험한 말을 무궁이 ᄒ고
밤을 타 날마다 오니 옹쥬와 귀인이 알면 무어시 유익ᄒ리요
부마 딕왈 소제 웃지 그런 쥴을 모로리잇가마난 옹쥬난 쳔ᄒ
괴물박싁이니 미리 압파 면목도 딕키 실코 귀인은 간악ᄒ여
보기 실코 복셩군은 어리고 남활ᄒ기 심

p.32

ᄒ고 홍상 부ᄌ와 박빈 등으로 부결ᄒ여 반다시 흉계을 지을지
라 만일 옹쥬와 화락ᄒ다가 그 당의 들면 멸문지화을 면치 못ᄒ
올이라 안히을 줍딕ᄒ고 옹쥬을 박딕한 죄을 일을진딕 부친과
악장이 크면 졍빈요 젹그면 삭직 삼 연이로 소져는 귀양밧계
더ᄒ릿가 최공이 하 일 읍셔 여아 방의 가 ᄌ라ᄒ니 ᄎ후 방심ᄒ
여 밤낫즈로 오니 최공 부녜 민망ᄒ여 아모리 기유ᄒ나 듯지
안이ᄒ니 윤공이 알고 불너 경계ᄒ고 칙ᄒ여 궁으로 보닉니
궁으로 가믈 칭탁고 최가로 날마다 가니 옹쥬 어이 모로이요
일일은 부마을 딕ᄒ여 이로딕 닉

p.33

비록 요열ᄒᆞ나 임군의 ᄯᆞᆯ이라 빙녜로 부마의 안히 되엿거날 업슈이 역여 쳔ᄃᆡᄒᆞ고 최예의계 고혹ᄒᆞ야 ᄐᆡ후난 두 안히 읍거날 부마 더옥 두 안히 잇스리요 최홍일은 하등지인관ᄃᆡ 부마의 직실 쥬어 쥬상과 쳡을 업슈이 역이나요 부마 졍ᄉᆡᆨ 왈 ᄂᆡ 할 말을 옹쥬 먼져 ᄒᆞ신난도다 일국의 도량이 만커날 취쳐한 윤지경을 억혼 부마 ᄒᆞ시나 윤지경이 미쳬ᄒᆞ나 일윤을 난ᄒᆞ여 조강을 바리고 부귀을 취ᄒᆞ여 옹쥬와 화락ᄒᆞ리요 옹쥬 만일 넷일을 법측ᄒᆞ여 최시와 화동할진ᄃᆡ 최시 갓치

p.34

공경화락ᄒᆞ려이와 투긔ᄒᆞ여 날을 원망ᄒᆞ면 ᄉᆡ젼 박명을 면치 못ᄒᆞ리라 옹쥬 갈오ᄃᆡ 부마의 조강이 잇든지 업던지 ᄂᆡ 심궁쳬녀로 ᄂᆡ 엇지 알이요 상몽 모명으로 부마의 안히 된 지 슈연의 박ᄃᆡ ᄐᆡ심ᄒᆞ니 엇지 한협지 안이ᄒᆞ리요 부마 ᄂᆡᆼ소 왈 여염가 부부 간이 소ᄒᆞ면 이러ᄒᆞ리요 나난 상명을 과합ᄒᆞᄆᆡ ᄒᆞ로 한두 번식 드러와 편이 안도 못ᄒᆞ고 ᄉᆞ러안즈 니밧긔 더ᄒᆞ리요 쥬ᄉᆞᆼ이 현명ᄒᆞ시니 그르다 안이실 거시요 본ᄃᆡ 간악한 후궁의 일을 구치 안이난이 안히 ᄉᆞ랑 ᄒᆞ난 묘리을 ᄇᆡ화다

p.35

가르치소셔 셜파의 크게 웃고 ᄉᆞᄆᆡ을 ᄯᅥᆯ치고 나아가니 옹쥬

딕로ᄒ여 종일 울고 입궐ᄒ여 송귀인긔 고ᄒ여 셜워라 ᄒ니
귀인 듯고 딕로ᄒ여 샹긔 쥬왈 최녀을 읍시ᄒ고 부마을 죄 쥬니
지다 한딕 샹이 지경을 명초ᄒᄉ 칙ᄒ시되 네 안히난 늬 쌀이라
다른 지샹의 쌀과난 다르려든 정혼슈연의 빅딕 틱심ᄒ니 국법
의 부마난 두 안히 업거날 너난 법ᄒ여 최여난 빙치을 거두고
다른 시집 보늬라 ᄒ연던니 방ᄌ이 단여 의법 부부을 칭한다
ᄒ니 그 어인 일이며 댱도을 갓악다 휘방ᄒ다니 무슨 간악ᄒ믈

p.36
보아난뇨 ᄉ위라 ᄒ난 거슨 반ᄌ지명이 잇스니 어버이을 비방
ᄒ난 ᄌ식이 어딕 잇스랴 윤지경이 돈슈 쥬왈 ᄒ교 이럿틋 ᄒ시
니 이난 다 신의 외람ᄒ온 죄오나 신의 셰셰ᄒ온 소회을 지달ᄒ
오리이다 참판 최홍일은 신부의 ᄉ촌 미부라 신이 어려서 아뷔
형졔지의와 슉질지의로 부형갓치 ᄒ압고 오촌고모 죽삽고 후쳐
이씨긔 싱녀ᄒ온니 아람답고 춍희ᄒ온지라 신의 아비 최시 어
려셔붓팀 ᄉ랑ᄒ와 신의 아비 홍일과 결혼ᄒ오니 신이 아옵긔
을 최시 안히 되압고 최시 역시 신의 췌 될

p.37
쥴 아라습고 거연 츈의 틱길ᄒ와 최가의 계오 전난ᄒ오니 픠초
ᄒ시미 급피 죠빅하와 동방의 합한쥬을 파하오니 최시난 윤지
경의 안히옵고 최시 지아비난 곳 윤지경이라 명픠금 ᄒ오시미

드러오니 죄 주시고 우역으로 옹쥬 ㅎ가ㅎ시니 신이 과연 옹쥬
탓시 아인 줄 아오나 옹쥬로 인ㅎ와 신의 일눈이 어즈럽고 최시
공규 이늘지라 신의 심시 엇지 편ㅎ오며 옛날 초왕의 쌀은 아비
희롱 좃ㅊ 빈혀을 품고 빅셩을 조ㅊ스오니 최시 비록 상명이
지염ㅎ스 신을 거졀ㅎ오나 이곳 신의 안히라 미양 잇지 못ㅎ와
도 신의 쓰

즐 막잘나 홍일이 신을 보오면 쌀을 감초오니 궁극히 신이 월즁
ㅎ와 최시을 보오며 잇스오며 옹쥬 ㅎ가ㅎ신 지 긔연이라 신의
쁫과 졍얼 모로시고 투긔ㅎ여 신의을 질미ㅎ옵다가 젼ㅎ긔 춤
소ㅎ오니 여즈의 부덕이라 ㅎ오릿가 한광 뫼회잉 공쥬를 위ㅎ
여 송홍의계 긔가코즈 ㅎ시니 송홍이 한 말삼으로 물니쳐스오
니 복원 젼ㅎ는 최홍의 졍수을 살피스 두 번 가믈 핍박지 마르소
셔 귀인을 휘방한다 못즈오니 귀비의 쌀을 위ㅎ여 최시의 업순
허물을 투긔ㅎ여 젼ㅎ긔 참소ㅎ고 송귀비 김씨을 쪄려 그 아비
김종의 이

번 스신 단여오미 약듸와 말을 스오다 무거씨셜노 쳔ㅎ긔 참소
ㅎ아 슈쳔 귀양 갓스옵고 윤슌 등을 엄칙ㅎ시니 젼ㅎ의 발그신
셩덕을 가리오니 뉘 안이 이달나 하릿가 상이 침음양구의 참소

흐시고 또 무루시되 복성군은 어리고 남활타 한다니 그 어인
말이요 지경이 쥬왈 종실군 등은 갓아의 계집이나 즐기고 지물
이나 탐흐여 밧 스람 멀이흐고 다만 계□만 스랑흐미 보신 양칙
이여날 복성군이 집의 거흐고 소년명수을 스리고 관학의 글
잘흐난 션비을 청흐여 빈긱을 삼고 글을 스사로 졔디여 셰즈와
갓치 지으미 홍문관의

p.40

쓰노니 셔즈의 글은 이흐니 셰즈 글의 놉피흐믈 즈랑흐기을
봉인 직셜흐니 엇지 외람치 안이흐고 범남치 안이리잇고 승
왈 셔너 층 더흐니 놉피 흐엿노라 윤지경이 디쥬 왈 시방 홍문졔
학젼 필과 디졔 학셔양이 견흐의셔 나을 스랑흐면 견흐 마음의
웃더실가 시부시니잇가 디군계셔 비록 나히 어리시나 젹셔지분
이 즁흐시니 긔롱흐고 학소흐기을 동복 아오 갓치 흐오니 버릇
읍고 범남치 안니릿가 상이 탄왈 윤지경이 연소흐나 소견이
놉고 그 아비을 만이 달마쏘다 흐시고 그러나 옹쥬난 늬 쌀이라
싱심

p.41

도 박디마라 흐시고 복성군을 부르스 디칙흐시고 김숑의 구향
을 무르시고 은반을 스흐스 성희을 흐 하시니 구비디로 흐여
지경을 쑤지져 왈 늬 쌀을 박디흐고 최시을 더부러 동낙흐고

지조을 싱각ᄒ여 복셩군을 흥ᄒ고 네 나의 모즈을 용납지 못ᄒ
계 ᄒ나냐 부마 이러 스죄ᄒ니 상이 송시을 딕칙ᄒ여 물이치시
다 지경이 수은ᄒ고 도라와 옹쥬 박딕하미 감치 안이ᄒ며 미양
최가의 가 즈믈 듯고 송시 이달나 분한 마음을 참지 못ᄒ여
상계 울면 고왈 윤지경이 져 홀노 흉연을 수며 진달ᄒ믈 젼ᄒ
우답

p.42
ᄒ시니 졔 더욱 양양ᄒ여 옹쥬을 박딕ᄒ고 최여의 집의 가 무쳐
시니 연경의 슬워ᄒ믈 죽어 보지 아니함을 원ᄒ난이다 상이
우스시고 윤현과 최홍일을 명쵸ᄒ스 젼지 왈 당초 경의 쌀을
타문의 싀집보닉라 ᄒ여던니 니졔 보닐 스셰 못ᄒ나 긔가는
못ᄒ나 방즈히 지경의 왕닉하물 막지 못ᄒ나뇨 다시 완 후 할
말이 들이면 즁죄을 당ᄒ리라 윤최 양공이 황송스죄ᄒ고 나와
윤공이 부마을 딕칙ᄒ여 옹쥬궁으로 보닉고 여러 손즈로 직희
라 ᄒ다 최공은 한 계교을 싱각ᄒ고 일일은 윤부의 이

p.43
르러 한화ᄒ다가 쌀의 유병ᄒ믈 이르던니 쏘 견셜ᄒ되 위중타
ᄒ난지라 부마 시분 염예ᄒ여 가셔 보고져 ᄒ나 최공이 딕칙
왈 네 부친과 나를 죽이려 허나냐 닉이 죽으나 네 알 빅 안이라
ᄒ고 밀막으니 부마 하릴 업셔 외당의 나아가 할임의 아즈다려

병셰을 무르니 곡긔을 씆코 눈을 못 쁜다 ᄒ니 가즁 놀나 드러가 한 번 영결이나 ᄒ려 ᄒ나 방을 올마 피졉ᄒ여 이부인 침방이라 ᄒ고 ᄯᅩ한 니부인이 침병의 갓치 누엇다 ᄒ니 하릴 업셔 편지로 무르되 답장이 읍스니 병셰 위악ᄒ문가지라

p.44

번뇌ᄒ미 음식의 맛슬 모로든니 윤공이 부마을 불너 이로되 최씨 나히 어린듸 널노 ᄒ여 심녜을 만히 ᄒ고 누ᄎ상면의 놀나 병이 된 모양이라 늬 앗가 가보니 아마 싱되 어려오니 그런 잔잉ᄒ미 어듸 잇시리요 부마 마암이 져싱ᄒ여 밋쳐 듸답지 못ᄒ여 최부 하인이 최씨 부음을 젼ᄒ니 가즁이 셜허ᄒ고 윤공 도 ᄯᅩ한 안싴이 창연ᄒ니 부마 늬심의 최씨 죽으미 의심 업난지 라 이윽히 말을 못ᄒ고 눈물이 소ᄉ 두싴졋더라 총명을 진졍ᄒ 여 최부의 이르니 최공이 명ᄒ여 문의 드리지 말나 ᄒ고 다만 윤공과 윤

p.45

공의 즁자만 드리고 부마난 인ᄒ여 드리지 안니ᄒ니 연일 가되 종시 막고 드리지 안니니 죽은 후도 상면치 못ᄒ니 더옥 셜워ᄒ 고 통한코 미우면 옹쥬 층가ᄒ니 여ᄌ되미 이럿틋 어렵더라 셩복날 ᄯᅩ 가되 ᄯᅩ한 드리지 안이ᄒ니 더옥 한심ᄒ야 부친계 엿ᄌ와 갈오듸 최가 고집이고이로소이다 윤공이 갈오듸 날과

네 형은 드리고 너는 막으니 그 무산 알긔 어려우리요 상명이
지엄ᄒ시나 네 종시 아이 말도 안이 듯난지라 ᄌ고로 모든 사람
보난듸 너을 거졀ᄒ믈 보이미라 부마 듸왈 너모 과도ᄒ미다
임의 죽엇거날 무산 유희ᄒ미

p.46

잇스리요 윤공 왈 그 사람이 혐낭니 변통일너니 이번 일이 좀
과도ᄒ드라마난 심히 병이 되엿더라 승간ᄒ여 문병이나 ᄒ라
부마 슈일 후 최부의 이르니 막지 안이ᄒ거날 드러가 공과 부인
을 뵈온 후 최씨 침실의 이르러 최씨 관을 붓들고 통곡ᄒ여
긔운이 막힐 듯ᄒ니 이부인이 그 그동을 보믜 여아 비록 사랏시
나 죽으무로 허위을 빅셜ᄒ고 ᄉ랑ᄒ난 ᄉ외의 실셩장통ᄒ믈
듸ᄒ여 ᄉ외의 이달암이 교집ᄒ여 ᄒ니 소쇄한 여ᄌ의 심댱이
울긔을 엇지 참으리요 웃기시 졋긔을 면치 못ᄒ난지라 부마

p.47

웃지 속지 아니ᄒ리요 할임이 드러와 위로코 말녀 왈 우리 엄친
이 곡셩 곳 드러시믜 심ᄉᆡ을 졍키 어려오셔 일졍코 금ᄒ시믜
조셕계젼도 의법이 못ᄒ노라 지슙 긔유ᄒ니 그치고 도라오나
ᄎ후 가지록 옹쥬 박듸 더ᄒ나 옹쥬와 궁인이 최시 임의 죽어시
믈 가즁 깃기ᄒ더라 상이 드러시고 반다시 인병 치ᄉ로 알으시
고 최홍일을 보시고 위로ᄒ시니 최공이 긔이지 못ᄒ여 그 실ᄉᆞᆼ

을 주시 알왼되 상이 우스시더라 퇴일호여 최씨 관을 무들시 부미 윤가의 션산의 무드려 호니 최공이 왈 나라이 아르신 비라 엇지 네 집 션산의 무드리요

p.48

호니 부미 그러이 역이나 더옥 슬푸을 이긔지 못호더라 셰월이 빅구지과극호여 최씨 소긔을 지니니 더욱 그 심수을 참긔 어려 오나 부모 졔형이 버려 잇셔 무고한 집의셔 욕곡이 불가호고 욕업이 근어 부인이라 사싴이 파연한 듯호니 죽엇다 호니 만희 이지미런가 타인이 그 도량은 아지 못호고 윤공 부부난 원 다힝 이 역이더라 밤이면 형졔 슉질 노소 일 낫지면 궐니 입번호미 되군을 글 가라치니 되군은 인뫼시라 부마를 지극 공경호시더 라 송귀인이 부마을 깁히 미워 수회라 츠즘도 읍고 부마도 쏘한 보지 안이터라 일

p.49

일은 부마 최부의 나아가니 최공은 입번호고 할임 형졔난 산소 의 갓더라 최씨 침소의 이르러 두로 비회호여 심긔 상언 왈 고젹은 의구호나 옥인의 그림지 머러시미 윤지경이 삼싱 원가 옹쥬난 면목도 되호기 실코 소연 남즈 미양 환부로 늘기을 자쳐 호니 이 말조츠 누쉬 여우호며 수미 젹시니 잇셔 최좌랑의 아들 형즁이 나히 육 셰러니 문왈 슉뷔 어이 져리 슬허호시난잇가

부마 답왈 너의 고모을 여희고 슬퍼ᄒ노라 그 아히 웃고 디왈
소질을 고은 부치와 필묵을 만이 쥬시면 우리 고모 계신 곳즐
가라쳐 드리리이다 부민 일오디

p.50
죽은 스람 간 고즐 웃지 알이요 그 아히 소왈 우리 고모가 죽은
계 안이라 져다가 감초와난지다 슉부난 우지 말고 가보시나
소질이 일으드라 풋포치 마르소셔 직삼 당부ᄒ니 부마 놀나고
깃거 스람을 불너 싴젼 필목은 만이 갓다쥬니 이 아히 디희ᄒ여
날만 싸라오소셔 ᄒ고 압셔거날 쌀아가니 동산 너머 두 집 건너
한 집이 잇스니 디문은 잠갓고 동산 협문이 잇거날 가라쳐 쥬며
왈 아즈씨 ᄒ 셜워ᄒ시미 가라쳐시나 우리 부친이 알으실가
가난이다 ᄒ고 총총이 가거날 이예 부마 드러가니 최씨 즁당의
안져 시비로 ᄒ여곰 침션을 식이고 보거날

p.51
놀나고 반긔미 꿈인가 의심되난지라 쌜이 나아가 그 옥슈을
잡고 가로디 당명화 봉닉산 꿈이냐 최씨 쏘한 놀나고 슬허ᄒ니
좌우 시여 쏘한 슬허ᄒ더라 부마 삼연을 죽엇난가 셜워ᄒ든
부인을 만나 슈이 쎠날 기리 잇스리요 최좌랑 형졔와 최부 시비
왕닉의닌 피ᄒ고 자우를 당부ᄒ여 누셜치 말나 ᄒ니 뉘 젼셜ᄒ
리요 최씨로 더부러 쥬야 상디ᄒ난지라 나지면 부부 즈리을

연ᄒ여 셔칙으로 소일 밤이면 침셕을 갓치ᄒ여 견권이즁ᄒ미
날이 오릭믈 이젓더니 이쩍 윤공이 아ᄌ을 날포 보지 못ᄒ니
심ᄉ 어지러오나 졀의 가 경긔을 보는가 챶지 안야

p.52

더니 십여 일이 되도록 종젹이 업난지라 가즁이 놀나 두루 ᄎ즐
시 샹이 쏘한 부마을 슈십 일을 보지 못ᄒ여 ᄎ즈나 친구의
집도 안이 왓다 ᄒ고 졀간의도 업다 ᄒ니 윤공이 두루 심방ᄒ니
타든 말이 잇고 부리든 ᄒ인이 다 잇난지라 힝혀 최씨의 간난가
보니 슘어 업난지라 윤최 양공과 졔형이 딕경ᄒ여 슈십 일을
ᄎ즈나 종젹이 망연ᄒ니 조졍이 다 놀나고 샹이 근심ᄒᄉ 다라
난가 변노ᄒᄉ 반경까지 잠을 이루지 못ᄒ시니 윤공이 최씨게
간난가 의심ᄒ여 영이한 계집 종을 보닉여 부

p.53

지불각의 드러가 보라 ᄒ니 과연 거긔 인난지라 도라와 고ᄒ니
윤공이 딕로ᄒ고 일변 어이 업셔 이의 관복을 입고 입궐ᄒ여
샹계 뵈압고 지경의 소회을 갓쵸 알외고 쳥죄한딕 샹이 쏘한
어이 업셔 닉관 김송환을 보닉사 ᄯᆍ즁ᄒ여 부르시니 부마 즁당
의셔 슈안셕을 의지ᄒ고 최씨 손을 잡고 송환을 부르니 송환이
드러와 즁계의 셔니 부마 이지 안이코 머리만 드러보아 왈 네
웃지 온다 송환이 딕왈 부마 샹공을 일흔 지 슈십 일이라 쳔심이

진경ᄒ사 슈라을 폐ᄒ여 지ᄂ시든니 자계 최씨 부인을 다리고
이곳의 드러 계신 쥬를 드르시고

p.54

쳔뇌진발ᄒ스 조회 불ᄎᆷᄒ연 지 슈월이 되고 저작일은 송귀인
탄일이시되 스회 되여 참녜치 안이시니 믓고져 ᄒ시든이다 부
마 벌덕 이러 안져 여경 왈 혼군이 요쳡의계 혹ᄒ여 흉계난
기닷지 못ᄒ고 츙앙을 살ᄒ시고 쳔ᄒ박싴의 쌀을 위ᄒ야 날을
괴로이 구르시고 간특한 송씨의 싱일이 무슴 듸스라 그리도
못ᄒ시리요 나를 신희라 ᄒ스 부르시면 가려이와 송귀인의 탄
신의 불ᄎᆷ함과 옹쥬 박듸함을 무르러 ᄒ시면 스러가도 못ᄒ것
노라 그 젹의 남곤 심졍이 표모 니군 등 삼십여 명을 모희ᄒ니
이 젹의 홍상이 복셩군과 믜

p.55

계ᄒ고 송귀인을 달ᄂ여 후원 나무닙 우희 쑬노 글자을 쓰되
표모 이군 등이 모반ᄒ다 쎠던이 벌은 본듸 ᄂ음싀을 조하ᄒ고
쑬은 더옥 잘 먹난지라 뭇 벌이 쑬을 글거 먹으니 인ᄒ여 글직된
지라 궁인이 집어다가 상긔 뵈오니 상이 놀나실싀 남곤 심졍이
고병ᄒ니 표모 등 삼십 여인이 다 죽은지라 부마 굿쎠 원통한
슐 아뎟시니 ᄀᄎᆞ키 못ᄒ여 믜양 통한ᄒ든지라 시고로 이 말일너
라 말을 맛치면 소왈 여옹아 ᄂ 안희 안이 고으야 드로누어

칙 보던니 최씨을 보아 왈 부인은 김닉옹 쥬츤이나 먹이라 송환이 어이 업셔 즁계 안져 최씨을 살

p.56

펴보니 졀묘이 고흔지라 져러커든 부마 옹쥬와 화락ᄒᆞ리요 ᄎᆞ탄ᄒᆞ든니 쥬찬을 먹은 후 ᄒᆞ직 왈 무어시라 알외릿가 부마 답왈 닉 앗가 ᄒᆞ든 말을 일일이 고ᄒᆞ라 기지ᄀᆡ 켜며 이로ᄃᆡ 열황소가 ᄉᆡ러도 아니 갈노라 송환이 봉명ᄒᆞ여 부마의 ᄒᆞ던 말을 고ᄒᆞ며 최씨 졀ᄉᆡᆨ인물과 갓초 고ᄒᆞ니 상이 ᄃᆡ로ᄒᆞᄉᆞ 슈ᄉᆞ별ᄃᆡ진 다셧 놈과 송환을 명ᄒᆞ여 나난 다시 잡아 오라 ᄒᆞ시니 송환이 어명을 밧ᄌᆞ와 최부의 이르러 부마계 명을 젼ᄒᆞ니 부마 악불동염ᄒᆞ고 집의 가 관복을 가져오라 ᄒᆞ야 최씨로 셤기라 ᄒᆞ여 입으면 송환을 도라보아 왈 닉 부

p.57

인으로 이십 일 동쳐ᄒᆞ엿스니 잉틱할 법도 인난니 이번 잡혀가 쥭으나 후ᄉᆞ을 이을지라 닉 신쥬을 옹쥬긔 쥬지 말나 ᄒᆞ고 셜파의 목ᄒᆞ을 ᄉᆡ을고 나오다가 최씨 겻히 ᄋᆞ리을 ᄉᆞᄆᆡ의 너고 드러가 상계 뵈온ᄃᆡ 상이 진노 왈 임군을 슈욕ᄒᆞ고 왕녀을 능멸쳔ᄃᆡ ᄒᆞ며 군부을 속겨 도망한 놈을 살녀 쓸ᄃᆡ 업스니 쥭이리라 ᄉᆡ러나리오니 부마 ᄉᆞ모관ᄃᆡ 버슬식 ᄉᆞᄆᆡ의 ᄋᆞ리을 닉여 ᄃᆡ젼별감을 쥬어 왈 집의셔 안히럴 ᄋᆞ리 겨려 쥬던니 ᄉᆞᄆᆡ의 드럿난지라

갓다가 젼ᄒ라 상이 그 그동을 보시고 노을 두루스 잠간 우스시
고 셰ᄌ난 ᄃᆡ소ᄒ시더라 상

p.58

왈 네 날다려 츙양을 살히ᄒ고 소인의 말 듯난다 ᄒ니 츙양은
뉘며 소인은 뉘요 ᄯᅩ 송녀의계 혹ᄒ다 ᄒ고 ᄯᅩ 쌀을 잘못 나아
괴로이 한다 ᄒ니 누구난 쌀을 잘 나코 나는 못 나앗나뇨 이식질
고 ᄒ라 지쵹ᄒ시니 부마 조곰도 구겁ᄒ미 업셔 이면ᄃᆡ쥬 왈
젼연 사월의 죽은 죠모 등은 츙양이요 심정 박빈 홍명화 등은
소인이니이다 상 왈 모역ᄒ다 죽엇거날 네 웃지 호열한다 부마
ᄃᆡ왈 모역ᄒ난 긔미을 친히 보셧난잇가 일후의 뉘우치실 ᄯᅥ의
신의 말을 싱각ᄒ시리이다 상 왈 심상과 남관들이 무산 일이
잇난뇨 ᄃᆡ왈 졍을 잡고

p.59

지조 써려 군ᄌ을 잡아 ᄉ화을 짓고 젼히 글을 잘못 ᄒ시거날
심정이 문법장셔을 지여 젼ᄒ 문젹을 그리니 이다 아당ᄒ난
계죠라 소인 녀희경 왕안셕과 다름이 업난이다 상이 침음양구
의 ᄯᅩ 무르시되 나는 어이 혼군이요 부마 ᄃᆡ왈 소인과 군ᄌ을
분간치 못ᄒ시니 발그시다 ᄒ올잇가 ᄯᅩ 갈오ᄃᆡ 송녀의게 혹ᄒ
다 ᄒ문 무삼일고 부마 ᄃᆡ쥬 왈 송씨 상춍을 밋고 동여을 투긔ᄒ
여잡고 즁젼은 시죤이시여날 창춍ᄒ여 쵹업ᄒ고 교만ᄒ여 아날

을 갈아쳐 딕신을 쳐결ᄒ여 궐닉 일을 누셜ᄒ고 조졍ᄉ의 간여
ᄒ여 ᄉ화을 참녜ᄒ니 간특지 안이

p.60

릿가 젼ᄒ긔셔 ᄌ식 항열의 잇셔 좌우의 뫼셧스니 언어동거을
모로시리잇가 상이 묵연 양구의 갈오ᄉ딕 나는 쌀을 못ᄂ흣다
ᄒ니 누구난 잘 나흔요 부마 쥬왈 공쥬옹쥬 웃써신지 모로오딕
신의계 ᄒ가ᄒ신 옹쥬난 ᄉ 년을 두고 보오니 젼ᄒ의 셩덕으로
의식이 족ᄒ옵거날 무고이 셩을 닉여 궁인을 치죄ᄒ여 형벌이
긋칠 날이 업삽고 어린 쳐녀 시집가미 지아비 시스러 ᄒ옴미
올커날 신을 맛난 ᄉ 년의 후쳐 안이한다고 견집ᄒ고 쌋호ᄌᄒ
와 힝셰 무례하미 심ᄒ고 죠강 최씨난 맛난 ᄉ 년의 현슉ᄒ와
낙비딕화가 신셔 계활이 그쳐져

p.61

시나 아비 지휘을 닉다 조각을 보아 응변흠이 남ᄌ의 지나고
셜올 듯ᄒ오나 신이 가오면 나즉이 긔유ᄒ여 옹쥬게 가긔을
권ᄒ옵고 삼 연을 쥭언 체ᄒ고 졍즁한 가부를 그결ᄒ고 신셰
괴롭고 셜운딕 늘근 아비을 위ᄒ여 슬푸물 뵈이지 안이ᄒ오니
희셩이 놉고 최홍일의 부지 쳔은으로 관면이 놉흐나 쳥념ᄒ여
군핍한딕 ᄌ식이 여러이로딕 구ᄎ치 안ᄉ와 신을 보오면 엄졀
이 물이쳐 ᄌ식의 잔잉ᄒ물 모로난 듯ᄒ오니 가지록 놉고 쳥염

ᄒ지 안이면 엇지 이러하리잇가 겸ᄒ와 최씨 ᄌ식이 아람답ᄉ
오니 웃지 사랑홉지 안이릿가 옹쥬난

p.62
초의 쥬상이 쥬신 졉답노복 궁쳡은 일로도 마압고 일연녹이
삼십 셕이요 신의 녹이 잇습고 젼히 쥬시고 상침이 쥬시난 거시
도로의 이어 불가승슈로ᄃᆡ 요히려 부죡다 ᄒ여 날마다 봉셔의
더 쥬소셔 ᄒ오니 무명망욕을 가졋고 신이 비록 사졍이 즁치
못ᄒ오나 ᄃᆡᄒ여 흔연 공경ᄒ며 신의 부모동ᄉᆡᆼ이 공경ᄒ미 여
염가 며나리와 다르오니 일신이 편ᄒ옴이 반셕 갓습거날 언당
의 슬우물 말ᄒ와 지여 쥬ᄉᆞᆼ의 근심을 돕ᄉ오니 자식이 되어
불회을 면치 못ᄒ압고 녀ᄌ의 유한 단일 덕이 아니오니 최씨와
옹쥬 양인은 양이 판이ᄒ옵거날 어ᄂᆡ 낫다 하

p.63
릿가 젼하 무로시믈 다 알이엿ᄉ오니 쳐분ᄃᆡ로 다사리소셔 언
즉파의 안식이 단엄한지라 상 왈 져럿툿 교만방ᄌ한 놈을 다시
리지 못ᄒ니 쌀 나흔 ᄂᆡ 죄로다 윤최 양공도 ᄯᅩ한 죄즁의 잇셔
바날방셕의 안즌 듯ᄒ여 ᄒ더라 송씨 ᄃᆡ로ᄒ여 상긔 쥬왈 윤지
경이 쳡과 무산 원슈로ᄃᆡ 져도 죽고 남지 못ᄒ고 심졍 남판셔을
부결ᄒᆞ셔 표모을 죽엿다 알외오니 알고져 ᄒ나이다 부마 노왈
날과 졍결 口시려다 믜우 속으실 거시니 잠ᄀ코 계시소셔 더운

싸히 오릭 안져쓰니 어름차나 쥬소셔 송씨 부마가 깁피 미워ᄒ
나 말이 막혀 다시 상긔 고왈 져을 사회라 죄 쥬지 안이

p.64

시나 웃지 그만 두시리요 멀이 귀양 보닉스 회과케 ᄒ소셔 상이
지경의계 ᄒ교 왈 영경의 낫츨 보아 너을 딕흉 졍비 ᄒ나니
츳후난 회과ᄒ라 최씨난 지아비 미혹게 한 죄 즁한지라 함경도
함흥 졍비ᄒ라 ᄒ시니 윤최 양공과 부마도 스죄ᄒ고 나오다
윤공이 부마을 딕최한딕 부마 딕왈 부친이 엇지 소ᄌ의 뜻슬
모로시난잇가 불슌연의 일 날지라 소직 송귀인을 격노ᄒ와 귀
향 ᄌ원홈이로소이다 윤공이 씨다라 부마의 손을 잡고 일오딕
너을 늦겨 나아 교동으로 길너 갈아친 빅 업거날 지희 일엇틋
강열ᄒ여 열 사람의 지닉이 닉 ᄌ식이 일엇틋 ᄒ니 웃지 스랑옵
지 안이리

p.65

요 부마 쥬왈 이졔 엄명이 즁ᄒ오니 길을 짓쳬ᄒ지 못홀지라
최씨을 잠간 보와 작별이나 ᄒ려 ᄒ난이다 ᄒ고 부마 즉시 최가
의 일으러 최씨을 보니 최씨 망극ᄒ여 눈물을 드리오니 부마
일오딕 귀향을 가야 우리 두리 부뷔 빅슈히로 할지라 부인은
슬허 말나 함경감스난 우리 형임 장인이니 극진 보호ᄒ여 공급
ᄒ리라 최씨 슬품을 진정ᄒ여 발힝할싀 부마난 남으로 가고

168 윤지경전

최씨난 북으로 갈식 여러 날 만의 득달흐니 감스 오봉신이 공경
듸졉흐미 즈식 갓흐니 편히 지닉나 쥬야 부모동싱을 싱각흐고
슬허흐더라 부마 듸흥 가셔 읍닉 쳐소을 안이 흐미 감스 슈령이
와 보고 쥬난

p.66

거시 만흐나 쥬찬만 밧고 다른 거슬 다 도로 보닉고 번거이
와 보기을 막더라 옹쥬 마직과 궁인으로 의복을 보닉엿거날
부마 노왈 이거시 다 옹쥬로 난 일이라 흐고 다 치죄흐여 보닉더
라 이의 잇셔 심고흐면 마을 판과 션비을 쳥흐고 아히들을 모와
슐낙이 장긔 두며 져긔 츠놀고 날마다 음식흐여 먹이고 스랑흐
니 부마의게 소연아히들이 일어무로 부마 귀향가 잇난 마흘
일홈을 동히월이라 흐더라 부마 친히 옥슈슈와 외가지을 길너
감스 슈령을 오지 못흐게 흐고 아히들과 벗시 되어 놀긔로만
위업흐며 여간한 종 네흘 두어 각관의셔 쥬난 거슬 약간 바다
함흥

p.67

최씨계로 보닉고 도라오면 또 보닉여 왕닉 이엇더라 귀양 간
이듬히 상이 회과한가 흐고 김송환을 보닉스 상히동지을 살피
고 또 슈죄 왈 들으니 네 오히려 최씨을 못 잇난다 흐니 가지록
날을 업슈이 역이난냐 만일 회과흐엿시면 슈이 스흐고 그럿치

안이면 일싱을 튱균ᄒ리라 ᄒ시다 즁시 일으러 명을 젼ᄒ니
부마 소왈 귀향 왓싸고 졍즁한 안희을 이즈며 자식도 빗엿거날
바리오 이쳐ᄒ난 놈을 죄 쥬려 ᄒ시거든 상감의 외조부 원군
심츙원이 그 부인 얼골이 검고 코 크고 눈의 알 적여스되 일곱
아들과 즁젼 되실 싸임 나코 일싱 안쌩 구셕을 써나 지안이
ᄒ시다가 일흔둘의

상쳐ᄒ시니 입관 날 슈의을 입고 한듸 들여 ᄒ시던 말을 드럿기
한 번 가 뵈압고 부부인 말을 ᄒ니 구십 노인이 오히려 잇지
못ᄒ셰셔 눈물이 비갓치 셜워ᄒ시긔 늬 못ᄌ오듸 졀머 계실
쎄의 안식이 고으시든잇가 듸답ᄒ시되 곱지난 못ᄒ나 슈슈ᄒ든
이라 늬 우슈워 쏘 뭇ᄌ오듸 안쳥이 말그시던잇가 듸답ᄒ시되
한 눈이 잠간 부어시름ᄒ되 긔 덕옥 무던한이라 늬 가즁 보고
습어 뭇난가 ᄒ여 네 ᄌ손 항렬의 드러오나 보디 못ᄒ여 셥셥다
ᄒ시난지라 이쳐난 늬 뉘 알이요 심부원군은 일어ᄒ시거날 날
을 죄쥬소셔 알의라 언파의 듸소ᄒ고 왈 늬 겨오 이십 셰라
일품 지상

이 되믜 심이 괴롭든니 이의 와 버셔 붓치고 나물 각구고 댱긔
두고 져기 ᄎ 놀믜 ᄌ미 잇고 졔일 구실노 옹쥬궁의 가기 슬턴이

원 아니 보니 싀원터라 부모동싱 그리우나 오릐면 안이 와 보시
랴 다만 셰즈긔 알외라 군신지의을 일으지 말고 오륭 소연의의
을 싱각ᄒᄉ 늘근 아비와 네 형의 목슘을 살여쥬소셔 ᄒ라 이의
뒤밧틔 가 외 싸다가 나물ᄒ라 ᄒ고 보리탁쥬 걸너 외 나물
안쥬ᄒ여 먹고 정별감 최악장을 쳥ᄒ여 놀고 놀다가 밥이 다다
른니 쥰치 즈반 구어 놋코 외싱 치나물 ᄒ고 고초장 놋코 보리밥
한 그릇 다 먹으니 송환이 갈오디 자게 귀골노 져런 음식을
웃지 견디시릿가 부마 답왈

p.70
닉 집은 한소한 집이라 아시로붓텀 여러 동싱들과 이러케 즈라
쓰니 관겨치 안이토다 고량진미 표식ᄒ든 여옹딕 아기씨도 다
보앗닉 언파의 손벽 치고 딕소ᄒ며 밥 나리오즈 ᄒ고 쓸의 나려
아희들과 져기 츠고 풀입 씌여 최금 불고 노다가 들어와 칙상의
칙을 잡거날 송환이 물어 왈 즈계 비록 죄 젹의 잇시나 경상의
즈졔요 부마위을 가져 겨시거날 몸을 엇지 져갓치 쳔박히 가지
시난뇨 부마 소왈 우리 붓친이 본디 영쳔 션빈라 닉 나라의
득죄ᄒ고 여기 왓스니 부마라 무어시며 닉 나히 계오 이십 셰
아희라 무산 일품이라 ᄒ리요 이거시 닉겨 가ᄒ고 죡ᄒ니 여옹
은 닉 말을 쥬상긔

p.71

알외라 송환이 부마의 동지을 살피노라 삼 일을 묵으니 츙쳥감
ᄉ와 홍쥬목ᄉ 와서 부맘긔 뵈옵기을 쳥ᄒ니 부마 젼어 왈 셔곽
이 질노 ᄌ리의 누어 손을 못 본다 ᄒ니 반찬과 양식을 쥬고
보든 못ᄒ고 도라가더라 부마 일일은 송환을 다리고 쟝긔 두다
가 무러 왈 여옹 아닉 싱계 웃더한뇨 송환이 ᄃᆡ답ᄒ되 음식이
ᄉ오납고 심이 괴롭도소이다 부마 웃고 일어셔셔 뒤짐 지고
홋거르며 일오ᄃᆡ 여옹 튁취 셔시용 빅비 ᄒ난 조졍의 드러가기
무시시시 ᄒ든니 인졔난 졍편ᄒᄃᆡ 송환이 ᄃᆡ왈 셔시 뉘요 박비
ᄂᆞ 뉘잇가 부마 답지 안이코 웃고 일오ᄃᆡ 이조판셔 홍문졔학
김상 이조좌랑도 다 알아

p.72

보앗닉 송환이 ᄃᆡ왈 엇더라 ᄒ시난잇가 부마 소왈 졔학이란
거시 글 잘 쓰난 졔일인ᄃᆡ 육월 염쳔의 ᄀᆡ가쥭 들비 ᄎ고 거름은
그림자나 ᄯᆞ라단이ᄂᆞ 졔학이 어듸 잇스리요 이조판셔도 이리
와 들으니 만셕군이 되엿다 ᄒ더고나 쥬상긔 알외라 이조좌랑
겸 ᄉ인은 검상 갓가이 부리시려거든 살펴 부리소셔 ᄒ여라
권필과 셔양이 도망치 안이커든 어이 닉여 보닉시며 니조판셔
난 박빈의 형이라 살이고 벼슬 식힌다 말이 잇고 홍학은 남군이
안이요 셔박이 질노 병이 들어 글을 번번이 못ᄒ고 이조좌랑은
송귀인의 질서라 ᄉ인 졍문회난 심졍의 ᄉ외라 졍상 졍광필과

우상 이젹은 밍즈의 도학

p.73

이 잇거날 남북의 각각 우리 안치ᄒ시니 니젹은 구십 노모의
독즈라 그 못친 손부인이 그 아달 못 보고 죽엇시니 웃지 참혹지
안이리요 이졍승 손즈요 알셩동졉이라 슬허 만장을 지엿던이라
ᄂ여 뵈니 그 아달의 현명과 졀기을 거려 문장이 십분 아람답더
라 부마 소왈 졍광필이 젹무 갓트이 도ᄃ연을 당치 못ᄒ니 소년
의 날 갓흔 아ᄒ 엇지 견ᄃ리요 이 가장 편ᄒ니 셩상긔 알외여
찻지 말계 ᄒ여라 또 웃고 갈오ᄃ 늬 심심커날 나무입히 글즈을
썻더니 벌이 삭여 먹으미 글지 되던고 나 말을 맛고 계집종
불너 바누질 다ᄒ엿ᄂ냐 ᄃ답ᄒ고 가져오니 계집의 조흔

p.74

셔답일너라 송환이 우슈워 쓸 곳슬 무른ᄃ 부마 답왈 계집종이
일 업시 놀거날 함흥쳐즈의게 보ᄂ려 누변노라 송환이 나흘 묵고
도라올ᄉ 이별의 부마 탄식 왈 여옹은 총명ᄒ고 지식 잇난이
늬 실수을 고ᄒ여 늬 집에 보존키 어려오니 노부와 네 형이 벼슬
을 갈고 드러안져쓰나 셰즈계 나의 진졍을 즈시 알외여 늘근
아비을 존보켜 ᄒ소셔 고ᄒ라 송환이 부마을 깁히 탄낭코 도라와
ᄉᆡ긔 알외ᄃ ᄀ 지ᄂ난 일과 부마 ᄒ든 말을 일일히 왈외니 상이
우움을 참지 못ᄒ사 왈 부원군 비양ᄒ고 셔답 뉘벼 뵈

문 날을 쩍그려 홈이요 제 죄인으로 잇셔 조정일을 시비ᄒᆞᆫ이
가증 괴씸한지라 옴겨 계주 안치ᄒᆞ리라 셰ᄌᆞ 쥬왈 지경이 졔
죄난 가ᄒᆞ오나 졔 일문으로 신의계 부탁ᄒᆞ옵고 남무입의 글ᄌᆞ
삭인 말을 ᄒᆞ더라 ᄒᆞ오니 니졔 졔 ᄉᆡᆼ각건ᄃᆡ 연젼의 후원 남무입
글ᄌᆞ가 사람의 쥬작인 듯ᄒᆞ나이다 윤지경을 당초 부마 간ᄐᆡᆨ을
잘못ᄒᆞ엿ᄉᆞ오니 죄을 웃지 더ᄒᆞᆯ잇소 죄 곳 더ᄒᆞ오면 옹쥬 지아
비 잡난 허물이 되오니 신의 ᄉᆡᆼ각은 ᄃᆡ톄 ᄉᆞᄉᆞ일이 안이오니
남무입 글ᄌᆞ 지셜과 젼의 문셔 두 장이 잇ᄶᅡ ᄒᆞ오니 불너 무러보
시미 가할가 ᄒᆞ나니다 송귀인

니 ᄃᆡ경ᄒᆞ여 쌜리 고왈 윤지경이 온 가지로 젼ᄒᆞ와 첩을 속이고
조롱ᄒᆞ여 졔 마암ᄃᆡ로 ᄒᆞ오니 그것슬 엇지 ᄉᆞ회라 죡가ᄒᆞ와
연셩과 화락ᄒᆞ긔을 바라지 못ᄒᆞ올 거시니 뭇도 마시고 귀향도
무지 말으ᄉᆞ 십 연이라도 바려 두소셔 셰ᄌᆞ난 본ᄃᆡ ᄃᆡ효라 송씨
의 긔식을 살펴 알으시나 셔모 말삼도 올ᄉᆞ온이 발여 두소셔
상이 언ᄎᆞ의 뭇지 안이시다 최씨 젹소의셔 ᄉᆡᆼᄌᆞᄒᆞ니 부풍도습
ᄒᆞ고 기골이 장ᄃᆡᄒᆞ여 그 부친을 만이 달머ᄯᅳ라 일홈은 장경이
라 ᄒᆞ다 이듬희의 셰ᄌᆞ망 밧긔 쥐를 져사 졍졍ᄒᆞ거날 상과 듕궁
이 다 놀나시고 셰ᄌᆞ 달포 미류ᄒᆞᄉᆞ 빅약

p.77

이 무효ᄒ고 병환이 심상치 안이ᄒ시니 상이 의심ᄒᄉ 이인을
불너 망긔ᄒ라 ᄒ시니 동궁 부억과 바람벽을 보고 긔운이 ᄉ오
납다 ᄒ거날 상이 명ᄒᄉ 헐고 보라 ᄒ시니 인물과 목인이 가득
ᄒ엿고 동궁 축ᄉ한 글ᄌ 송귀인 복셩군 홍상의 글시 분명한지
라 상이 ᄃᆡ로ᄒᄉ 송시을 잡아 ᄂᆞ리와 져쥬시니 불과 일 장의
봉초ᄒ니 목 잘나 쥭이시고 홍상은 장ᄒ의 쥭이시고 복셩군과
연희옹쥬ᄂ ᄉ약 ᄒ시고 거평위연셩 옹쥬난 어미 연좌로 밀양
의 귀향보ᄂᆡ시다 상이 셰ᄌ을 ᄃᆡ하ᄉ 갈아사ᄃᆡ 지경이 연소ᄒ
나 당적지의 범잡음과 이릉두

p.78

의 위풍과 장한의 보신지칙을 두엇다 ᄒ시더라 오늘ᄉ 부마위
을 거두시고 승지직쳡을 ᄉ송ᄒᄉ 부르시고 최씨을 ᄉᄒ라 ᄒ
시다 소계 다시 이러나니 홍명화 박빈 등을 버히시고 가속을
졍물ᄒ시다 지경이 즉시 도라와 ᄉ은ᄒ고 눈물을 들이워 쥬왈
신이 젼ᄒ긔 시측하은 팔 연의 밧그로 군신지의와 친ᄌ 갓치
ᄉ랑ᄒ시난 졍의을 멀이 잇ᄉ와 쳔뇌 깁피 진발ᄒ시계 ᄒ와
쳔안을 이별ᄒ완지 삼 연이 되엿삽다가 이의 도라오ᄆᆡ 송귀인
복셩군 쥭엇삽고 옹쥬 귀양 갓ᄉ오니 슬품을 금치 못ᄒ리로소
이다 언즉파의 옥면이 충연함을 먹으무

니 상이 쏘한 슬허하시더라 윤지경이 다시 쥬왈 옹쥬 만일 흉겨
의 참녜치 안이미 분명ᄒ실진디 ᄉ람 부려 뭇긔을 막지 말르소
셔 상이 답왈 네 안히난 실노 참녜치 안이흔가 시푸니 늬 웃지
막으리요 지경이 ᄉᆞ은ᄒ고 집의 도라와 부모 졔형을 반기고
옹쥬 궁의 가본이 집이 황난ᄒ여 약간 궁인이 직히엿스니 가즁
불ᄉᆞ이 역여 늬인과 마직으로 엄칙ᄒ여 직히라 ᄒ고 일변 인마
을 ᄎᆞ려 질즈을 보늬여 최씨을 달여오니 즁경의 작인 한빈츌
유비 범한지라 부즈 조손이 비로소 싱면ᄒ믹 다힝코 두굿겨ᄒ
더라 쏘 그 활

난 가온딕 인심이 고금일쳬라 가즁이 눈물 날리믈 면치 못ᄒ고
그 활난 가온딕 일호 그러미 읍시 모든 니 모다 일오딕 희안한
경ᄉ라 ᄒ더라 그 흉변의 지경이 무ᄉᆞ이 버셔ᄂᆞ니 부모 졔형은
일으도 말고 조졍과 셰ᄉᆞᆼ람이 그 직덕을 칭찬 안이ᄒ녀 이가
업더라 지경이 상긔 쥬왈 을ᄉᆞ년 ᄉᆞ왜 원통ᄒ고 간ᄉᆞᄒ미 업지
안이ᄒ오니 ᄉᆞ회 ᄒᆞᄉ 신셜ᄒ오미 맛당ᄒ니이다 상이 깃거 안
이ᄒ시니 고쳐 쥬왈 니연 영광필은 ᄉᆞᄒ시미 맛당ᄒ니이다 상
죠 모신 셜을 ᄉᆞᄒ시고 이연 영광필을 ᄉᆞᄒᆞᄉ 다시 복ᄉᆞᄒ시되
부리시지는 안이시더라 상이 긔유의 승

p.81

하ㅎ시고 셰즈 즉위ㅎ시니 인종딕왕이시라 셩복날 지경을 명초
ㅎㅅ 젼지 왈 옹쥬난 과인의 동긔라 여간 허물이 잇스나 큰
죄 안이니 왕ㅅ난 이의라 다려다 젼갓치 말고 화락ㅎ여 살면
과인이 죽어도 눈을 감으리라 ㅎ시니 지경이 눈물을 드리워
명딕로 ㅎ리이다 ㅎ고 즉일의 인마을 보닉여 다려오니 부왕이
마져 읍셔 계신니 셜워ㅎ미 가이 읍던이 상이 불너 보실식 붓들
고 통곡 왈 인시 예와 달으니 위급푸물 ㅈ랑말고 가부을 공경ㅎ
고 동셔을 투긔치 말ㄴ 겸손ㅎ고 다시 그름이 읍시 살나 ㅎ시고
쥬시난 거슨 션왕 젹갓지 못ㅎ더

p.82

라 궁의 도라오니 지경이 나셔 조상ㅎ고 이날 궁의셔 ㅈ니 셩혼
칠 연의 쳐음일너라 지경이 딕졉이 화령ㅎ고 슌난ㅎ니 옹쥬
감격ㅎ여 ㅎ고 최씨 쏘한 옹쥬 딕졉ㅎ미 화령ㅎ고 공경 ㅅ랑ㅎ
고 옹쥬 츌입의 반다시 일어 마즈니 지경이 갈오딕 이난 너모
과ㅎ도다 부탁ㅎ신 말삼이 참담ㅎ고 간졀ㅎ시니 우리 부뷔 ㅅ
라 화락ㅎ미 다 쥬승의 셩은이라 뵈온 듯 공경ㅎ나이다 상이
지경을 간의틱후을 ㅎ이시더라 지경이 돈슈 쥬왈 홍상 복셩군
이 송씨와 밀통ㅎ여 나무입히

글즈을 써 됴모 등을 잡앗스오니 스히ᄒ여지이다 상이 남곤 심경 등을 형문 두 치씩 쳐 졀도의 울이 안치ᄒ시고 조모 신셜은 허치 안이시니 ᄃᆡ쳬 셩왕이 허치 안이시니 헛치 못ᄒ시다 가국 이 틱평ᄒ여 한가ᄒᄆᆡ 할난 지경이 옹쥬와 최씨로 더부러 부모 을 시좌ᄒ니 윤공이 도라보니 오즈육부와 총총한 손즈손녀가 ᄀᆞᄀᆞ이 비범ᄒ니 두굿겨ᄒ더라 스랑ᄒ온 마암을 이긔지 못히셔 지경을 도라보아 왈 ᄂᆡ 아히 요스이도 ᄊᆞ리 겻고 셔답 누비긔을 잘ᄒ나냐 일좌 입을 갈이고 웃고 지경이 소이 ᄃᆡ왈 그 일이 다 소즈의 면화지계라 안히 희롱은 어렵지 안이ᄒ오나 셔답 누비고 ᄊᆞ리겻긔을 장하라 시면 ᄯᅩ한 얼여울소이다 최씨 붓

그려 낫치 취한 듯ᄒ더라 상이 잇쎠 집슝이 과로ᄒᄉ 환후미록 ᄒ시니 지경이 궐ᄂᆡ를 쎠나지 안이ᄒ든니 일일은 상이 밤의 스람을 불으시니 지경이 밧그로셔 ᄃᆡ답ᄒ고 들어오니 간복을 벗지 안앗더라 상이 갓가이 올라 ᄒᆞᄉ 크게 슬허ᄒᆞᄉ 갈아ᄃᆡ 병은 아마도 회츈키 어려오니 웃지 습지 안이하리요 경원이군 이 가장 총명ᄒ나 웃지 미드리요 임군을 삼고 경이 졍스을 도와 맛당이 ᄂᆡ 뜻슬 져바리지 말나 네 여러 번 표신셜을 허치 안냐던 니 신원코즈 ᄒ나 글즈을 못 일우니 경이 쓰라 ᄒ시고 경원ᄃᆡ군 을 도와 ᄃᆡ젼 셤길 돌이와 션왕의 후궁ᄃᆡ졉할 돌이을 극진이

갈아치시고 안흐로 졍수을 도와 쥬긔을 밝노라 경이 이연 졍광
필을 비셩묘할 수람이라 ᄒ거날 젼일의 수젹을

긔록ᄒ엇던이 이졔 싱각건디 부죡ᄒ미 읍스니 경이 아라 비셩
묘ᄒ라 쏘 갈오디 경의 쳐 최씨 어질어 니 뉘을 지극 수랑한다
ᄒ니 가즁 희한한지라 은과무명으로 그 덕을 갑노라 ᄒ시고
니송수의 명ᄒ수 은과무명을 열 쑝을 친히 갓다 표ᄒ수 니관을
맛긔시고 지경을 보수 왈 옹쥬을 기리 화락ᄒ여 살면 한이 업슬
이로다 직숨 당부ᄒ시더라 삼 일 후 승ᄒᄒ시니 지경의 이통코
셜우미 여상코 최씨 수송ᄒ신 흔즈와 무명을 밧즙고 망셜이통
ᄒ니 의숭이 젓더라 경원디군 즉위ᄒ시니 이명묘라 연 십팔
긔 등국ᄒ시다 인모션 칠삭의 승ᄒᄒ시나 발그신 졍수 어지신
덕이 방방곡곡의 밋지 안이 리 읍스니 빅셩의 이통ᄒ미 여숭코
슬푸을 웃지 다 긔록할이요 영광필 묘모 등이 쳔은을 츅수ᄒ고
집의 도라와

긔디랴 지경이 칭영ᄒ며 혀우졔공ᄒ고 부인으로 더부러 부화쳘
윤ᄒ니 옹쥬도 쏘한 최씨 덕을 감격ᄒ여 지극 죠심ᄒ더라 어질
미 최씨의 지미 업더라 지경이 옹쥬의 졍수을 불숭의 역여 은근
이 위디ᄒ니 졔형이 죠롱 왈 져만한 금실노 어이 당초의난 셩숭

이 박되흔다고 귀향까지 갓든요 지경이 되왈 당초 글어타고
믹양 믹몰 할 일도 안이요 양션왕의 위퇴흐시물 져바리지 못흐
오미이다 네 진스 흐엿실 적의 셩쳔기 이싱 녹은션의긔 되혹흐
여 청산녹슈로 언약흐고 그 후의 이지니 무심치 안이냐 금일
길의셔 만나보고 슈졀흐되 춧지 안이신다고 셜워노라 흐니 아
는 모로미 거두라 지경이 소왈 만물이 다 변흐니 청산녹슌들
안이 변흐릿가마난 녹은 녹은 션이란 말이 쯘져리나난이다 소
계 부뷔 칠 연 곤익이 녹은 션

p.87

이라 흐고 되소흐더라 최부인은 심즈이ㅁ을 싱흐고 옹쥬난 이
즈이녀을 싱흐니 오즈스여가 기기이 아람답다라 지경의 부뫼
연셰 다한 후의 다 각각 긔셰흐시고 윤지경의 부뷔 빅슈 동낙흐
니 일엇틋 긔이한 일이 어되 잇스리요 이 이릭 말삼 만이 근쳐
지미 읍스옵고 희 심심하외다

자치기라

Ⅰ. 〈자치기라〉 해제

〈자치기라〉는 가부장제와 개
가의 문제를 다룬 우화소설이자
판소리계 소설인 장끼전의 이본
이다. 〈자치기라〉는 '김광순 소
장 필사본 한국고소설 487종'에
서 100종을 정선한 〈김광순 소장
필사본 고소설 100선〉 중의 하나
로서 20장본이다. 앞으로 택민본
으로 지칭하고자 한다. 한지韓紙
에 붓글씨 흘림체로 씌어졌으며,

〈자치기라〉

가로 18cm, 세로 25cm의 총 20면에 각 면 10행, 각 행 평균
27자로 되어 있다. '己酉 閏二月 書'라는 후기後記와 지질 상태로
미뤄볼 때 필사연대는 1909년으로 추정된다.

〈자치기라〉는 장끼전 이본 중 가사체에 속한다. 가사체란 소
설 장끼전이 가사로 전승된 경우를 가리킨다. 장끼전 이본에는
가사체가 많은 양을 차지하는데 이는 고소설의 일반적인 이본
파생 양상과는 다른 현상이다. 가사체 이본은 흔히 '자치가雌稚歌'
라는 제명題名으로 존재하니, '자치雌稚'는 암꿩 즉, 까투리의 한자
어이다. 수꿩인 장끼에서 주인공이 까투리로 비끼었고, 소설을

나타내는 '전傳'이 가사를 뜻하는 '가歌'로 변했음을 알 수 있다. 이를 방증하듯 많은 자치가들은 줄글이 아닌 4·4조의 귀글로 필사되어 있고, 까투리의 비중이 더 두드러지게 나타난다.

고소설에서 자치가의 존재는 특이한 현상이다. 장끼전은 본래 판소리 한 마당이었던 판소리계 소설이다. 18~19세기 대중 공연예술로 성행했던 판소리로 불린 내용이 사대부가의 여성인 규방에서 유행처럼 읽힌 것은 뜻밖이라고 하지 않을 수 없다. 자치가는 문체에서 4·4조의 율격을 매우 뚜렷하게 형성하고 있는데 이는 가사로 읽혀진 결과이다. 판소리계 소설을 제외한 일반적인 고소설의 문체는 율격적인 면도 있으나 본질적으로 산문체이다. 고소설이 대개 낭송하는 방식으로 읽혀진 결과 4.4조와 같은 율격성이 나타나기도 하나, 자치가만큼 강하지는 않다. 판소리로 불리면서 형성된 장끼전의 율격적인 성격이 가사로 음영되거나 낭송되면서 더욱 강화되어 자치가의 문체로 남았다고 보인다.

장끼전의 이본은 많은 수만큼이나 이름도 다양하다. '자치가' 외에 '자치가전'도 있고, '화충가'·'화충전'도 있고, '장끼와 까투리가'도 있다. 그 외 '꿩전'이라는 제명題名도 눈에 띈다. '자치가전'은 '자치가'가 소설이 아닌 것 같으므로 '전'을 붙여 소설의 느낌이 나도록 한 것이다. '화충전'은 『서경書經』에 나오는 꿩을 가리키는 말을 따라 '화충華蟲'을 제명으로 삼은 것이다. '장끼와 까투리'는 암수 모두를 주인공으로 드러내고, '꿩전'은 이를 꿩으로 합친 것이다. 그 외 장끼의 한자어인 '웅치雄雉'를 제명으로 사용한 이본도 있고, '자치'의 뜻을 강조하기 위해 '꿩의 자치가'로 정한 이본도 있다.

이렇게 다양한 이름은 암시하는 바가 있다. 첫째, 장끼전에 대한 독자층의 인식에 주인공이 고정되어 있지 않음을 알 수 있다. 장끼와 까투리의 서사적 비중이 비슷하다는 요인도 있고, 이본 간의 편차가 크다는 사실과도 연관된다. 둘째, 화충으로 된 제명에서, 꿩에 대한 서사敍事의 역사가 오래 되었음을 짐작해볼 수 있다. '화충'은 『서경』에서 상서로운 존재이자 조류를 대표하는 존재로 나오고, 꿩을 제재로 한 민요, 설화 등이 다양하게 전승되고 있다. 셋째, 장끼보다 까투리의 비중이 큰 경우 까투리의 삶이 부각되어 장끼 죽음 후의 거취가 관심의 대상이 된다는 것이다. 이는 이본 파생의 계기로 작용해 많은 차이를 낳았음 직하다.

장끼전 이본에서 나타나는 가장 큰 차이는 결말 처리이다. 중등 교과서에 실리거나 줄거리가 널리 알려진 결말은 장끼가 콩을 먹다가 죽은 후 까투리가 장례를 다 치르고 조문객으로 온 장끼와 재혼해 행복하게 살았다는 결구이다. 그러나 이러한 결말은 현전하는 이본의 양상에서는 몇몇 이본에서만 나타나고 있다. 훨씬 많은 이본에서 결말은 까투리가 조문 온 새들의 청혼을 기절하거나, 대화에서 끝나거나, 장례 장면에서 끝나는 등으로 나타난다. 대화나 장례 등에서 끝나는 것처럼 열린 결말의 형식을 취하는 이본의 수가 적지 않다. 즉, 결말의 처리가 장끼 죽음 장면에서부터 개가에 대한 까투리의 선택에 이르기까지 폭넓은 스펙트럼을 보여준다.

〈자치기라〉의 줄거리는 다음과 같다.

1) 세상에는 수많은 새 중 꿩이 있는데 쓸모가 많아 위협을 자주 받는다.
2) 겨울철 굶주린 장끼 일가가 들로 나왔다가 먹음직한 콩을 발견한다.
3) 콩을 두고 먹으려는 장끼와 만류하는 까투리 사이에 논쟁이 벌어진다.
4) 장끼와 까투리는 각기 나름의 명분과 실리를 내세워 상대의 주장을 반박한다.
5) 장끼가 까투리를 윽박질러 자신의 주장을 관철한다.
6) 장끼가 콩을 주어먹다가 창애에 걸린다.
7) 장끼는 죽어가면서도 까투리를 공박하고 까투리는 슬퍼하며 안까워한다.
8) 덫 주인 탁첨지가 나타나 축수하고 장끼를 거두어 간다.
9) 까투리가 주변의 새들의 도움을 입어 절차대로 장례를 치른다.
10) 반혼제를 치르는 중 솔개가 까투리 새끼를 채었다가 놓치고 탄식한다.

11) 조문객 까마귀가 까투리에게 청혼했다가 거절당하자 빈
   정거린다.

12) 부엉이와 까마귀, 두견새 사이에 나이 다툼이 벌어진다.

13) 조문객 오리가 자랑하며 청혼했다가 실패하고 돌아간다.

14) 나무꾼 아이가 시절가를 부르니 모두 흩어진다.

줄거리에 나타나는 택민본 〈자
치기라〉의 특징은 열린 결말이
다. 열린 결말은 사건의 종결이
분명치 않은 결구이다. 까투리가
오리의 청혼을 거절한 데서 자식
들을 데리고 혼자 살아간다는 결
말이 예상되기는 하나, 청혼 거절
이후의 까투리의 삶에 대한 언급
이 없다. 더욱이 초동을 등장시켜
자탄하는 노래를 부르며 새를 쫓

〈자치기라〉

는 장면으로 끝나는 것으로 설정하고 있다. '어떤 사람 팔자
좋아 각도 방백方伯과 각읍 수령이 되어 호사로 다니는고.'라는
노래의 내용을 강조해 언급한다면, 고단한 하층인의 삶에 대한
신세타령이 까투리의 마음을 대변하는 듯하다.

〈자치기라〉의 이러한 결말은 현실세계에 바탕을 두고 있다.
이에 비춰볼 때 까투리의 문제적 상황이 해결되지 않고 남겨진

채로 끝나고 있다. 까투리가 처한 상황을 언급하려면 작품의 처음부터 살펴봐야 한다. 장끼와 까투리는 겨울철에 먹을 것을 구하러 다니다가 콩을 발견하는데, 여기서 먹으려 하는 장끼와 말리는 까투리 사이에 갈등이 발생한다. 이 갈등은 까투리가 내세우는 현실론을 장끼가 가장의 권위로써 억누르고 콩을 먹음으로써, 남편이 죽는 까투리의 비극으로 끝이 난다. 그 후 뒤처리를 하는 까투리의 고단한 삶이 전개되니, 인간이 나타나 장끼를 거두어 가고 겨우 장례를 치르고 솔개가 나타나 위협하고 조문객을 맞이한다.

이러한 까투리가 처한 상황은 가장 없이 어린 자식을 데리고 살아가야 하는 생존현실이다. 까투리는 이미 다섯 번이나 남편을 잃은 적이 있어 계속 가중되는 고난에서 벗어나지 못하고 있다고 규정할 수 있다. 이와 같은 까투리의 문제적 상황은 쉽게 해결될 것 같지 않아 보인다. 일곱 번째 남편을 맞이한다고 하더라도 현실의 개선을 장담할 수 없기 때문이다. 그렇다고 다른 종의 새인 까마귀와 오리와 사는 것은 쉽게 결정할 수 없는 문제이다. 청혼을 거절하기는 했으나 앞으로의 살 길이 막막한 것은 그대로 남아 있다. 어떠한 선택도 까투리의 삶에 대한 개선을 나타내기 어려운 정황이 작품의 결말을 분명한 내용으로 처리하지 않게 한 것이다.

이상에서 본 바와 같이 택민본 〈자치기라〉는 현실주의적 성격이 돋보이는 이본이다. 장끼전은 판소리계 소설이면서 우화소설이어서 다른 고소설에 비해 원래 현실주의적 성격이 강하다. 그러한 가운데에서도 현실주의가 두드러지므로 의의가 작지 않은 이본이다. 이와 같은 점은 〈자치기라〉가 장끼전 이본 가운데 후대적 변모를 거친 것임을 암시한다. 다른 이본들과 비교하면 율격성이 작고 산문성이 큰 김동욱 소장본 〈꿩젼〉이 가사로 수용되면서 생성된 이본으로 보인다. 〈꿩젼〉과 여러 면에서 유사하면서도 가사로 읽힌 흔적 즉, 율격성이 크기 때문이다. 한편 가사체 이본인 자치가 중에서는 이른 시기에 형성된 것으로 추정되니, 어휘나 표현에서 변화가 적기 때문이다. 요컨대 〈자치기라〉는 장끼전 이본 중 소설사적 의의가 큰 이본임에 틀림없다고 하겠다.

Ⅱ. 〈자치기라〉 현대어역

자치기라

하늘과 땅이 처음 나누어지고 만물이 번성하여 털이 있는
짐승도 삼백이요 날개가 달린 짐승도 삼백이라. 그 가운데 꿩의
몸이 생겼으니 의관은 오색이요 별호別號는 화충華蟲[1]이다. 산
금야수山禽野獸의 천성으로 사람을 멀리하고 운림벽계雲林碧溪
양지陽地 편에 울울창송鬱鬱蒼松[2]을 정자 삼아 굶으면서 주워
먹고 임자 없이 호강할 적에, 음흉한 사람들이 죄 없는 우리들을
구태여 잡아다가 삼태육경三台六卿[3]과 수령방백守令方伯이 싫도
록 장복長服[4]하고 장목[5]을 골라내어 새정방에 먼지를 쓰니 공
덕인들 없을쏘냐.

이내 몸이 겁이 많아 수풀 밑에 숨었다가 헌화 세계 보려고
백운산 상상봉에 허위허위 올라가니, 몸 가벼운 보라매는 여기
서도 덜렁 저기서도 덜렁 몰이꾼 사냥개는 여기 번득 저기 번득
떡갈잎 뒤적뒤적 □□□□ 살아날 길 전혀 없다. 소로小路길로
달아나니 푸지개군[6] 포수들은 좌우편에 둘렀으니 살아날 길

---

1) 화충華蟲 : 꿩. 〈서경〉에 '日月星辰山龍華蟲 作繪[해와 달과 별, 산과 용과
   꿩을 무늬로 만들며]'라는 구절이 나옴.
2) 울울창송鬱鬱蒼松 : 울창한 소나무.
3) 육경三台六卿 : 조선 시대에, 삼정승과 육조 판서를 통틀어 이르던 말.
4) 장복長服 : 같은 약이나 음식을 오래 계속해서 먹음.
5) 장목 : 꿩의 꽁지깃.
6) 푸지개군 : 포수. 푸지개는 사냥총을 가리킴.

전혀 없다. 엄동설한 주린 짐승 그 어디로 가단 말고.

보름 같이 넓은 밭 상하평전上下平田 눈 녹은 데 콩 한 낱이 들었으니 콩 주으러 가자서라. 장끼 치레 볼작시면 대홍大紅 대단大緞 치마에 초록 궁초宮綃7) 깃을 달아 주먹벼슬8) 옥관자玉貫子9)에 황홀난측恍惚難測10) 좋은 태도態度 초나라 대장의 위엄이라.

까투리 치레 볼작시면 수주水紬11) 비단 잔누비12)를 제법으로 단장하고 머리 태도 볼작시면 허튼 머리 맵시 있게 집어 갈다듬어 콩 주으러 가자서라. 열두 딸 아홉 아들 스물하나 자녀 등을 앞세우고 뒤세우고 어서 가자 바삐 가자. 상하평전 넓은 밭을 골골이 늘어서서 너는 저 골 줍고 나는 이 골 줍자. 천불생무록天不生無祿13)이라 하였으니 일포식一飽食14)하자 하고 점점 주워 들어가니 난데없는 불콩15) 하나 덩그렇게 놓였거늘 장끼란 놈

---

7) 궁초宮綃 : 엷고 무늬가 둥근 비단의 하나.
8) 주먹벼슬 : 장끼의 머리 위에 벼슬이 주먹만하게 붙어 있는 모양을 표현한 말.
9) 옥관자玉貫子 : 조선 때, 왕·왕족과 당상관인 벼슬아치가 쓰던, 옥으로 만든 망건 관자.
10) 황홀난측恍惚難測 : 매우 황홀하여 헤아리기 어려움.
11) 수주水紬 : 품질이 좋은 비단의 하나.
12) 잔누비 : 천을 포개어 잘게 누빈 옷.
13) 천불생무록天不生無祿 : '천불생무록지인天不生無祿之人 지부장무명지초地不長無名之草'. 하늘은 녹祿이 없는 사람을 낳지 않고 땅은 이름 없는 풀을 기르지 않는다는 뜻으로, 사람은 누구나 태어나면서 자기가 먹을 것은 가지고 태어남을 이르는 말.
14) 일포식一飽食 : 한번 배부르게 먹음.
15) 불콩 : 꼬투리는 희고 열매는 붉으며 껍질이 얇은 콩의 일종.

대혹大惑16)하여 이른 말이,

"어허 그 콩 소담17)하다. 나 혼자 먹으리라."

까투리 이른 말이,

"여보, 그 콩 먹지 마오. 설상雪上에 유인적有人跡하니18) 그 자취가 괴이한 자취로다. 다른 자취가 전혀 없고 입으로 훌훌 불고 비로 쓸쓸 쓴 자취가 덩그렇게 놓였으니 그 자취가 괴이하오."

장끼란 놈 이른 말이,

"네 말이 미련하다. 이때는 동지 섯달 엄동嚴冬이라. 첩첩히 쌓인 눈이 곳곳이 덮였으니 천산千山에 조비절鳥飛絶이요19) 만경萬頃에 인종멸人踪滅이라.20) 사람의 자취가 눈 가운데 있을쏘냐. 간밤에 꿈을 꾸니 오운五雲을 잡아 타고 하늘 위에 올라가서 옥황 앞에 알현하니 옥황이 하감下瞰21)하시어 산림처사를 봉하시고 별급別給22)으로 콩 한 섬을 태이시니 이 콩 한낱 그 아니 반가운가. 기자飢者는 易爲食이위식이요 渴者갈자는 易爲飮이위음이라.23) 하늘이 주신 콩을 내 어찌 마다하리. 잔 말 말고

---

16) 대혹大惑 : 크게 혹함.
17) 소담 : 먹음직하고 탐스러운 모양.
18) 설상雪上에 유인적有人跡하니 : 눈 위에 사람의 흔적이 있으니.
19) 천산千山에 조비절鳥飛絶이요 : 온 산에 새가 나는 것이 끊겼고.
20) 만경萬頃에 인종멸人踪滅이라 : 넓은 밭이랑에 사람의 자취가 사라졌다.
21) 하감下瞰 : 위에서 내려다봄.
22) 별급別給 : 따로 줌.
23) 기자飢者는 易爲食이위식이요 渴者갈자는 易爲飮이위음이라 : 굶주린 사람에게는 밥을 만들어주기가 쉽고 목마른 사람에게는 마실 것을 마련해주기가 쉽다.

물러 거라."

까투리가 이른 말이,

"그 꿈은 그러하나 내 꿈으로 볼작시면 꿈마다 흉몽이라. 어젯밤 이경二更 초에 꿈을 꾸니 북망산 높은 봉우리에 찬바람이 일어나며 태아검 드는 칼로 자네 머리를 댕강 베어 내리치니 그대 죽을 흉몽이 이 아닌가. 제발 그 콩을 먹지 마오."

장끼란 놈 이른 말이,

"어허, 그 꿈 매우 좋다. 내 몸이 선봉이 되어 투구를 덮어 씌고 압록강을 건너가서 태아검 드는 칼로 중원을 항복 받고 승전고를 울리면서 총독대장 될 꿈이라. 그런 꿈만 꾸어다오."

까투리가 이른 말이,

"삼경三更에 꿈을 꾸니 일가一家의 제족諸族[24]이 다 모와서 잔치를 크게 할 때 스물두 폭 차일遮日[25] 고주高柱[26]대가 지끈동 부러지면서 그대 몸을 흠뻑 덮어 보이시니 그 아니 흉몽인가. 제발 그 콩 먹지 마오."

장끼란 놈이 이른 말이,

"차일을 덮어서 보이니 그것은 일모청산日暮靑山[27] 저문 날에 화초병풍을 둘러치고 잔디 장판에 칡이불을 치켜 덥고 너와

---

24) 제족諸族 : 한 집안의 모든 겨레붙이.
25) 차일遮日 : 햇볕을 가리기 위해 치는 포장.
26) 고주高柱 : 한옥에서, 대청 한복판에 다른 기둥보다 높게 세운 기둥. 여기 서는 천막을 받치는 장대.
27) 일모청산日暮靑山 : 날이 청산에 저묾.

나와 한 몸이 되어 이리저리 할 꿈이라. 염려 말고 물러 거라."

까투리가 이른 말이,

"오늘밤 오경 초에 꿈을 꾸니 자미원紫微垣28) 대장성大將星이 그대 앞에 떨어져 보이니 아마도 그대 장성將星29)이 아니신가."

장끼란 놈 이른 말이,

"어허, 그 꿈 더욱 좋다. 천상의 별이 떨어져 보니 이것은 옛일로 비유할진대 헌원씨軒轅氏30) 어머님도 헌원씨를 낳을 적에 북두칠성 정기 타서 헌원씨를 낳으시고 견우성牽牛星 직녀성織女星도 칠월칠석七月七夕31) 상봉하니 그것도 또한 연분이라. 좋을시고 좋을시고. 네 몸에 태기胎氣가 있어 아들을 낳을 길몽吉夢일다. 걱정 말고 물러 거라."

까투리 이른 말이,

"어젯밤 첫새벽에 꿈을 꾸니, 화복단장華服丹粧32) 정리하고 육리청산 노닐 적에 난데없는 청삽사리가 왈칵 뛰어 달려들자 질색하여 삼밭으로 들어가는데 굵은 삼대 부러지고 가는 삼대

---

28) 자미원紫微垣 : 삼원三垣의 하나인 별자리. 큰곰자리 부근에 있으며 천제天帝가 거처하는 곳으로 천자의 운명과 관련된다고 전해 내려옴.

29) 장성將星 : 어떤 사람에게든지 인연이 각각 맺어져 있다는 별.

30) 헌원씨軒轅氏 : 중국 태고 시대 전설적인 삼황오제 중 한 사람으로, 중국이 민족시조로 여기는 황제를 가리킴. 신농씨 말년 천하가 어지러워지자 창과 방패 쓰는 법을 익혀 제후들을 제압하고, 포악한 치우천왕을 물리친 후 신농씨의 뒤를 이어 임금이 되었다고 함.

31) 칠월칠석七月七夕 : 견우와 직녀가 1년에 한 번 만난다는 음력 7월 7일 저녁.

32) 화복단장華服丹粧 : 물을 들인 천으로 만든 옷으로 곱게 꾸밈.

쓰러져서 이내 몸에 휘휘친친 감겨 보이니 이내 과부 되어 거상 居喪33)할 꿈이 분명하오."

장끼란 놈 크게 화내어 두 발질로 냅다 차면서

"어라 이년 화냥년 제 가장을 몰라보고 남의 가장과 즐기다가 홍사紅絲34)로 결박하고 북을 지게 하여 삼노 네 거리에 효시梟示35)하고 난장36) 맞을 꿈이로다. 그런 꿈만 꾸다가는 앞정강이37) 부러질라."

까투리 무참하여 잠잠하고 앉았다가 또 다시 이른 말이,

"아무리 기한飢寒38)이 자심滋甚39)하여도 부디 그 콩 먹지 마오."

장끼란 놈 이른 말이,

"시장하고 주린 가운데 염치를 어찌 알리. 누항단표陋巷簞瓢40) 주린 염치 삼십에 요사하고 백이숙제 충절 염치 수양산에 아사餓死41)로다. 염치도 부질없고 먹는 것이 으뜸이라. 한나라 광무제光武帝가 중흥中興할 때 분분紛紛42)한 전쟁터에 주리다가 호타하滹沱河43) 맥반麥飯44)을 달게 먹고 중흥 제업帝業을 하여

---

33) 거상居喪 : 상복을 입음.
34) 홍사紅絲 : 오라.
35) 효시梟示 : 목을 베어 경계하는 뜻으로 뭇사람에게 보임.
36) 난장亂杖 : 예전에 곤장을 칠 때, 신체의 부위를 가리지 않고 마구 치던 매.
37) 앞정강이 : 정강이.
38) 기한飢寒 : 굶주리고 헐벗어 배고프고 추움.
39) 자심滋甚 : 더욱 심함.
40) 누항단표陋巷簞瓢 : 좁고 더러운 거리에 사는 사람의 한 그릇의 밥과 한 바가지의 물. 아주 가난한 사람의 생활 형편을 이르는 말.
41) 아사餓死 : 굶어 죽음.
42) 분분紛紛 : 아주 어지러운 상태.

있고, 빈천貧賤한 한신韓信이도 회음성淮陰城[45] 아래 주리다가 표모漂母[46]의 밥을 먹고 한나라 대장이 되었으니, 기한이 자심하니 염치를 돌아보지 않고 나도 이 콩을 먹고 크게 될 줄을 누가 알쏘냐."

까투리가 이른 말이,

"그 콩 한 개 달게 먹고 크게 될 줄 내가 먼저 요량料量[47]하고, 장원진사 동당東堂[48] 급제 마다하고 잔디 찰방察訪[49] 수망首望[50]으로 황천부사 추고推考[51]를 맞아 청산 현감을 할지라도 나일랑은 부디 원망 마오. 옛글로 볼작시면 고집으로 망신한 이가 그 몇몇인고. 진시황도 고집하여 부소扶蘇[52]의 말을 아니 듣고 궁궐 깊은 곳에서 향락을 일삼다가 삼십 년에 호해胡亥[53]에게 망국亡國하고, 초패왕楚霸王[54]의 몹쓸 고집 범증范增[55]의

---

43) 호타하滹沱河 : 중국 산동성에서 발원하여 하북성에 흘러드는 강.
44) 맥반麥飯 : 보리밥.
45) 회음성淮陰城 : 지금의 강소성 청하현 남쪽에 있던 성. 한나라 건국의 공신인 한신의 고향.
46) 표모漂母 : 빨래하는 늙은 여자로서 한신이 무직으로 가난해 배고픈 시절 밥을 주었다는 여인.
47) 요량料量 : 앞일을 잘 생각하여 헤아림. 또는 그런 생각.
48) 동당東堂 : 조선 때, '식년과' 또는 '증광시'를 가리킴.
49) 찰방察訪 : 조선 때, 각 도의 역참驛站 일을 맡아보던 외직外職 문관 벼슬.
50) 수망首望 : 조선 때, 벼슬아치를 임명할 때 이조吏曹·병조兵曹에서 올리는 세 사람의 후보자 가운데 첫째.
51) 추고推考 : 벼슬아치의 허물을 추문推問해서 고찰함.
52) 부소扶蘇 : 진시황의 첫째 아들. 용감하고 총명했으나 환관 조고의 계략으로 사걸함.
53) 호해胡亥 : 진시황의 둘째아들이고 부소의 배다른 동생으로서 2세 황제가 되었으나 조고의 전횡으로 허수아비로 전락해 진나라가 망하게 됨

말을 아니 듣고 팔천제자八千諸子56) 모두 죽여 무면도강無面渡
江57)하여 있고, 초나라 회왕懷王의 고집 보소 □□□□ 굴원의
말을 아니 듣고 무관武關에 갇혔58)던가. 가련한고 □□ 되어
불여귀不如歸59)로 토혈吐血60)하니, 그대 너무 고집하여 이내 말
을 아니 듣고 오늘 망신할지라, 부디 나를 원망 마오."

장끼란 놈 이른 말이,

"콩 먹다고 다 죽으랴. 옛글로 볼작시면 콩 태太 자 든 데마다
오래 살고 귀하게 되었으니 어찌 아니 장할쏘냐. 태고太古천황
씨天皇氏61)는 일만 팔천 세 살아 있고 태호太昊복희씨伏羲氏62)는
경생지정 성군 되고 태공太公63)의 아들 유방劉邦이는 팔 년을
싸우다가 한태조가 되어 있고, 각국에 태 자 이름 국가의 근본이

---

54) 초패왕楚霸王 : 초나라 항우.
55) 범증范增 : 항우의 책사로서 칠순의 나이로 항우를 도왔으나 건의가 받아
    들여지지 않아 결국 항우가 유방에게 패하게 됨.
56) 팔천제자八千諸子 : 항우가 진나라 말에 봉기할 때 따라 나선 고향의 8천
    젊은이들을 가리킴.
57) 무면도강無面渡江 : '무면도강동無面渡江東'의 준말. 일에 실패하여 고향
    에 돌아갈 면목이 없음을 이르는 말.
58) 초나라 회왕懷王은 충신 굴원의 말을 듣지 않고 막내아들 자란의 말만
    듣고 진나라에 들어갔다가 무관武關에 억류되었다가 죽었다고 함.
59) 불여귀不如歸 : 두견새.
60) 토혈吐血 : 피를 토함.
61) 태고太古천황씨天皇氏 : 중국 고대 전설상의 제왕. 삼황三皇의 한 사람으
    로, 12형제가 각각 만 팔천 년씩 왕 노릇을 하였다고 함.
62) 태호太昊복희씨伏羲氏 : 중국 고대의 전설상의 제왕 또는 신으로 팔괘八
    卦를 처음 만들고 어획·수렵의 방법을 가르쳤다고 함.
63) 태공太公 : 한나라 고조 유방의 아버지를 가리킴. '태공'은 남의 아버지를
    높여 부르는 말로서 이름은 모름.

요, 태평춘도 콩 태 자요, 당태조 명태조 송태조도 콩 태 자요, 위수渭水의 강태공도 궁팔십달팔십窮八十達八十[64] 살아 있고, 시중천자詩中天子 이태백李太白도 기경상천騎鯨上天[65] 하여 있고, 천상의 태을성太乙星[66]도 별 중의 으뜸이라. 나도 이 콩 한낱 달게 먹고 강태공姜太公 같이 오래 살고 태을선관太乙仙官[67] 되었으리라."

까투리 기가 막혀 물러서니 장끼란 놈 거동 봐라. 콩 먹으러 들어갈 때 열두 장목 퍼트리고 한 걸음에 뛰어들어 민날[68] 같은 주둥이로 번개 같이 콕 찍으니, 차귀[69] 기둥 벗어지면서 역사철퇴力士鐵堆 버금 수레 때린 박낭사중博浪沙中[70]듯이 와지끈 푸드득 껄껄 변통 없이 치었구나. 까투리 거동 보소. 누빗머리 산발하고 두 발을 동동 가슴을 쾅쾅 치면서 상하평전 잔디밭에 떼굴떼굴 구르면서 애고 답답 우는 말이,

"독약毒藥이 고구苦口나 이어병利於病이요, 충언忠言이 역이逆

---

64) 궁팔십달팔십窮八十達八十 : 여든 살은 가난하고 여든 살은 현달했다는 뜻. 강태공의 삶을 가리킴.
65) 시중천자詩中天子 이태백李太白도 기경상천騎鯨上天 : 시를 가장 잘 지었던 이백도 죽어서 고래를 타고 승천했다는 고사를 가리킴.
66) 태을성太乙星 : 북쪽 하늘에 있으면서 전쟁·재화災禍·생사를 맡아 다스린다고 하는 신령한 별.
67) 태을선관太乙仙官 : 태을성을 맡아보고 있는 신관.
68) 민날 : 밖으로 날카롭게 드러난 칼이나 창 따위의 날.
69) 차귀 : 덫의 충남 방언.
70) 박낭사중博浪沙中 : 장량이 창해 역사力士로 하여금 한나라의 원수를 갚기 위하여 진시황을 죽이고자 저격하던 곳으로, 진시황은 맞지 않고 그 다음 수레를 맞히어 실패함.

耳나 이어행利於行이라71)고 하였으니, 내 말만 들었으면 저런 환이 있을쏘냐. 황건역사필유사黃巾力士必有死라 너 죽을 줄을 네 몰랐더냐."

장끼란 놈 숨찬 중에 하는 말이,

"에라 이년 요란하다. 선미련후실기先未練後失期72)라 죽는 놈이 탈 없으랴. 호환虎患73)을 미리 알면 산에 갈 이 누가 있으며, 수환水患74)을 미리 알면 물에 갈 이 누가 있으랴. 내 신수가 불길한데 독에 든들 면할쏘냐. 이것이 다 팔자로다. 초패왕의 역발산力拔山75)도 비전지조요 관운장關雲長의 인후仁厚한 도량度量도 여몽呂蒙의 간계奸計에 빠졌으니 고금의 영웅들도 팔자를 속이지 못한 바라. 그러나 이내 몸은 기한을 못 이기어 무주공산無主空山 차귀 속에 씌었으니 명재경각命在頃刻76)할 길도 없다. 죽고살기는 맥으로 안다고 하니 맥이라 짚어 다오."

까투리가 정신을 차려 진맥하고 하는 말이,

"태충맥太衝脈77)은 끊어지고 명맥命脈이 경각이라."

---

71) 독약이 입에 써나 병에 이롭고, 충언이 귀에 거슬리나 행동에 이롭다는 뜻.
72) 선미련후실기先未練後失期 : 미련하게 굴면 후에 적당한 때를 놓친다는 뜻임.
73) 호환虎患 : 사람이나 가축이 호랑이에게 당하는 환란.
74) 수환水患 : 수해로 인한 환란.
75) 초패왕의 역발산力拔山 : 초패왕 항우가 한나라에 의해 포위되어 죽기 전에 지어 불렀다는 노래에 나오는 표현으로서, 힘은 산을 뽑을 만하다는 뜻임.
76) 명재경각命在頃刻 : 금방 숨이 끊어질 지경에 이름.
77) 태충맥太衝脈 : 족궐음간경에 속하는 혈穴의 하나. 엄지발가락과 집게발가락 사이로부터 발등 위로 두 치 자리에 있음.

라고 하니 장끼란 놈이 숨찬 중에 이른 말이,

"내 눈에 동자부처[78] 있는가 보아 다오."

까투리가 안채를 잠깐 보고 하는 말이,

"이제는 할 수 없네. 왼편 부처는 하직 없이 달아나고 오른편 동자부처는 금방 길을 뜨려 하고 파랑보에 짐을 싸고 길목짚신[79] 감발[80]하고 눈물 닦고 돌아서니 이제는 살 길이 전혀 없네. 에고 답답 내 일이야. 팔자도 험할시고. 첫째 낭군 얻었더니 독수리가 툭 채어가고, 둘째 낭군 얻었더니 수리매가 툭 차 가고, 셋째 낭군 얻었더니 난데없는 청삽사리가 왈칵 달려 물어 가고, 넷째 낭군 얻었더니 사냥개가 물어 가고, 다섯째 낭군 얻었더니 푸지개군 잡아가고, 마지막 낭군 얻었더니 사랑도 못 되어서 쇠차위에 털썩 치어 아주 죽게 되었으니, 망신살을 가졌는가 상부喪夫[81]도 잦을시고. 에고 답답 설움이야, 불쌍할사 맞배 애기 혼인등절을 어이하며 뱃속의 유복遺腹 애기 해복解腹[82] 구완은 누가 할꼬. 백년해로를 바랐더니 영결종천永訣終天[83]이 된다는 말인가. 어느 천 년에 다시 볼꼬."

---

78) 동자瞳子부처 : 눈동자에 비치어 나타난 사람의 형상을 가리킴.
79) 길목짚신 : 먼 길을 가는 데 신는 짚신.
80) 감발 : 발감개버선이나 양말 대신 발에 감는 좁고 긴 무명천을 한 차림새. 여기서는 그러한 차림새를 함. 장끼가 눈동자가 풀리면서 죽어가는 모습을 표현한 것.
81) 상부喪夫 : 남편을 잃음.
82) 해복解腹 : 해산.
83) 영결종천永訣終天 : 죽어서 영원히 이별함.

장끼란 놈 반 눈 뜨고 탄식하여 하는 말이

"다른 말 다 던지고 상부 잦은 네 가문에 장가든 내 실수라. 또한 사자死者는 불가불생不可不生이라, 다시 볼 길 없거니와 구태여 보려거든 내일 아침 조식早食84)하고 차위임자 따라가면 사또 상에 내 얼굴을 보려니와 그렇지 아니하면 어디에 가서 만나보리. 너는 애통 말고 차위나 조금 들어다오."

까투리가 하는 말이,

"그런 말 내도 마소. 내 힘으로 할 수 없네."

장끼란 놈이 숨을 모으면서 이른 말이,

"힘대로 나를 빼어다오."

까투리가 달려들어 덥석 물고 빼려 하니 속절없이 털만 문척문척해진다.85) 장끼란 놈이 숨찬 중에 하는 말이,

"이년이 알꿩을 장만한다. 차위 임자 수고 쓰게 하지 않으려고. 어라 이 년 내가 지레 죽겠다."

까투리가 하는 말이,

"인생에 한번 죽음은 제왕도 면하기 어렵거니와 이 아니 불쌍한가. 우리 처음 만날 적에 산의 과실을 양식을 삼아 거래去來 청산 노니다가, 혼례 언약 연길涓吉86)할 때 궁합이 불길하던가 조물이 시기한가."

---

84) 조식早食 : 아침밥을 일찍 먹음.
85) 문척문척하다 : 연하거나 무른 물건이 조그만 건드려도 끊어지거나 잘라지는 모양.
86) 연길涓吉 : 혼인 따위의 경사를 위하여 좋은 날을 고르는 일.

눈물을 짓고 탄식할 때 차위임자 탁첨지가 헌 파립破笠[87] 젖혀 쓰고 평막대 드던지면서 헐떡헐떡 올라와서 장끼를 빼어 들고 희희낙락 춤을 추며,

"내 재주가 용하던가. 네가 죽을 날이던가. 앞남산 돌워 밟아 물 먹으러 네 왔더냐. 뒷동산 작작灼灼[88] 화초 구경 차로 왔더냐. 산신령의 점지한가 녹수청산 풍설風雪 중에 마음대로 왕래하던 너를 이제 잡았으니 네 구족九族[89]을 잡을 차로 산신님께 제하리라."

꿩의 혀를 빼어 바위 위에 정히 놓고,

"비나이다, 산신님께 비나이다. 하늘에서 내리고 땅에서 나는 것들이 사방에서 모두 그물에 잡히게 하옵소서."

빌기를 마친 후에 탁첨지가 장끼를 매지 망태에 담아 지고 집으로 가는지라. 까투리 할 수 없어 장끼의 혀를 찾아 장사를 하려 하고 칡잎으로 이불하고 당대미로 결관結棺[90]하여 애송목 휘추리로 명정銘旌[91]을 썼으되 '산림처사山林處士 화충華蟲'라고 대서특필[92] 하였다.

---

87) 파립破笠 : 해어지거나 찢어진 갓.
88) 작작灼灼 : 꽃이 핀 모양이 화려하고 찬란함.
89) 구족九族: 외조부 · 외조모 · 이모의 자녀 · 장인 · 장모 · 고모의 자녀 · 자매의 자녀 · 딸의 자녀 및 자기 동족.
90) 결관結棺 : 줄기직 따위로 관을 싼 위에 숙마줄로 밤얽이를 쳐서 동임.
91) 명정銘旌 · 다홍 바탕에 휜 글씨로 죽은 사람의 품계 · 관직 · 성씨를 기록한 기.
92) 대서특필大書特筆 : 큰 글자로 씀.

초상은 쳤거니와 장사를 어이하리. 명산을 잡아 쓰자 한들 풍수도 못 만나고 구산舊山[93]을 가자한들 길이 멀어 어이할꼬. 묵밭머리 터를 잡아 건어하고 굴밤딱지 술잔 하고 싸리가지 저범 걸어 이리저리 차려놓고 조문꾼을 볼작시면 누구누구 모였던고. 의관이 좋은 두루미는 헌관獻官[94]으로 맡겨 놓고 소리가 좋은 따오기는 축관祝官[95]으로 맡겨 있고 공사원은 누구일고. 말 잘하는 노고지리 음식 분파 누구일고. 몸 가벼운 제비로다. 따오기 꿇어앉아 축문을 외울 적에,

"유維 세차歲次 모년모월모일某年某月某日에 애자哀子[96] 주리[97] 등은 감소고우敢昭告于 산림처사부군山林處士府君 형귀둔석形歸窀穸 혼반실당魂返室堂 신주미성神主未成 복유존령伏惟尊靈 사구종신舍舊從新 시빙시의是憑是依.[98]"

독축讀祝[99]을 다한 후에 재배하고 집으로 돌아와서, 반혼제返魂祭[100]를 차려 놓고 초성初聲[101] 좋은 꾀꼬리는 독축관을 맡길 적에, 난데없는 소리개가 허공에 높이 떠 와 문상하고 이른

---

93) 구산舊山 : 조상의 무덤이 있는 곳.
94) 헌관獻官 : 나라에서 제사를 지낼 때 임시로 임명하던 제관祭官.
95) 축관祝官 : 제사 때 축문을 읽는 사람.
96) 애자哀子 : 부모 중 한 분이 돌아갔을 때 상제 되는 사람이 스스로를 일컫는 말.
97) 주리 : 새끼.
98) 장례 때 읽는 축문.
99) 독축讀祝 : 축문을 읽음.
100) 반혼제返魂祭 : 죽은 사람의 혼을 집으로 불러들일 때 지내는 제사.
101) 초성初聲 : 첫소리.

말이,

"어느 놈이 맏 상주오? 한 마리 데려가리라."

라고 하고 그 중에 맏 상주를 덥석 차 가서 층안절벽상에 높이
앉아 노래를 부르면서

"이리 뒤적 저리 뒤적 얼사절사 좋을시고 인간의 제일미第一
味102)를 오늘날 얻었구나. 보리밥에 파김치는 선비님네 제일미
요, 문어전복 해삼 채는 부귀자의 제일미라. 적으나 크나 꿩
한 마리 얻었으니 그 아니 좋을시고. 껄껄 우는 생치탕生雉湯103)
은 연장군鳶將軍104)의 제일미라."

너울너울 춤추다가 바라보니 주리란 놈이 바위 아래 자취
없이 숨었구나. 할 일 없어 탄식하고 이른 말이,

"연나라 형장군도 잡은 진시황 놓아 있고 인후하신 관운장도
화용도華容道105) 좁은 길에 조조를 잡았다가 도리어 놓았으니,
연장군이 주리 하나 잃었던들 관계하랴. 이 역시 적선積善106)이
라 자손이 흥성할 운수로다."

사설辭說107)할쯤에 태백산 갈가마귀가 팔공산에 구경 갔다가
중도에 허기를 만나 요기차로 들어와서 문상問喪하고 탁주 삼배

---

102) 제일미第一味 : 가장 맛있는 음식.
103) 생치탕生雉湯 : 익히거나 말리지 않은 꿩고기로 만든 탕.
104) 연장군鳶將軍 : 솔개.
105) 화용도華容道 : 위나라의 조조가 적벽대전에서 패한 후 도망하다가 관우
    를 만난 길.
106) 적선積善 : 착한 일을 많이 함.
107) 사설辭說 : 잔소리나 푸념을 길게 늘어놓음.

三盃[108]를 먹은 후에 반취半醉[109]하여 하는 말이,

"초상에 빚이나 아니 두었으며 어린 자식 데리고 심사가 오죽하오리까. 그러나 장생원[110]이 풍채도 좋거니와 심덕心德[111]을 볼지라도 장수할까 바랐더니 콩 한낱을 못 참아서 비명非命[112]에 갔다는 말인가. 우리는 그런 음식을 먹었더라면 병신의 자식이로세. 오늘날 이 말하기가 박절하나 장수 나자 용마龍馬 나는[113] 격으로 우리 둘이 만났으니 백년해로 어떠하오."

까투리가 한숨 짓고 이른 말이,

"말씀은 좋소마는 졸곡卒哭[114]도 아니하고 개가하여 간다는 말인가. 금생여수金生麗水[115]라고 한들 물마다 금이 나며 옥출곤강玉出崑岡[116]이라고 한들 뫼마다 옥이 날까. 그런 말 내도 맙소."

갈가마귀가 크게 웃으며 말하였다.

"네 말이 가소롭다. 수절인지 기절氣絕인지 네 기氣에 당할쏘냐. 만고절색 왕소군王昭君도 타국他國에 고혼孤魂[117]이 되어 있

---

108) 삼배三盃 : 세 잔.
109) 반취半醉 : 반틈 취함.
110) 장생원 : 장끼를 가리킴.
111) 심덕心德 : 어질고 너그로운 품성.
112) 비명非命 : 뜻밖의 재난으로 죽음.
113) 장수 나자 용마龍馬 난다 : 일이 잘 되느라, 적합한 조건이 잇달아 생길 때 이르는 말.
114) 졸곡卒哭 : 사람이 죽은 지 석 달 만의 정일丁日이나 해일亥日에 지내는 제사.
115) 금생여수金生麗水 : 금은 여수麗水에서 나온다는 뜻.
116) 옥출곤강玉出崑岡 : 옥玉은 곤강崑岡에서 남.
117) 왕소군王昭君도 타국他國에 고혼孤魂 되다 : 중국 4대 미녀 중 한 사람.

고 천추에 유명한 양귀비도 죽었으니 고혼이라. 가련한 네 한 몸이 죽었으면 그뿐이라. 고금천지에 열녀충신이 많건마는 까 투리 죽은 곳에 열녀각은 못 볼러라."

이렇듯이 힐난詰難118)할 때 앞산의 쑥부엉이가 상처하고 환 거鰥居119)로 지내다가 까투리의 상부 소식을 풍편風便에 넌짓 듣고 불문곡직不問曲直120) 찾아와서 문상하고 돌아보니 옆에 앉은 갈가마귀 몸도 검고 부리도 괴이하다. 어른이 볼작시면 기거起居121)도 아니하고 언연偃然122)히 앉았다가 대책하니, 갈 가마귀 크게 화내어,

"무식한 저 부엉아, 네 말이 구상유취口尙乳臭123)로다. 어른의 말씀을 자세히 들어보아라. 이내 신수 비록 부족하나 니구산尼 丘山에 올라가서 숙량흘叔梁紇124)이 비는 것을 구경하고 수양산 首陽山에 올라가서 백이숙재伯夷叔齊를 보아 있고 계명산雞鳴山

한나라 원제 때의 궁녀로 황제의 후궁이 되었으나 화공의 실수로 사랑을 받지 못하다가 흉노의 왕후로 보내져 살게 되었음. 자식을 낳고 살면서 고향으로 돌아가기를 고대했으나 끝내 귀향치 못하고 죽었다는 고사임.
118) 힐난詰難 : 트집을 잡아 거북할 만큼 따지고 듦.
119) 환거鰥居 : 홀아비로 삶.
120) 불문곡직不問曲直 : 옳고 그름을 따지지 않음.
121) 기거起居 : 손님을 맞기 위하여 일어섬.
122) 언연偃然 : 거드름을 피우며 거만함.
123) 구상유취口尙乳臭 : 입에서 아직 젖내가 난다는 뜻으로, 말이나 하는 짓이 아직 어림을 일컫는 말.
124) 숙량흘叔梁紇 : 공자의 아버지. 춘추시대 노魯나라 사람으로서 성은 공孔 이고 이름이 흘紇이며 자가 숙량叔梁이다. 니구산에서 백일기도 끝에 공자를 낳았다.

에 올라가서 장자방張子房이 사행곡을 부르므로 화답하고 내가
왔으니 만고에 높은 어른 내 아니고 그 누구요."

이러하게 힐난할 제 어디에서 옷 색깔이 붉은 새 한 마리가
훌훌 날라 들어와서 조상하고 물러 앉아

"나도 이럴망정 초나라 망제로서 창오산蒼梧山[125] 깊은 밤에
불여귀로 토혈하고 문상차로 왔거니와 가세家勢를 의논하건대
너희 중에 어른이로다."

까투리 이른 말이,

"남의 제청에 와서 어른 자랑 웬일인고."

또 오리란 놈이 까투리의 상부 소식을 풍편에 넌짓 듣고 장가
질을 차릴 적에 소상강瀟湘江 기러기는 혼수함을 걸머지고 까치
는 관대판冠帶板을 걸머지고 말 잘하는 할미새는 전배前陪[126]
하인 앞세우고 섭수 있기 찾아와서,

"우리 서방님 장가 차려 왔나이다."

까투리가 이른 말이

"궁합도 아니 보고 배필을 정할쏘냐."

오리란 놈이 하는 말이,

"신랑신부 함께 자면 궁합이 되느니라. 손금이나 짚어 보세.
일상생기一上生氣 이중천의二中天宜[127] 내일은 불길하고 오늘이

---

125) 창오산蒼梧山 : 중국 호남성湖南省에 있는 산으로서 순舜임금이 사냥하
러 갔다가 죽었음. 구의산九疑山이라고도 함.
126) 전배前陪 : 벼슬아치의 행차 때나 상관의 배견拜見 때, 앞에서 인도하던
하인.

대길大吉[128]이라 잔말 말고 잠을 자세."

까투리가 이른 말이,

"나의 생애生涯[129] 좋건마는 수궁생애 어떠하오."

오리란 놈이 이른 말이,

"수궁생애 볼작시면 동해서해 깊은 물에 임의대로 왕래하며 은린옥척銀鱗玉尺[130] 좋은 생선 식량食量[131]대로 장복하니 세상의 좋은 생애 수궁밖에 더 있는가."

까투리가 이른 말이,

"허허 그 말 가소롭다. 수궁 생애 좋다고 한들 육지 생애와 같을쏘냐. 우리 생애 들어보소. 천리만리 넓은 들과 천산만산千山萬山 높은 봉우리에 덩그렇게 높이 올라 사해팔방 구경할 제 경개景槪가 절승絕勝[132]하니 상춘賞春[133]이라. 꽃구경도 좋거니와 녹음방초綠陰芳草[134] 더욱 좋다. 위성양류 버들 속에 황금 같은 꾀꼬리는 환우성喚友聲[135]을 노래 불러 춘광春光[136]을 희

---

127) 일상생기一上生氣 이중천의二中天宜 : 그날의 운수를 알아보기 위해 손가락을 이용하여 팔괘와 효를 헤아리는 것임. 상련相連, 일상생기, 이중천의, 삼하절체三下絕體, 사중유혼四中遊魂, 오상화해五上禍害, 육중복덕六中福德, 칠중절명七下絕命, 팔중귀혼八中歸魂 순서로 헤아림.

128) 대길大吉 : 운이 썩 좋음.

129) 생애生涯 : 생계.

130) 은린옥척銀鱗玉尺 : 모양이 좋고 큰 물고기.

131) 식량食量 : 음식을 먹는 분량.

132) 경개景槪 절승絕勝 : 경치가 뛰어남.

133) 상춘賞春 : 봄 경치를 구경하며 즐김.

134) 녹음방초綠陰芳草 : 푸르게 우거진 나무와 향기로운 풀. 여름을 가리킴.

135) 환우성喚友聲 : 벗을 부르는 소리.

롱하고 동원東園의 도리桃李137)가 작작灼灼138)한 봄에 노는 봉접
蜂蝶139)이 춤을 추고 만산홍록滿山紅綠140) 자랑하여 층암절벽層
巖絕壁141) 화초 속에 이리 가고 저리 가며 껄껄 울고 활개 칠
때 그 아니 호강이며, 산과 목실木實142) 좋은 과실이 간 곳마다
노적露積143)하고 흥취가 게워 노닐 적에 누구 아니 부러워할까."

오리란 놈이 할 수 없어 하는 말이,

"네가 일정 내 말 아니하니 훗날 다시 보자."

하고 가는지라 까투리가 이른 말이,

"마음 심란하게 여기지 말고 섭섭할지라도 부디 평안히 가옵
시오."

하니 하직하고 떠나는지라.

그렁저렁 산그름 내려오면서 초동樵童 목수牧豎144)가 시절가
時節歌145)를 노래하되,

'어떤 사람 팔자 좋아 각도 방백方伯,146) 각읍 수령이 되어
호사好事로 다니는고. 허위허위.'

---

136) 춘광春光 : 봄빛.
137) 동원東園의 도리桃李 : 동쪽 뜰의 복사꽃과 배꽃.
138) 작작灼灼 : 꽃이 핀 모양이 화려하고 찬란함.
139) 봉접蜂蝶 : 벌과 나비.
140) 만산홍록滿山紅綠 : 붉고 푸른 것이 온 산에 가득함. 봄을 가리킴.
141) 층암절벽層巖絕壁 : 몹시 험한 바위가 겹겹으로 쌓인 낭떠러지.
142) 목실木實 : 나무의 열매.
143) 노적露積 : 곡식 따위를 한데에 쌓아 둠.
144) 초동樵童 목수牧豎 : 땔나무하는 아이와 목동.
145) 시절가時節歌 : 시절을 읊은 민요.
146) 각도방백各道方伯 : 관찰사.

그 소리에 모두 다 흩어지더라.

己酉 閏二月 書[기유년 윤이월 쓰다]

Ⅲ. 〈자치기라〉 원문

건곤니 됴판ᄒ고 만물니 번셩ᄒ야 유모츙도 삼빅니요 유익츙도
삼빅니라 그가온ᄃᆡ 쒱의 몸니 싱겻시니 의관은 오쉭니요 별호
난 화츈니라 산금야슈의 쳔칭으로 ᄉᆞ름을 멀니ᄒ고 운림벽계
양지편의 울울창송 졍ᄌᆞ슴아 굼일면셔 쥬어먹고 임직 읍시 호
강할졔 음흉ᄒᆞᆫ ᄉᆞ름ᄃᆞ리 무죄ᄒᆞᆫ 우리ᄃᆞᆯ을 굿ᄐᆡ여 ᄌᆞ브ᄃᆞ가 슴
ᄐᆡ육경 슈령방빅 실토록 장복ᄒ고 장목을 골나 ᄂᆡ여 ᄉᆡ졍방의
문지씬니 공덕인들 읍실소야 이ᄂᆡ 몸 겁니 만ᄋᆞ 슈풀 밋틔 슘엇
ᄃᆞ가 헌화셰계 보려고 빅운산 숭숭봉의 허위허위 올나간니
몸 긔가운 보릭밋는 예도 덜넝 졔도 덜넝 모리쑨 영긔는 여기
번듯 져기 번듯 쎡갈닙 뒤젹뒤젹 ▫▫▫▫

사라날 길 젼니 읍ᄃᆞ 소로길로 ᄃᆞ라난니 푸지긔군 포슈들은
좌우편 둘넛시니 사라날 길 젼니 읍ᄃᆞ 엄동셜한 쥬린 김싱 그
어ᄃᆡ로 가단말고 보름가티 너른 밧 ᄉᆞ흥평젼 눈 녹은 ᄃᆡ 콩
한낫치 들엇신니 쏭 쥬으로 가ᄌᆞ셔라 장꿩 치리 볼쥭시면 ᄃᆡ홍
단젼 치민의 초록궁초 지슬 ᄃᆞ라 쥬먹베실 옥관ᄌᆞ의 황홀난칙
됴ᄒᆞᆫ 틔두 ᄎᆞ국ᄃᆡ장 위염니라 까토리 치리 볼쟉시면 슈쥬비단
잔뉘비을 졔법으로 단장ᄒ고 머리틱도 볼쥭시면 훗튼 머리 갈

다드무 밉슈잇기 집어언고 콩 ㅅ쥬으로 가ᄌ셔라 열두 쌀 ᄋ홉
아들 슈믈 ᄒᄋ ᄌ여 등을 압셰우고 뒤셰우고 어셔 가ᄌ 밧비
가ᄌ ᄉᄒ평젼 너른 밧 골골리 느러셔셔 너난 져골 줍고 나는
이골 줍ᄌ 쳔불싱 무록니라 ᄒ엿시니 일포식ᄒᄌ ᄒ고 졈졈
쥬어 드러간니 난디 읍

난 불콩 ᄒᄋ 덩그럿키 노엿거날 장씨란 놈 디혹ᄒ야 니른 말리
어허 그콩 소담ᄒᄃ 나 혼ᄌ 먹으리ᄅ 쌋토리 이른 말리 여보
그콩 먹지무오 셜상의 유인젹ᄒ니 그 ᄌ쵀 고이흔 ᄌ쵀로ᄃ
ᄃ른 ᄌ쵀 젼니 읍고 입으로 훌훌 불고 비로 쌀쌀 씬 ᄌ쵀가
당그럿키 노엿시니 그 ᄌ쵀 고니ᄒᄋ 즁씨란 놈 니른 무리 네
말리 미련ᄒᄃ 잇쩌는 동지셧달 엄동니라 쳡쳡니 씨닌 눈이
곳곳지 덥펏시니 쳔슨의 조비졀니요 만경의 인죵멸니ᄅ 스름
ᄌ쵀가 셜즁의 잇실소야 간밤의 꿈을 ᄭ니 오운을 ᄌ비 틱고
쳔승의 올나가셔 옥황젼의 현알ᄒ니 옥황니 ᄒ감ᄒᄉ 살님쳐ᄉ
봉ᄒ시고 별급으로 콩 ᄒ 셤을 틱니신니 이 콩 ᄒ낫 그 안니
반가온가 기ᄌ은 니위식니요 갈ᄌ는 니위음니라

ᄒ날리 쥬신 콩을 늬 엇지 무ᄃᄒ리 잣말 말고 물너거라 쌋토리
니른 마리 그꿈은 그러ᄒ나 늬 꿈으로 볼죽시면 쑴무ᄃ 흉몽니

라 어졔밤 니경초의 쑴을 쑨니 북망산 노푼 봉의 찬브름니 니러
나며 틱으금 드난 칼로 즈니 머리 덩경 비여나리친니 그듸 죽을
흉몽니아 안인가 졔발 그콩 먹지무오 장끼란 놈 니른 마리 어허
그쑴 미오 조트 니몸니 션봉되야 투고을 더퍼 씨고 압녹강을
건너가셔 틱으금 드난 칼로 즁원을 항복밧고 승견고을 울니면
셔 총독듸즁 될 쑴니라 그런 쑴만 쑤어두고 쌋토리 니른 마리
슴경의 쑴을 쑨니 일가졔족 드 모와셔 잔치을 크기 할 졔 시물두
폭 치일 고쥬썩가 직근동 부러지며 그듸 몸을 함속 더퍼 보니신
니 그 안니 흉몽닌가 졔발 그콩 먹지무오 장끼란 놈 니른 마리
츠일을

p.5

더퍼쎠 보닌니 그난 일모쳥산 졔문 날의 화초병풍 둘너치고
잔듸장판의 칙이불을 훅겨 덥고 너와 나와 흔 몸 되야 이리져리
할 쑴니라 염여말고 물너쎠라 까토리 이른 마리 오늘밤 오경초
의 쑴을 쑨니 즈미원 듸즁셩니 그듸 압픽 써러져 보인니 그듸
장셩 안니신가 슴국시졀 요란할 졔 공명션싱도 오장원의셔 즁
셩니 써러졌시니 으미도 그듸 즁셩 안니신가 장끼란 놈 니른마
리 어허 그 쑴 더옥 조트 쳔승의 별니 써러져 보니 기난 옛일로
비할진듸 헌원씨 어만님도 헌원씨을 나흘 젹의 북두칠셩 졍기
틔셔 허워씨을 나흐시고 견우셩 직여셩도 칠월칠셕 상봉흔니
그도 쏘흔 연분니라 됴흘시고 됴흘시고 네 몸의 틱기 잇셔 아들

나흘 길몽일ᄃ 걱정말고 물너거라

까토리 이른 마리 어졔밤 첫시복의 쑴을 쑤니 화복단중 졍니ᄒ
고 육니쳥산 논일 젹의 난ᄃ 음난 쳥삽사리 왈칵 쒸여 달여든니
질식ᄒ여 삼밧트로 드러간니 굴근 삼ᄃ 부러지고 가는 삼ᄃ
씨러져셔 이ᄂ 몸의 휘휘친친 감겨 보인니 이ᄂ 과부 되야 거상
할 쑴 분명ᄒ오 쟝씨란 놈 ᄃ로ᄒ야 두 발질로 닙더 츠며 어라
이연 호양연 졔 가쟝 몰나보고 남으 가쟝 질기ᄃ가 홍ᄉ로 졀박
ᄒ고 북을 지여 슘노 네 거리의 회시ᄒ고 난즁 ᄆ질 쑴니로ᄃ
그른 쑴만 쑤ᄃ가는 압쟝깅니 부러질나 까토리 무츰ᄒ야 줌줌
ᄒ고 안즈ᄃ가 쏘 ᄃ시 이른 마리 ᄋ무리 기ᄒ니 ᄌ심ᄒ여 부ᄃ
그 콩 먹지 ᄆ오 쟝씨란 놈 니른 마리 시쟝ᄒ고 쥬린 즁의 염치
을 엇지 알니 누항단포 쥬린 염치 슘십의 요ᄉ하고 빅기

슉졔 츙졀 염치 슈양산의 아ᄉ로ᄃ 염치도 부지럽고 먹난 거시
웃듬니라 흔광무 즁흥할 졔 분분 젼쟝 쥬리ᄃ가 호ᄐᄒ 믹반을
달기 먹고 즁흥 졔업 ᄒ여 잇고 빈쳔흔 한신니도 회음셩 ᄒ
쥬리다가 표모 밥을 달기 먹고 흔국 ᄃ쟝 되엿시니 기ᄒ니 지신
니 불고염치라 나도 니 콩먹고 크기 될 쥴 뉘 알소야 까토리
이른 마리 그 콩 흔 ᄀ 달기 먹고 크기 될 쥴 ᄂ가 먼져 요량ᄒ고

즁원진스 동당급졔 ㅁᄃᄒ고 잔듸 찰방 슈망으로 황쳔부스 츄
고ㅁᄌ 청산 현감 할지라도 날낭 부듸 원망 ㅁ오 옛글로 볼족시
면 고집으로 망신ᄒ 니 몇몇친고 진시황도 고집ᄒ야 부소 말을
안니 듯고 궁심소락 솜십 연의 호희으계 망국ᄒ고 초픽왕으
못실 고집 범징으 말 안니 듯고 팔쳔 졔ᄌ모도 죽여 무면도강
ᄒ여 잇고

p.8

초픽왕으 고집 보소 굴원으 말 안니 듯고 무관의 갓쳣ᄃ가 가련
ᄒ고 ㅁㅁ되야 불려귀로 토혈ᄒ니 그듸 너무 고집ᄒ야 이ᄂ
말을 안니 듯고 오날 망신할지라 부듸 날을 원망 ㅁ오 장쎄란
놈 니른 마리 콩 먹ᄃ고 ᄃ 죽으랴 옛글로 볼족시면 콩 틱 ᄌ
든 듸ㅁᄃ 오릐 살고 귀히 되엿시니 엇지 안니 즁할소야 틱고쳔
황씨는 일만 팔쳔 셰 사라 잇고 틱호 복희씨는 경싱지졍 셩군
되고 틱공지ᄌ 유방니는 팔 연을 스호ᄃ가 흔틱됴가 되여 잇고
각국의 틱ᄌ 일홈 국가의 근본니요 틱평츈도 콩 틱 ᄌ요 당틱됴
명틱됴 송틱됴도 콩 틱 ᄌ요 위슈의 강틱공도 궁팔십달팔십
스라 잇고 시즁쳔ᄌ 니틱빅도 기경승쳔 ᄒ여 잇고 쳔승의 틱을
셩도 별 즁의 웃듬니라 나도 니 콩 흔낫 달기 먹고 틱공 갓치
오릐 살고 틱을션관 되오리ᄅ

p.9

까토리 기구 막켜 물너신니 장끼라 놈 거동보라 콩 먹으로 드러
갈 졔 열두 장목 펏트리고 한 거름의 쮜여드러 밋날갓튼 쥬둥니
로 번기 갓치 콕 찍은니 칙기고동 버서지며 박낭수즁 역수쳘되
버금 슈리 쓰린듯시 와직근 푸드득 썰썰 변통읍시 치엿구나
까토리 거동보소 뉘비머리 산발ᄒ고 두발을 동동 가슴을 쾅쾅
치며 슝ᄒ평젼 잔듸밧틔 듸굴듸굴 궁글면셔 익고답답 우난 마
리 독약니 고구나 니어병니요 츙언니 역나나 이어힝니라 ᄒ엿
시니 늬 말만 드럿시면 져른 환니 잇실손가 황건역수필류수라
너 쥭을 쥴을 네 몰나드야 장끼란 놈 슙찬 쥼의 ᄒ난 마리 어라
니연 요란ᄒ듸 션미련후실기라 쥭난 놈니 탈 읍시랴 호환을
미리 알면 산의 가리 뉘 잇시며 슈환을 미리 알면 물의 가리
뉘 잇시라

p.10

늬 신슈 불길ᄒ야 독의 든들 면할소야 니거시 듸 팔즈로다 초픽
왕으 발산역도 비젼지되요 관운장으 인후도량 여몽으 간계의
샛즈시니 고금영웅들도 팔즈을 속니지 못한 빅라 그러나 니늬
몸은 기훈을 못이기여 무쥬공산 칙기속의 씨엿시니 명직경각할
길 읍듸 죽고 살기난 믹으로 안즈 ᄒ니 믹나라 지펴듸고 신토리
졍신추려 진믹ᄒ고 ᄒ난 말리 팀츙믹니 싄어지고 명믹니 경각
니라 ᄒ니 장끼란 놈 슙찬 쥼의 니른 마리 닉는의 동즈부치

218 자치기라

잇난가 보아 두고 신토리 안치을 좀간 보고 한 마리 이계는
흐릴 읍늬 왼편동주 부치는 한직읍시 두라나고 오른편 동주부
치는 금방 질을 쓰랴한고 프랑보의 짐을 쏫고 질목집신 감발한
고 눈물 싹고 도라신니 이계은 살길늬 젼니 읍늬 익고답답 늬
일니

p.11
야 팔주도 험할시고 첫지낭군 어덧더니 독소리가 툭 츠가고
둘지낭군 어더던니 슈건믜가 툭 츠가고 셋지낭군 어더던니 난
듸 읍난 청습스리 왈칵 달여 무러가고 넷지낭군 어더던니 산영
기가 무러가고 다섯지낭군 어더던니 푸지기군 주부가고 말지낭
군 어더던니 스랑도 못듸와셔 쇠착기의 털석 치여 아쥬 쥭기
되엿시니 망신살을 가잣난가 승부도 주질시고 익고답답 어니할
고 병늬 드러 쥭단말가 단불의 나부갓치 풀입펴 이실가치 덧읍
시 되엿구나 의고답답 셔름늬야 불승할스 맛빅이기 혼닌등졀
어니한며 빅 속의 유복이기 희복구완 뉘가 할고 빅연히로 브릐
더니 영결종쳔니 된단말가 언으 쳔연 두시 볼고 장기란 놈 반눈
쓰고 탄식한여 한는 말리 드른 말 두 던지고

p.12
상부 주진 네 가문의 중기든 늬 실체라 쏘한 스주는 불가부싱니
라 두시 볼길 읍건니와 구틔여 보랴거든 늬일 으침 조식한고

착기임직 쓰라가면 병영슈또 도님상의 늬 얼골을 보련니와 그
럿치 안니ᄒ면 어듸 가셔 만늬 보리 너난 너무 익통말고 착기나
조곰 드러듸고 ᄭᅡ토리 ᄒ는 마리 그런 말 늬도 ᄆ소 늬 심으로
할 슈 읍늬 장ᄭᅵ란 놈 슘 모두며 니른 말리 심듸로 날을 ᄲᅦ여듸
고 신토리 달여드러 덥벅 물고 ᄲᅦ려 ᄒ니 속졀읍시 털만 문청
문어진듸 장기란 놈 슘찬 즁의 ᄒ난 말리 이연니 알셍을 즁만ᄒ
듸 착기님직 슈고 안니 씨리랴고 어라 니연 늬가 지러 쥭깃듸
신토리 ᄒ는 마리 인싱일수는 졔왕도 면ᄒ기 어렵건니와 이
난니 불상ᄒ가 우리 쳐음 만닐 젹의 산실과을 양식수ᄆ 거릐청
산 논니듸가 혼이

p.13

언약 연길할 졔 궁합니 불길턴가 됴물니. 시기흔가 눈물 짓고
탄식할 졔 착기임직 탁쳠지가 헌 ᄑ립 직쳐 씨고 펴막듸 드던지며
헐덕헐덕 올나와셔 장ᄭᅵ을 ᄲᅦ여 들고 히히낙낙 츔을 츄며 늬
직조가 용ᄒ던가 네가 쥭을 날니던가 압남산 도도 발ᄇ 물 먹으로
네 왓던야 뒤동산 작작화초 구경츠로 네 왓더야 산실영의 졉지흔
가 녹슈쳥산 풍셜즁의 임의듸로 왕늬ᄒ든 너을 이졔 ᄌᄇ시니
네 구족을 줍을 츠로 산신님계 졔ᄒ리ᄅ 셍으 셰을 ᄲᅦ여 ᄇ회
우의 졍니 노코 비나니듸 산신님계 비나니듸 동쳔강ᄒ며 동지츌
ᄒ며 동ᄉ방늬피기입오망ᄒ옵소셔 빌기을 맛친 후의 탁쳠지가
징ᄭᅵ을 ᄆ지망틔 담ᄋ 지고 집으로 가는지라 신토리 할길 읍셔

장끼 셰을 츠즈 장수을 ᄒ려 ᄒ고 칙입ᄒ로 이불ᄒ고

p.14

딩딕미로 졀관ᄒ여 익송목 휘츄리로 명졍을 쎳시되 산림쳐ᄉ
화쥰나라 딕셔특필ᄒ엿더라 초상은 첫건니와 장수을 어니ᄒ리
명산 ᄌᄇ 씨즈 한들 풍슈도 못 맛닉고 구산을 가즈 ᄒ흔들 길리
머러 어니할고 묵밧머리 터을 ᄌᄇ 당일닉로 츰푸ᄒ고 당일닉
로 장수할 졔 졔물을 볼즉시면 이실 ᄇᄃ 쳥쥬ᄒ고 씌고리 ᄌᄇ
건어ᄒ고 굴밤쌱지 슐잔ᄒ고 싸리가지 져범 거러 이리져리 츠
려 노코 묘문슌을 볼즉시면 누기누기 모왓던고 이관 묘흔 두리
미은 헌관으로 밐여 노코 소리 조흔 쑫옥니난 츅관으로 밐여
잇고 공수원은 뉘실년고 말 잘ᄒ는 노구지리 음식분푸 뉘길년
고 몸 긔가온 졔비로ᄃ 쑫옥니 쑤러안즈 츅문을 외울 젹의 유셰
츠 모연모월모일의 익즈 쥬리 등은 감소고우 산림쳐ᄉ부군 형
귀둔셕

p.15

혼반실당 신쥬기셩 복유둔영 영수구죵신 시빙시의 독츅을 ᄃᄒ흔
후의 직비ᄒ고 집으로 도라와셔 반흔졔을 츠려 노코 초셩 묘흔
쇠고리는 독츅관을 밐일 젹의 난딕 읍닌 소르기 허공의 노픠
셔와 문상ᄒ고 이른 마리 언으 놈니 맛상쥬요 흔 므리 ᄃ려가리
ᄅ ᄒ고 그즁의 맛상쥬을 덥셕 츠고 칭안졀벽상의 노피 안ᄉ

노릐을 부르면셔 니리 뒤젹 져리 뒤젹 열ㅅ졀ㅅ 조흘시고 인간
의 졔일미을 오늘날 어더ㅅ구나 보리밥의 푸짐최는 션빈님네 졔
일미요 문어 젼복 희삼치는 부귀ㅈ으 졔일미라 져그나 크나
쎙 흔 무리 어더시니 그 안니 조흘시고 썰썰 우난 싱치탕은
연장군으 졔일미라 너울너울 츔츄ᄃ가 ᄇ릭보니 쥬리란 놈 ᄇ
회 으릭 ㅈ최 읍시 슈머ㅅ구나 흐릴 읍셔 탄식ᄒ고 니른 마리
연나라 형즁군도

자분 진시황 노와 잇고 인후ᄒ신 관운즁도 화룡도 조분 질의
됴됴을 ㅈᄇᄶ가 도로혀 노왓시니 연즁군니 쥬리 ᄒ나 일헛신
들 관계ᄒ라 니역시 젹션나라 ㅈ손 홍셩할 슈로ᄃ 스셜할 지음
의 틱빅산 갈가무귀 팔공슨의 귀경갓ᄃ가 즁노의 허기 맛나
요기ᄎ로 드러와셔 문상ᄒ고 탁쥬 슴ᄇ 먹은 후의 반취ᄒ여
ᄒ는 마리 초상의 비지나 안니 됫시며 어린 ㅈ식 ᄃ리고 심ㅅ
오즉ᄒ오릿가 그러나 장싱원니 풍치도 조컨니와 심덕을 볼지라
도 장슈할가 ᄇ릭더니 콩 흔낫츨 못 ᄎᄆ셔 비명의 갓단말가
우리는 그른 음식 먹그드면 병신으 ㅈ식니로셰 오늘날 이말
ᄒ기 박졀나 즁슈 나ㅈ 용ᄆ 나는 격으로 우리 두리 맛ᄂ시니
빅연히로 엇더ᄒ오 갓토리 흔슙짓고 이른 마리 말슴은 죳소만
은 졸곡도 안니ᄒ고 긔가ᄒ야 가단

말가 금싱여슈라 흔들 물ᄆᆞᆮ 금니 나며 옥츌곤강나라 흔들
믜ᄆᆞᆮ 옥니 날가 그런 말 늬도 맙소 갈가ᄆᆞ구 듸소 왈 네 마리
가소롭ᄃᆞ 슈졀인지 기졀인지 네 기의 당할소야 만고졀싘 왕소
군도 특국 고혼되여 잇고 쳔츄유명 양구비도 죽어진니 고혼니
라 가련흔 네 흔 몸니 죽어지면 그ᄲᅮᆫ니라 고금쳔지 열여츙신
만컨만은 갓토리 죽은 고듸 열여각 못 볼너라 이럿트시 힐난할
제 압산의 쑥부흥니 상쳐ᄒᆞ고 환거로 지늬더니 갓토리 상부소
식 풍편의 넌짓 듯고 불문곡직 츠ᄌᆞ와셔 상문ᄒᆞ고 도라보니
엽려안진 갈가ᄆᆞ구 몸도 검소 부우리도 고니흔ᄃᆞ 어룬니 볼죽
시면 기거도 안니ᄒᆞ고 언연니 안자난ᄃᆞ 듸칙흔니 갈가ᄆᆞ구 듸
로ᄒᆞ야 무식흔 져 부흥아 네 마리 구상유츄로ᄃᆞ 어룬으 말슴을
ᄌᆞ셔이 드러보와라

이늬 신슈 비록 부족ᄒᆞ나 니구산의 올나가셔 슉양흘리 비난
거슬 귀경ᄒᆞ고 슈양산 올나가셔 빈니 슉졔을 보와 잇고 계명산
올나가셔 ᄌᆞᄌᆞ방니 스힝곡을 부르기로 화답ᄒᆞ고 늬 왓시니 만
고의 노푼 어룬 늬 안니고 그누기요 잇러ᄒᆞ기 힐난할 제 어듸셔
복식 불근 싀 흔 마리 홀홀 날나 드러와셔 됴상ᄒᆞ고 물너 안ᄌᆞ
나도 이럴망졍 초나라 망졔로셔 창오산 지푼 밤의 부려귀불여
귀로 토혈ᄒᆞ고 상문츠로 왓건니와 가셰을 의논컨듸 너의 즁의

어룬일득 갓토리 이른 마리 남으 졔쳥의 와셔 어룬즈랑 왼일인
고 쏘 오리란 놈 갓토리 상부소식 풍편의 너짓 듯고 즈기질을
츠릴 젹의 소승강 기러구는 혼슈함을 걸머지고 쌋치는 관듸판
을 걸머지고 말 잘흐는 할미싀는 젼빅흐닌 압셰우고 셥슈잇기
츠즈와셔 우리 셔방님 즁기츠려 왓나니득 갓토리 니른 마리
궁합도

안니 보고 빅필을 졍할소야 오리란 놈 흐난 마리 신랑신부 흐테
즈면 궁합니 되난니라 손금나나 지퍼보싀 일상싱기 이즁쳔의
닉일은 불길흐고 오날리 딕길나라 잔말 말고 잠을 즈싀 갓토리
이른 마리 닉으 숭이 조컨만은 슈궁싱이 엇더흐오 오리란 놈
이른 마리 슈궁싱이 볼죽시면 동희셔히 지푼 물의 님의듸로
왕닉흐며 은린옥척 됴흔 싱션 식양듸로 즁복흐니 셰상의 됴흔
싱이 슈궁밧계 쏘 잇난가 갓토리 이른 마리 허허 그 말 가소롭듯
슈궁싱이 돗틋 한들 육지싱이 갓틀소야 우리 싱이 드러보소
쳘 니 말 니 너른 딜과 쳔산만슌 노푼 봉의 덩그럿키 노피 올나
슈희팔방 귀경할 졔 경기졀승 습춘니라 쏫귀경도 됴컨니와 녹
음방초 더옥 됴틋 위셩양유 버들 속의 황금갓튼 괴쏘리는 환우
셩 노릭 불너 츈광을 히롱흐고

동원도리 즉즉츈의 노난 봉졉 츔을 츄고 만산홍녹 ㅈ랑ㅎ여
칭암졀벽 화초 속의 니리 가며 져리 가며 썰썰 울고 활긔칠
졔 그 안니 호강니며 산과 목실 조흔 실과 간 곳ㅁㄷ 노젹ㅎ고
흥치 계워 논일 젹의 뉘 안니 부러할가 오리란 놈 할길 읍셔
ㅎ는 말리 네가 일졍 닌 말 안니ㅎ니 훗날 다시 보ㅈ ㅎ고 가는
지라 갓토리 니른 마리 ㅁ음신란니 역니지 말고 셥셥할지라도
부듸 평안니 가옵시오 ㅎ직ㅎ고 써난니라
그렁져렁 산그름 나려오며 초동목슈 시쳘가을 노릭ㅎ되 엇던
ㅅ름 팔ㅈ 조와 각도방빅 각읍슈령 호ㅅ로 단니난고 허위허위
그 소릭의 모도 ㄷ 훗터진니라

己酉 閏二月 書

■ 〈김광순 소장 필사본 고소설 100선〉 간행 ■

□ 김광순 소장 필사본 고소설 100선 역주 1차본

직위	역주자	소속	학위	작품
책임연구원	김광순	경북대학교	문학박사	1. 진성운전
연구원	김동협	동국대학교	문학박사	2. 왕낭전 3. 황월선전
연구원	정병호	경북대학교	문학박사	4. 서옥설 5. 명배신전
연구원	신태수	영남대학교	문학박사	6. 남계연담
연구원	권영호	영남대학교	문학박사	7. 윤선옥전 8. 춘매전 9. 취연전
연구원	강영숙	경북대학교	문학박사	10. 수륙문답 11. 주봉전
연구원	백운용	경북대학교	박사수료	12. 강릉추월전
연구원	박진아	경북대학교	박사수료	13. 송부인전 14. 금방울전

□ 김광순 소장 필사본 고소설 100선 역주 2차본

직위	역주자	소속	학위	작품
책임연구원	김광순	경북대학교	문학박사	15. 숙영낭자전 16. 홍백화전
연구원	김동협	동국대학교	문학박사	17. 사대기
연구원	정병호	경북대학교	문학박사	18. 임진록 19. 유생전 20. 승호상송기
연구원	신태수	영남대학교	문학박사	21. 이태경전 22. 양추밀전
연구원	권영호	경북대학교	문학박사	23. 낙성비룡
연구원	강영숙	경북대학교	문학박사	24. 권익중실기 25. 두껍전
연구원	백운용	경북대학교	박사수료	26. 조한림전 27. 서해무릉기
연구원	박진아	경북대학교	박사수료	28. 설낭자전 29. 김인향전

□ 김광순 소장 필사본 고소설 100선 역주 3차본

직위	역주자	소속	학위	작품
책임연구원	김광순	경북대학교	문학박사	30. 월봉기록
연구원	김동협	동국대학교	문학박사	31. 천군기
연구원	정병호	경북대학교	문학박사	32. 사씨남정기
연구원	신태수	영남대학교	문학박사	33. 어룡전 34. 사명당행록
연구원	권영호	경북대학교	문학박사	35. 꿩의자치가 36. 박부인전
연구원	강영숙	경북대학교	문학박사	37. 정진사전 38. 안락국전
연구원	백운용	경북대학교	박사수료	39. 이대봉전
연구원	박진아	경북대학교	박사수료	40. 최현전

□ 김광순 소장 필사본 고소설 100선 역주 4차본

직위	역주자	소속	학위	작품
책임연구원	김광순	경북대학교	문학박사	41. 춘향전
연구원	김동협	동국대학교	문학박사	42. 옥황기
연구원	정병호	경북대학교	문학박사	43. 구운몽(상)
연구원	신태수	영남대학교	문학박사	44. 임호은전
연구원	권영호	경북대학교	문학박사	45. 소학사전 46. 홍보전
연구원	강영숙	경북대학교	문학박사	47. 곽해룡전 48. 유씨전
연구원	백운용	경북대학교	박사수료	49. 옥단춘전 50. 장풍운전
연구원	박진아	경북대학교	박사수료	51. 미인도 52. 길동

□ 김광순 소장 필사본 고소설 100선 역주 5차본

직위	역주자	소속	학위	작품
책임연구원	김광순	경북대학교	문학박사	53. 심청전 54. 옥란전 55. 명비전
연구원	김동협	동국대학교	문학박사	56. 어득강전 57. 숙향전
연구원	정병호	경북대학교	문학박사	58. 구운몽(하)
연구원	신태수	영남대학교	문학박사	59. 수매청심록
연구원	권영호	경북대학교	문학박사	60. 유충렬전
연구원	강영숙	경북대학교	문학박사	61. 최호양문록 62. 옹고집전
연구원	백운용	경북대학교	박사수료	63. 장국증전 64. 임시각전
연구원	박진아	경북대학교	박사수료	65. 화용도 66. 화용도전

□ 김광순 소장 필사본 고소설 100선 역주 6차본

직위	역주자	소속	학위	작품
책임연구원	김광순	경북대학교	문학박사	67. 정각록 68. 장선생전
연구원	김동협	동국대학교	문학박사	69. 천군기2 70. 추서
연구원	정병호	경북대학교	문학박사	71. 금산사기 72. 달천몽유록 73. 화사
연구원	신태수	영남대학교	문학박사	74. 효자전 75. 강기닌전
연구원	권영호	경북대학교	문학박사	76. 고담낭전 77. 윤지경전 78. 자치개라
연구원	강영숙	경북대학교	문학박사	79. 설홍전 80. 다람전
연구원	백운용	경북대학교	박사수료	81. 창선감의록
연구원	박지아	경북대학교	박사수료	82. 임진록 83. 제읍노정기